飞吧,旧时光

Fly old time

采采 著
CAICAI WORKS

北京燕山出版社
BEIJING YANSHAN PRESS

contents 目录

就这样远走 ▼ 001

啊，红村…… ▼ 013

第一个偶像 ▼ 023

饭的战争 ▼ 033

学雷锋标兵 ▼ 045

一道彩虹 ▼ 053

高考，高考 ▼ 065

偶像的危机 ▼ 075

酋长大人与我 ▼ 087

峡谷深处 ▼ 119

初吻 ▼ 131

青春之歌 ▼ 151

应征者 ▼ 167

再见，摩西奶奶 ▼ 183

「公主」要幸福 ▼ 195

这是一场决斗 ▼ 205

湖畔幻影 ▼ 215

「虾米」之死 ▼ 227

等待「戈多」▼ 237

「外星人」驾到 ▼ 247

我，独角兽？ ▼ 265

我怎能忘记 ▼ 279

飞翔吧，青春 ▼ 287

这里，又一次，记忆压着我的嘴唇，

它很独特，却又与你的相似。

我就是那紧张的敏感，那是一个灵魂。

我总在接近欢乐，

也接近友好的痛苦。

我已渡过海洋。

——博尔赫斯《我的一生》

就这样远走

远方,像一首歌谣,
一支带羽毛的响箭,钻入我清澈无比的心中。
而我,也如一只雏鸟,
第一次被天空所吸引。

"走啰！"

我用唱歌的调子长声吆喝着。同时，捆得结结实实的铺盖卷也跑到了我纤细的背上。

那年我十六岁，就要离开父母，到外面的世界闯荡去了。

远方，像一首歌谣，一支带羽毛的响箭，钻入我清澈无比的心中。而我，也如一只雏鸟，第一次被天空所吸引。

那是一个夏日的清晨，天空中弥漫着纱一样的薄雾，在桉树的缝隙中透出微黄的光线。妈妈一大早边把牙刷、毛巾塞进带红五角星的小黄帆布挎包里，一边催我动作要快。今天，是妈妈送我上车。

爸爸推着他那辆心爱的永久牌自行车，跟我说他要去上班，所以就不送我了。其实，昨天晚上，爸爸和我谈到深夜，他是"老石油"了，勉励我要无愧于祖国石油工人的称呼。爸爸还深情地回忆起在红村参加著名的"石油大会战"期间的日日夜夜，那些轰轰烈烈的场面可真令人神往啊！

当时我把头一扬，对爸爸说："那还用说嘛，不是无愧于，而是要为这份光荣增添光彩！"

于是，今天早上我就对爸爸挥了挥手，连说"不用送"，那挥手的姿势一定潇洒极了，就像挥走天边的云彩。

回想起来，我就是那样从家里走出去的：步子轻快，如同踩着进行曲的节奏。铺盖卷在背上，就差没跳草裙舞了。

我十六岁，没有离情别绪。仿佛这一去将走向一条灿烂辉煌的金光大道，或者，是出发，要远足旅行。还有就是"自由"，这两个字简直是多年来藏在心中的鼓点，在耳边"咚咚咚咚"地响呀响，反正，这种心情欢快得很啊！

我，才十六岁，就要远走高飞啦！仿佛已经生出了翅膀，心里"扑通扑通"地跳个不停。

妈妈手里拎着一个分量很轻的、铅灰色的人造革旅行包，我们匆匆地朝指定的上车地点赶去。我甚至都没有回头看一眼，看看我的家，那排搭着油毛毡棚子如部队营房式的灰色平房。在那一片丛林般的灰色平房里，我度过了平平淡淡的童年时光。

正走着，一只黑色的燕子唰地从我头顶上掠过，箭一般飞上蓝天。我不由得站住了，抬头仰望，这情景，这小燕子自由飞翔的姿态仿佛似曾相识，仿佛是一个久远的记忆，仿佛某种启示。但这是什么呢？我不知道。

"快走吧，已经晚了。"走在前面的妈妈回头催我了。

我赶紧跑了两步追上妈妈。

不错，在这样一座灰色的小城生活，生长在这样普通而衣食无忧的家庭，我的童年的确是太平淡了。但我从小是个爱幻想的孩子，如果说我的童年还有什么色彩的话，那就是我爱做梦，不仅晚上做，白天也做，做的梦往往千奇百怪的，跟大多数孩子的梦一样，醒来就忘了。有一个梦记忆比较深，一次，我梦见一匹头上长着独角的白马，还会飞，醒来后我还努力想记住这个梦。做这个梦可能是听了幼儿园一位叫杨丽丽的老师讲的故事吧，当然时间久了，这个梦也从我记忆中消失了。在幼儿园的时候，我就常常透过围墙的缝隙朝外面窥看，不远处，有一个大大的池塘，我会看池塘边随风摇摆的垂柳，看飞来飞去的燕子剪开一片蓝天；会站在幼儿园的大桉树下，透过大桉树稀疏的枝叶，仰望高高天空上的流云，幻想自己也变成一只小燕子，也可以到处飞来飞去。有时候，还会望着灰蓝色的天空呆想：天空到底有多大？多远？而天空外面又是什么样子呢？

此刻飞翔的燕子似乎在唤醒我儿时的记忆，但我来不及仔细想，因为妈妈边走边责备我刚才在家里动作太慢，说人家可能全都到齐了。

我宽慰妈妈说："急什么，我都没到，他们不会走的。"

"你没到，你是什么了不起的人物？"

"我就是了不起！"

我头扬得高高的，仿佛在冲着前面看不见的人发布宣言。我心里想的是，从此以后，我的生活可再也不会平平淡淡的了！

我是最后一个到的。司机微笑着走过来，对妈妈说："还以为你们不来了呢，周守福的儿子就不来了，人家说不工作了，还是想读书，还磨叨着你们也改变主意了呢。"

妈妈与我交换了一下眼色，然后对司机莞尔一笑，说："女儿动作慢了点儿，抱歉。"

焉知命运在这一刻再次对我眨了一下眼睛，可是我，还有妈妈都没有发现。

我一看，车子已经被少男少女和行李挤得像一块蒸熟的大粽子，车子旁边，则围着一大堆忙忙叨叨的爸爸妈妈，犹如一群围着鲜花嗡嗡叫的蜜蜂。车是一辆带着军绿色帆布顶篷的"解放牌"。我看了妈妈一眼，然后笨拙地爬了上去。好歹在"粽子"尾部切出一小角，总算把行李安放好了。待歪歪扭扭地坐下，我才嘘了一口气，又对旁边的人生疏地点点头。等这一套仪式结束后，我发觉背上已经湿透了。

我一个人也不认识。我们没住在爸爸单位，车上的全都是爸爸单位的子女。

这时我心里有点儿什么，翻腾了一下，不过也只是那么一刹那，也就随着口水给吞进肚里了。

不多久，汽车便发动了。

"嘀——"车上发出一阵欢呼，父母们则再次叫着自己孩子的名字，喊道：

"好好工作哟！"

"要听领导的话。"

"写信。"

但父母们的脸上露出的是如释重负的神情。

我的母亲只朝我摆了摆手，什么也没说，只对我笑了笑——该说的话早就说了。

"回去吧！"我喊道。

我艰难地站起身（因为太挤了），也朝妈妈挥手，使劲挥手，犹如挥舞着一面旗帜，犹如发表独立宣言，终于自由喽！

那时候，车上是一片兴奋，大家说说笑笑。这一兴奋，"粽子"便更加膨胀，挤得我感到自己都快要成细面条了。

所有的父母无一例外都笑眯眯的，仿佛我们只是出一趟远门，或走一个远方的亲戚，如此而已。但我妈妈带着沉静力量的鼓励性的微笑，还是像一片美丽的余音久久停留在我的脑海中，好久。

两天的颠簸，风景平淡无奇。田野，光秃秃的小山，破破烂烂的农民茅草屋，而且只能倒着看。远处，依然是一片片大大小小的桉树林，有的高耸入云，像是钻入云端的剑。虽然是熟悉的景色，但我还是觉得新鲜，使劲呼吸着来自田野的仿佛绿油油的空气。只是感觉脑浆快颠散了一样。未来，什么样的未来在等着我呢？我，豆蔻年华的我，将浑身放光地站在人生舞台的中央，注定会受到世人的瞩目，这一点是毫无疑问的，只不过，是以某种我现在还不清楚的方式。

脑海中，保尔、卓娅、林道静，与我梳着两只小鬏鬏的模样搅在了一起。

我对着摇摇晃晃退去的陌生田野，对着昨天还那么清晰，此时也像这片田野一样在渐渐后退的中学生活的景象，微微笑了……

听到我放弃升学的消息，那天傍晚，班里最要好的同学陈薇专门跑到我家里来，继续着前一天下午的劝阻。陈薇是班里的学习委员，尽管我考试分数总比她高一截，而我什么也不是。不过，我考试倒真没下过班里前三，女生中是第一。学习上，我和陈薇是竞争对手，但其实我们的友谊非常深厚。

她留着覆额的"妹妹头"，宽边玳瑁眼镜占去她脸部的三分之一，说话永远慢声慢气，不像我，一急，就像打机关枪。她总是还没开口，我就想笑，但是，无论我怎么说，陈薇都不笑，总是一本正经的。她什么都好，就是缺少点儿幽默感。

昨天下午放学后，班上几个我的"老铁"曾集体"轰炸"我，要我收回成命，不要放弃难得的升学机会。操场上不时传来打球的同学的喊叫声，我则舌战群儒，当时，我的声音洪亮，一番慷慨陈词，好像自己就站在广场主席台上，好像我不上高中去参加工作，是多么了不起的壮举似的，或者说是我唯一正确而辉煌的选择。其实，那天晚上，爸爸妈妈同我商量这个事的时候，我远没有在同学们面前这么肯定，她们几张嘴竟然没能说服我。

"你学习成绩那么好，不读书太可惜了。"陈薇还是那句老话，声音依然柔婉，诚挚，孩子似的眼睛执拗地盯着我。

"正因为学习好，所以没关系。"我说，"虽然不上高中，我可以像富兰克林一样自学，我会做出比你们更大的成就，不信走着瞧。"

正是读书给了我莫大的自信。我发现，跟周围同龄人比，我简直说得上是博学了。我真正拥有的书少得可怜，母亲好像从没给我买过一本书，看书都是跟别人借，但我总在读书，除了吃饭睡觉，恨不得走路也读。读的最多的还是小说，像《艳阳天》、《红旗谱》、《野火春风斗古城》之类的，有些书破得都快烂了。也不知从哪儿得来的《艳阳天》，在那时候最炙手可热，大家传着看，因为只能借一晚，我就躲在被窝里打着手电看通宵。我似乎生来就是铅印字的拜物教徒，简直如饥似渴，哪怕在地上捡到一张破纸片，只要有铅印字，管它是大批判也好，社论也好，科普知识也好，都会一字不落地读完。《十万个为什么》、《科学家谈二十一世纪》这些书我也读得很入迷。但是，《卓娅和舒拉的故事》、《钢铁是怎样炼成的》、《青春之歌》，还有《红楼梦》，这几本却是我的最爱。我崇拜英雄，不过，贾宝玉、林黛玉的故事也让我如醉如痴。

陈薇的目光在镜片后不解地一闪，随即黯淡下去。我感到自己是那么雄辩，不禁有点洋洋得意。当然，她也够顽强的，翻来覆去就那几句话，足足劝了一小时零五分，眼看夜色从窗外一点点赶走了黄昏。

其实我心里还是挺感动的，她是走着来走着去的。她家住下半城，我家在上半城，走路足足要四十多分钟，何况她的腿脚不方便，好像是什么神经性的问题，走路多了会疼的。

终于，陈薇推推眼镜，又看看窗外，几乎快要哭了似的说："连雷红都对你不上学感到深深的惋惜。她还说连卓敏而都不上学了，我们这些人还上个什么劲儿呢？真的，全班可是一片惋惜声啊。"

我的心"咯噔"了一下。雷红？她可是一直对我嫉妒得要命呀，她会这么说真有点出乎我的意料呢。难道我，也就是妈妈和我的决定真的错了？

其实爸爸是不太赞成我工作的。虽然他对石油系统感情深厚，也愿意我加入其中，但不是这么早啊，能多读点书岂不更好？可是他的声音当时是多么微弱。

"未必永远都是读书无用嘛。"我说。

但我还是咬咬牙,把头一甩,在陈薇面前,我要把强者形象保持到底。

"不,我已经决定了。"

"你还可以改变呀。"

"君子一言,驷马难追!"

我哪里知道,命运,在这节骨眼上第一次对我眨了一下眼睛。而这个斯芬克斯竟然是我的同学陈薇,十足的小书呆子一个。我竟然没有理会。当我发现自己纯属"后知后觉"的时候,已经是很久以后的事了。

一直把陈薇送到灯光阑珊的机关大门口。告别的时刻,我们拉了拉手,一时谁也想不起该说什么似的。

短暂的沉默,还是我率先勇敢地对她笑了笑,说:"不上学,也不是世界末日,对不对呀?"

她则低下了头。待她抬头的一刹那,只见她忧伤的目光又在镜片后一闪,眼角似有泪光……

我晕晕乎乎坐在自己的铺盖卷上,至于车将开向何方,我是不大理会的,反正会把我们送到某个地方。甚至即将到来的新生活会是什么样子,我根本就不想,脑子里却天女散花般一片斑斓。我仿佛看见了一扇通向辽阔未来的大门正朝我大大地敞开着呢,大门外的风景模糊如梦中的海市蜃楼,却又绚丽得美不胜收……

有了自我意识以后,在家里总有动辄得咎的感觉,就像穿了件过紧的衣服。妈妈说我是不拘小节的人,一天到晚不遗余力地同我的"不拘小节"作斗争。

"你是个女孩子啊!"妈妈老是这么说。

我们家一共三个孩子,我是独女。所以母亲对我实行的是另一套政策,自然不是什么"怀柔"政策。还逼着我补袜子、学绣花,好像只有这些才是女孩子的世界。

"你是女孩子，"这还不算，往往妈妈还会加一句，"过去女孩子讲究德容工貌。"

"嘁，都什么时代了！"我很不屑地说。

"什么时代女孩子还是女孩子。"

这句话是最让我生气的。

心里早就憋着一股气：我偏不老老实实待在女孩子的世界里，偏要在男人的世界里混出个人样来让妈妈瞧一瞧！

到了第二天，兴奋已经被昏昏沉沉和茫然所取代。上午，大家都在车上吃过了干粮，水壶里的水不仅冰凉，还带油漆味，又摇摇晃晃昏昏欲睡了。忽听得前面有人"哇"的一声，我被吓了一大跳。原来，一个扎辫子的女孩吐了。天哪，她根本没来得及探出车外，也许她压根儿就不想费那个事儿，结果，不但吐到她自己身上、自己的行李上，连她旁边人的行李、衣服都遭了殃。"哎呀！""你怎么搞的嘛！"一阵小小的骚乱……

不久，另一个模样有些娇气的短发女孩倒是没吐，可是忽然脸色煞白，莫名其妙地"呜呜"哭了起来。哭了几声之后，又抽抽搭搭地说不想去工作了，想下车回家，自己走回去也心甘情愿。她果真站了起来，好像真的就要像铁道游击队一样跳车。身边的好友拽住她的衣袖，小声劝她，安慰她，两人拉扯了半天，她才不情愿地重新坐了下去。车子里进了水似的更乱了。男孩们爆出没心没肺的哄笑。

我既没吐，也不想哭，也没有像男孩那样笑。我带着点轻蔑谛视着他们，我的同龄人。

我觉得我比他们强，我总是感到比身边的同龄人要强，方方面面。他们大约连城门也没有迈出去过吧？我至少还去过乡下外婆家。谁愿意像小鸡仔似的永远躲在老母鸡的翅膀下面呢？

突然，歌声——"我当个石油工人多荣耀，头戴铝盔走天涯……"的歌声，在隆隆行驶的车上响了起来。

我的天，歌声是从我的嘴里飞出去的！声音之响，连我自己都吓一跳，这是我的嗓子吗？

歌声比刚才那女孩子的哭声大多了，立刻引来了比刚才更大的哄笑，好像歌声比哭声或呕吐更不合时宜似的，身边的女孩用眼睛向我示意，意思叫我别唱了，我们彼此已经有点熟了。我不睬，反而更加响亮地唱下去。还从来没有如此狂放不羁过，从来没有。痛快！我也不知道怎么就如此激情澎湃，如此不顾一切，连羞涩也忘了。真的，若我是个男孩，说不定还会唱"临行喝妈一碗酒"呢。我继续放声高唱。奇怪的是，颠簸中声音似乎格外的嘹亮，简直有如裂帛之音。

"……头顶天山鹅毛雪，面对戈壁大风沙，嘉陵江边迎朝阳，昆仑山下送晚霞。天不怕，地不怕，风雪雷电任随它，我为祖国献石油，哪里有石油哪里就是我的家……"

什么叫自由？这不就是自由吗？我纳闷，又不是奔赴刑场，也不是上山下乡，我们是去参加工作呀，我们是"石油老大哥"呀，地方上的孩子羡慕我们还来不及呢，有什么好哭哭啼啼的？

更怪的是，我唱着唱着，居然有一个女孩开始小声跟我应和，接着是两个，再后来，连那个刚才哭的女孩，车上所有人，包括那些笑的男生，全都加入了大合唱。

我们唱了一支又一支，什么"临行喝妈一碗酒"、"红星照我去战斗"、"千年的铁树开了花"，这可是女高音，最高处只有我一人飙上去了，让我旁边的女孩眼睛都绿了，唱《沙家浜》智斗一场时，男孩们还自动充当起胡传魁和刁德一，女生自然都是阿庆嫂和沙奶奶了……把所有会唱的、会唱一点的甚至不会唱的歌都唱了个遍，直到所有人嗓子都哑得不成调，唱得我们笑到东倒西歪，眼泪都笑出来了……

然后到矿区报到，集中参加新工人集训。矿区条件不错，坐落在比我们的家乡更大一点也似乎更繁华一点的城市里，我们还满心高兴，以为这就是我们以后工作的地方呢。谁知道，集训三天以后，才被告知，会把我们分配到不同的基层单位，一般是在下面的工厂、钻井队等等。

我们就像撒进大海里的盐，同来的老乡刚建立了点儿感情，一下全都分散了。

就这样，我跟几十个更加陌生的面孔一起来到了红村。

我做梦也没有想到，我居然会来到红村，那个曾经轰轰烈烈，回响着豪迈的歌声，激荡着一代人的理想，寄托着老一代石油人为祖国献石油的豪情万丈的红村。我父亲心目中的红村。

常常听父亲说起，就连这个名字都是参加大会战的人们起的：

红村，多么令人遐想、多么美丽的名字哟！

然而，一踏上红村的土地，我一下子蒙了。

这里，是父亲嘴里那个激情燃烧的红村吗？

因为我看到的红村，是多么多么的荒凉啊！我简直以为自己是来到了世界的尽头。这里，满眼皆是月球环形山一般寂寞的灰白色山冈啊……

啊，红村……

那儿，
倒像一个合适的墓地：
远离尘嚣，唯有清风、白云，
那么庄严，像一个虔诚而又狂热的修女，
红村。

真的，山里山外，皆在阔叶桉的包围之中，恍若与世隔绝的世界——我被这个"村"震惊了！

红村不是"村"，而是一座山。

在四川西南部一个多山、低山的地区。从天空向下俯视，那一带，一定像上帝随手撒下的无数小馒头。在好大一片灰白色的群山之中，红村是最大的一座。也有点儿像城堡。不过，当地人恐怕不那么想，红村对他们来说还是神秘的，如同一座城堡似的被围起来，盖满了红房子的山，对于一个有点想象力又有好奇心的少年来说，山上阔叶桉掩映下的红房子，是不是会引起他的某些遐想呢？美是肯定的，他一定会那么想。

这么说吧，在六十年代，那场声势浩大的"四川石油大会战"，指挥中心就建在红村。听父亲讲，他那时是《四川石油报》的记者，亲自见证了那些激动人心的时刻。为了不占农田，硬是在一片光秃秃、布满白石头的乱石岗上建立了一座城池，也就是红村。少数建筑工人为骨干，整个红村数以百计的房屋（也就是所谓"干打垒"），全是靠各单位轮流抽调石油工人自己动手建的。他们天不亮即乘大卡车赶到工地，硬是人拉肩扛，用手凿石头，用肩膀抬石灰，用锄头平地基，一直干到太阳落山。在这样超强度的劳动中，却欢声笑语不断，歌声此起彼伏。请想象一下那场面吧。

因为，那一带发现了大气田。

这个大气田对中国这个还很稚嫩弱小的民族来说经济意义重大。邓小平、彭真、贺龙、彭德怀、薄一波、李井泉等一大批党和国家领导人先后到红村视察，小小的红村，一时成为大庆之后中国最引人注目的焦点。

当时，会战领导小组的办公地点就设在红村，由原石油副部长张文彬亲自担任领导小组组长，秦文彩、黄凯担任副组长，亲自坐镇指挥。小小的红村，可谓歌声飞扬，彩旗招展，在山顶大礼堂外，多次举行万人誓师大会，"一切为了七〇亿，一切为了找油田"的口号响彻云霄……

可我去的时候，除了满山都是已经褪色的红房子，那些轰轰烈烈、气壮山河什么的，早已成为一个传说。红村，更像一个遗址，就是那些倚势而建，在阔叶桉枝叶下若隐若现的红砖平房，也活像用火焰山的灰烬烧制出来的：红得黯淡而寂寞。一句话，火红的年代已经过去了。虽然山上还住着百十号人，用老职工的话来说，这是个"野兔子也不肯趴窝"的地方。看到红村的第一眼，"荒凉"二字便兜头而来，如一团大雾突然逼近。那些迎风招展的红旗哪里去了？那些嘹亮的豪情干云的歌声飘向了何方？

我的故乡在嘉陵江边，一个灰蒙蒙、雾沉沉的小城，确切地说，一个中等城市。一年难得见到几回日出或日落，因小城被层层叠叠紫灰色的丘陵所环抱，空气在小城似乎是凝固的，千年不化似的，云层也很厚。所以有句俗话，叫做"蜀犬吠日"。它没见过太阳嘛！当然那是在冬天，夏天的太阳还是很毒的。

在红村，看日出日落倒是比较容易。当然我不是为了看太阳才跑出去的，也不是家里非等着我挣钱买米下锅——家里并不需要我那一个月十七块五毛钱。

我家属于城市中说不上优越也还算不错的那一类。父母都是国家干部，都在小城里的大企业工作。住在一个有一千多人的机关大院里。院子很大，也是石油系统，办公和居住合一的一个很大的大院，里面甚至有花园池塘。上幼儿园时，我老趴在围墙边，透过砖缝看远处池塘的垂柳。我父母都不在其中工作，但父亲在这单位的前身工作过，由于都是一个系统，所以我们没有搬走。

在我的童年记忆中，没有挨过饿受过冻，真是吃得饱穿得暖，穿得美是没有。尤其在吃上，父母从不让我们有所亏欠。那年头不像现在讲什么营养搭配，但"营养"二字，我从小也并不感到陌生。小时候我也是每天喝牛奶的，还常喝一种乳白色的浓稠而味道香甜的鱼肝油。但是，肉确实吃的不算多。

星期天，是"打牙祭"的日子。因此，每个星期天我家都仿佛在过节。父亲总是兴冲冲地杀鸡宰鹅，要不就破鱼或剁肉，全家一派忙碌景象。也不是我们家格外特殊，我们那排房子家家都差不多，有科长，有医生，有小车司机，都讲究吃。

房子的格局是一溜长排，一排房子有七八户人家吧，没有搭油毡棚子前，家家都在门口做饭，一到星期天，简直就是厨艺大比拼。邻居关系都不错，还经常互相切磋，甚至互相品尝呢。

母亲带点嘲讽的口气说，还好，都是逍遥派。她心里大约还暗自庆幸，也亏得不是一个单位的，所以人家并不很了解我们，也没人来找我们的麻烦。那是在"文革"的时候。

平时在机关食堂也能买到荤菜，回锅肉两毛钱一份，虽没有家里的好吃，也能解解馋。所以我们从没饿过肚子。

"穿可以穿孬点，吃要吃得好。"这是常挂在母亲嘴边的话。私下则说，吃好没人管，穿好了别人会说你资产阶级思想。在我懂得爱美的时候，为了穿的，可没少跟母亲生气，别人可能想方设法让自己的女儿美一点，我的妈妈是怎么难看就让我怎么穿。比如说裤腿的尺寸，我就跟妈妈不知道打了多少次嘴仗。那时开始有点流行的意思了，时兴比较细一点的裤腿，最潮的是四寸以下，而要让我妈同意穿六寸的，嘴皮都要磨破了。

但说到吃，就不同了。那时什么都配给，粮票、油票和肉票都不够吃，好在我们素有"天府之国"美名的小城里，自由市场上几乎什么都能买到，高价肉、蛋、猪油、鸡鸭鱼肉、大米，更不用说豆腐、蔬菜了。父亲自豪地对邻居说："我们的工资全都拿来吃了，娃儿们的身体要紧。"也难怪，父亲在灾荒年得过水肿病，他可是深知身体的重要。

那时候我并不理解也不感激父母，反而认为他们是太那个了，就知道吃。我心目中理想的父母不应该是这个样子，可是具体应该是哪个样子我也说不清楚，因为没有见过。

平时还好，一到星期天，全家总动员弄吃的，我就觉得有点烦，觉得我的父母太平凡太琐屑太胸无大志。虽然，真正到了一家人围在吃饭时才搭起的小饭桌边（因为屋子小，桌子是折叠的），等到香气满屋的时候，我的胃口也旺盛得很，会忘记对父母的一切不满。

说起吃来，我跟母亲有过多次的不愉快，全为我看书误事。有好几次，母亲把鸡肉炖上，让我在家里守着炉子，嘱咐我及时加煤。那时烧的是一种自己用黄泥巴水捏出来的煤饼。

"火要不大不小，不要炖干了。"

"嗯。"我答应道。

等母亲前脚走，我马上抓起一本书就看，简直是迫不及待。

家里就那么几本存货，还压在一个像石头做的紫红大木柜里。每次母亲翻柜子，有时是晒东西，有时是找东西，我都两手扒在柜子边兴致勃勃地往里瞅着，好像里边是阿里巴巴的山洞。因为柜子很笨重，上面又摞了大大小小好几个箱子以及杂物，几乎垒到了天花板，所以不常打开。翻柜子是我的节日，从来没有厌倦过。我一点一点地蚕食了里边窖藏的全部存书。《红楼梦》、《三国演义》、《西游记》、《中国文学史》、《彷徨》、《呐喊》，这些书读的似懂非懂的，还有两册五十年代的《人民文学》。为偷看《红楼梦》，曾被母亲骂了个狗血淋头。

"你想学林黛玉吗？"母亲气冲冲地吼道。好像林黛玉是个什么可耻的角色，真不知道母亲为什么那么讨厌林黛玉，有时候我还想，若是不解放，她还不是像林黛玉一样是位千金小姐嘛。于是，我在心里顶嘴说："林黛玉也没有什么不好。"但实际上我初读《红楼梦》时，最喜欢的还是里面的诗词，当然那些公子小姐在美丽的大观园里吟诗作赋的风雅场面，我也神往得不得了。还是毛主席他老人家发话说——《红楼梦》要读五遍以上，我阅读"红楼"，才得以从"地下"走向"公开"。

那天我看的是借来的《青春之歌》。

妈妈回来的时候，不仅锅里鸡汤一滴没有了，连炉子上的火也都熄灭了。

我知道大事不妙，赶紧扔了书，低头扫地。母亲看了一下封面——"林道静"，气更是不打一处来，我只能眼看着借来的《青春之歌》在母亲手里被撕成两半，又从屋里飞到屋外……

我在心里把母亲恨了个苦。那本《青春之歌》我拿什么去还人家呢？又怎么好意思告诉人家说书被母亲撕了，我宁可死，也不愿意在大人面前丢这个人。

书是跟父亲的一位同事借的。他家离我家不远，女儿曾经是我小学同学。问题还在于那位叔叔是一位斯文的人。他是广东人，爸爸他们叫他"老广"，一口普通话虽说不上标准，说话的声音却像清风拂过水面，看上去非常温文尔雅。他们家是"五朵金花"，这位爸爸不仅对自己的孩子有极大的耐心，见了我们也是笑容可掬。不过呢，我去他家串门，唯一的目的就是他家有几本书可看，在他家还看见过

《旧约全书》，里面的诺亚方舟似乎是一艘希望之船，但也不是太明白。一家全是女孩，所以我去也没人在意，差不多像在自己家一样自在。自从发现《青春之歌》以后，我就老去那位叔叔家，每次去，就随便找个地方坐下看那本书。后来，"老广"发现了，就主动借给了我。

但是，现在书被撕了，从此，我不但再也不敢登人家的门，走路也尽量躲着"老广"。可有时还是迎面撞见了，就假装糊涂，心却怦怦直跳。书的主人可能最后真的忘记了，见了我，一直没提书的事，我的一颗悬了很久的心才落回到原处。

大概就是那一次，我发了毒誓一定要远走高飞。——离开家我确实很高兴，就像溪水蹦下山涧，小鹿跑出森林——自由喽！

还是说红村……

多年后我离开了红村。红村，曾经像长在我身上的瘤子似的，我把它割下抛到了九霄云外；但这只是我以为的。一个人怎么可能忘掉她刻骨铭心地度过一段青春岁月的地方？

怎么说呢，我好像一个在中途下了船的旅客，不再操心船只的未来航行，可一旦海上有什么消息传来，又会像兔子一样竖起耳朵。

那天，昔日密友孙玲兴奋地打电话来，说红村要乔迁了。多年不联系，天晓得她是从哪儿弄来了我的电话。

"天哪，红村吗？"沉睡的记忆一下子被唤醒，我甚至都闻到了红村那独有的气味：石灰岩与阔叶桉的气息交织在一起，干燥，苍凉，有点儿辛辣；好像又看见那三百多级苍白的石阶，像被遗弃的新娘似的孤单单躺在山上；耳边响起"咯嗒咯嗒"的声音，一声比一声嘹亮的鸡啼，那是每日清晨的群鸡大合唱，那歌声唱响每一个黎明，把我从狂乱的青春酣梦中唤醒。

"好啊！"我说。

"是，是，太好了，迁到成都附近，包括山上的宿舍，山下的厂房，统统移交给了地方，终于盼到这一天了，不是吗？"她絮絮叨叨地说。

我，沉默了。

那么猝不及防啊，红村。那么，他呢？他怎么样了？现在？可我还在犹豫，在迟疑，还在心里斟酌词句。我甚至感到了久违的心跳。

电话那头的口气却突然变了。

"听说了吗……"她报告了陆文广的死讯。她仍像过去那样称他"陆头"，说他死于心脏病。"过去是那么生龙活虎啊！"再一次，死亡的气息向我飘来，而我什么也不能说出口，再次。

我放下了电话。我感到意外吗？可是，还有什么比时间和死亡更平凡的呢？时间，还有死亡？既然，那个原以为早已被遗忘之人，已奔向了最后的栖息地，仿佛什么也不曾发生过。也好，就让那一切都埋葬在红村灰白色的岩石下面吧。那儿，倒像一个合适的墓地：远离尘嚣，唯有清风、白云，那么庄严，像一个虔诚而又狂热的修女，红村。

第一个偶像

一个念头在我心头掠过:
显然她远在我们所有这些新工人之上,
气派简直像个女王。

第一个偶像

这么多年了，我还记得到达红村第一天的情景：那荒凉的景色，甚至空气的气味都还留在那里。一切，仿佛昨天。真过了那么多年吗？

那天，我正站在寝室门外石栏杆旁，对着四周的景色倒抽着凉气——几分钟前，刚刚分了寝室，我挑选了靠近门的那张床，谁也不愿意要那张床，我也不情愿。可大家就那么僵持着，像等待认领的小孩儿似的坐在自己的铺盖卷上。好像靠门那张床要咬人，好像危险（某种野兽似的怪物）就躲在门外，随时都可能破门而入似的。我当时想，这么僵持下去，以后如何相处呢？

违心地做一件事，并不是我的习惯，心里正像吞了个鸡骨头似的不自在呢。

这里是多么荒凉啊，周围除了山还是山，而且是什么样的山呢？既不雄伟也不秀丽，癞子的头似的，只长着稀稀疏疏几棵桉树。一眼望去，完全是一片灰白色的世界，好像连天空和大地统统都给漂染成灰白色了，尽管太阳仍是明晃晃的。周围也看不见人类活动的迹象。难道这就是我将生活一辈子的地方？这里完全是世界的尽头啊！在这样的地方，即使是保尔或是林道静又将如何呢？我心头一片茫然……感觉自己像是在这阔叶桉树下逡巡徘徊的小野兽，彷徨地望着远方。

正在这时，忽然瞧见一个青年女子，正穿过小径朝我这边走来。

我以为我在做梦，以为看花了眼。

因为，我好像看见了一轮灿烂的太阳，这太阳以一个美丽女子的样子，骤然出现在我的眼前。

斜阳透过阔叶桉的枝丫，在她脸上、身上跳跃着，一头直发束在脑后，前额高高的，比白云更光洁。人，简直像从太阳中直接走出来的。

她显然不是我们一拨儿的。我惊呆了：她那么美丽，又那么出人意外。在我平平淡淡的小城生活中，从来没有见过这样的女子。

只有一次，是很小的时候，独自在外边玩耍，面前忽然出现了一位天人，古代打扮的，以为是仙女降临了。我怔怔地望着她，她对我嫣然一笑，从发髻上取下一朵粉红色的绢花，递给我。到后来，我就再也分不清那到底是现实情景还是一个梦了。

难道我又做梦了吗？恍惚间，她已经走过来了，带着淡淡的微笑，以一种我难以形容也从没见过的美妙姿态，款步朝我走了过来。她的出现，使我忘记了身处的环境，也升华了我十六岁的哀愁。

我的心怦怦跳了起来。

"想家啦？""仙女"对我开了口，口气却很随便，仿佛我们是老熟人一般。她的话一下子把我从梦幻状态中唤醒了。可以说第一眼她就征服了我。

我脸红了，可也绝不想示弱，我说："我才不想家呢！"

她笑了笑，真像仙女啊！

"没关系，刚来时大家都这样。"她的声音低柔、清晰，是一种不带任何方言的四川普通话。这一点跟我们所有新工人都不同，我们人人都带口音。

她站住了，仍然微笑着，一双打量我的栗色杏仁眼清澈明亮，显得聪慧，老练，洞悉一切似的。脸型是标准的鹅蛋脸，肤色白皙红润。我也对她微笑，想着说点什么，一时却想不起说什么好，我猜自己的样子一定有点傻。

可是不对呀,她的眼神……一个念头在我心头掠过:显然她远在我们所有这些新工人之上,气派简直像个女王。她是谁呢?

我正要张嘴,不料人家已经迈步姗姗而去了,朝着另一排女生宿舍的方向:好像她是杰出的女总理,前面有一大堆重要的事务正等着她去处理呢。她,根本就没有同我攀谈的意思。

就这样,她把我晾在这里,独个儿对着群山发呆。

我敏锐地发现,不仅从来没有遇见过她这样的女子,也从来没有被人如此轻视过!至于荒凉啦、选床铺的不快啦,这会儿反倒给忘得一干二净了。

室友从屋里出来,问:"她是谁呀?"带着明显的讨好口气。

我没理她。只是久久地盯着那背影消失的方向,久久地。

我在心里坚定地说:我要征服她!

第二天,我们几个人在食堂吃饭,围坐在一张大饭桌边,人人手里端着绿边大花搪瓷碗,更有人干脆捧着个带把儿白色蓝边的大瓷缸,有的人出声地嚼着。空气中飘着炒煳了的炝白菜味儿,大家在谈论着上午的新工人欢迎大会,室友孙玲正用一口浓浓的成都腔大肆赞美我呢,好像我是一条从没见过的、奇形怪状而艳丽的热带鱼。天啊,我居然还自告奋勇举起手参加新工人欢迎大会。

我没听,脑子里却有一些镜头在闪回:是的,我举手了,那又怎么样?丑小鸭似的我。

阿娜,还有晓彤——另外一个"骄傲的公主",两人坐在第一排,一对皇帝的女儿,活像是混进我们当中化了妆的女王。那时候,我已经知道了那位我要征服的女孩儿的名字——阿娜。喻晓彤被安排上台代表新工人发言,这一位,听说是成都七中的学生会干部。她往台上一站,活脱脱一座少女雕像:一双乌黑的大眼睛含笑朝台下一扫,镇静、热情,仿佛一切都天经地义,包括大家奉献给她的掌声,说的还是普通话！

算了，我甩甩脑袋，想把这一切都忘掉，包括那位眼睛异常明亮、名叫陆文广的副厂长问起我的名字时的满面春风，还有我颤抖的声音刚落时，那边突然响起的尖锐的口哨声。

这时，阿娜来了。

"你们好。"她说。

那时，我们大家还不会向人问好呢，我们全都惊讶地把目光投向她。

可是她径直朝我走了过来。

"你是叫卓敏而吧？"我点点头，稍稍有点窘，因为大家都齐刷刷地将目光又投向我。心里却想这是明知故问，新工人欢迎会上我的名字也算是众人皆知了，可毕竟她是朝我而来。我摒住呼吸等待着。

曾经我并不喜欢自己的名字。刚上幼儿园时，那位长得很漂亮、有点像外国人、一口京腔的杨丽丽老师说："唔，这个名字蛮有意思嘛。"另一个老师则说："名字有点怪。"

最气人的是，一个顽皮的男孩冲我大声嚷嚷："哦哦，卓敏而，是儿子，是儿子！"

我说："不对，我是爸爸妈妈的女儿！"回去责问爸爸，为什么要起这样的名字，这名字不好。爸爸笑呵呵地说："这名字好，你大了就懂了。"

母亲在上小学前，读过几天私塾，而父亲家虽然上不起私塾，可少时也是博闻强识，《四书五经》也读过几篇。后来，我学《毛主席语录》，见里边有"不耻下问"，不解，妈妈告诉我，这是《论语》里的，前面一句就是"敏而好学"。啊，原来我的名字有这来头，我高兴了。

那时，全国上下"打倒孔老二"的呼声响彻云霄。因而让我那混沌初开还很稚气的理性颇感到困惑，又问母亲，既然毛主席都引用了他的话，为什么还要打倒他？反之，既然要打倒他又为什么还要引用他的话？母亲笑笑，说现在说不清的事多得很，说不清就不说，何况一个小学生能懂什么。全中国大能人多的是，人家都没有开腔。不懂的事就不能在外边瞎说！

听了这番道理，我连连点头，虽然母亲的头头是道并没有说服我，但从此我至少喜欢上自己的名字，觉得好像在呼啦啦飘扬着的旗帜中，唯有我这一面旗帜的颜色和式样与众不同。

阿娜接着问我的母亲是不是局教育处的，某处长是不是我妈妈？

我注意到她的笑容比昨天下午初遇时多了几分亲切。我猜她是误会了，一定是误会了，真恨不得把这一刻无限地延长下去。我微红着脸说不是。我还从没有为自己的父母感到寒碜过。那是过去，在我们那平民化的小城里，虽然我对父母有诸多不满，但母亲在我心目中还是很有分量的。此刻我却感到沉默的重量，大家都看着我。因为阿娜，她那么郑重地走过来，只为问我这个问题，回答她像是一种不可推卸的义务。

我挺直了背，告诉她，我家不在成都。脸大概更红了一些。奇怪的是，我居然不想告诉她，我母亲不过是一家工厂的普通职员，虽然在家乡，那也是一家颇风光的大企业。

她又问我是初中还是高中？我如实奉告，声音更低了下去。

"哦，初中。"她轻轻地说，仅吐出三个字，仿佛每一个字就是一枚金币似的。不对，是三片轻飘飘的羽毛，她只用嘴那么轻轻一吹，那三个字就不知去向了。

"再见。"她说。笑容还留在我们眼前，人已经转身离去了。同那边等着的喻晓彤会合，那一位甚至连眼睛都不朝我们这边瞄。

在我们的目光中，两位高挑的少女说笑着走出了食堂。

天，我怎么也做不到她们那样从容啊！我们几个则被晾在这里，晾在一片炝白菜的气味中，胳膊肘搁在一片狼藉的饭桌上，筷子举起，半天落不下去。又好久，孙玲才将视线从大门口收回来。

就这样，我不仅认识了阿娜，并且永远记住了她。后来发现，她长得有点像西方油画中的女子，几分高贵，几分恬静。

厂房建在山脚下的山洼里。我们厂属于半研究半生产性质的单位，老职工们戏称"四不像"，搞的是矿藏机械的设计和试制。

我被分在试制车间当铣工。

这"铣"字，过去我连见也没见过。跟车工比较类似，但比车工更精细，技术性更强。师傅说那是领导对我的信任。我有些兴奋了。不仅我，在矿区集训时，谁不热血沸腾呢？誓为"三百亿川气出川"工程献青春呀！想想，清一色的十七八岁的中学毕业生，一样的满脸稚气。——那稚气简直可以用馒头蘸来吃，一样的傻不棱登的簇新蓝色工作服，黄色翻毛大头皮鞋，个个新鲜得像刚出炉的面包。我们五六十个"新鲜人"给红村带来了青春、欢笑和响声。

铣工不仅要学会开机床，切削各种精密的金属元件，还要学会看图纸，甚至制图。光是度量工具就好多种。游标卡尺什么的，是以微米为单位的。你不是爱学习吗？要学的东西多着哩！我目不转睛地瞪眼望着我的师傅，女师傅，仿佛她是一尊佛像，让我崇拜。

机床可不是好玩的，搞不好你可能就被削掉一两根手指头。事实上，师傅果真伸出左手，赫然只见四根半——食指只剩下了一半。

——甚至整个头皮都被绞掉。师傅继续说道。

望着师傅白皙而粗糙的小手，看着她掌心上蛛网似的小槽槽，我的头皮不由得被绞了似的一紧。以后我也会成这样吗？有一双劳动人民的手？但我要让我的十个手指头好好的，我甩了甩两把"小刷子"——头发倒可以剪短。

我的一双一向被母亲说成"毛手毛脚"的笨手，才几天，就会独立操作床子啦。师傅眼睛都瞪大了，说很少有这么快就会了的。我摇动着冰凉的手柄，眼瞅着有小车大小的铁家伙在手下变得听话，那感觉真是很美丽。

厂领导也在大会上表扬我，新工人中对我嫉妒的大有人在。可别人的嫉妒也好，羡慕也罢，我是向来不在乎的。

但我在意某一双眼睛的注视。

她比我早进厂半年，父亲是我们管理局大名鼎鼎的局长。问题不在于他是一个局长，而在于他是一位有威望的领导，一位传奇式的英雄。他是北方人，当年解放军的南下干部，"石油师"的。解放初，为充实新中国初生的石油工业，整个师一锅端全转业到了石油部。据说，他当年是以英勇善战，尤以足智多谋著称，二十几岁便当了团长。解放时由领导安排，与阿娜的母亲——十七岁的中学校花，又是革命积极分子的宁波姑娘结了婚，英雄与美人的结合。听说一直伉俪情笃。两人育有多个子女，阿娜的母亲也在局机关工作，听说阿娜是父亲最宠爱的孩子。不知为什么，我忽然想起古代"触龙说赵太后"的故事：那个对幼子溺爱无度的赵太后，终于纳谏，将爱子送去了齐国当人质。

在我心目中，局长固然是个大官，我还没有见过比厂长书记更大的官呢。就是那些厂长书记，架子也是够大的，个个挺着个大肚子，一口官腔。局长会是什么样呢？没有见过，我也想象不出。但我知道，管理局所辖大大小小百余家处级单位，遍布全省的大小城市、山山水水，所属职工就有十万人之众！被地方老百姓尊为"石油老大哥"。这的确给我很宏伟的感觉。不仅如此，我觉得还有更多一点什么，引人遐想，阿娜和她的父亲。

我忍不住要想象阿娜在她父母身边的生活。那是怎样一幅情景呢？好像能闻到从她家厚重的门窗里面弥散出来的某种气息。在她家里，想必是谈笑有达官，往来无白丁吧。母亲轻快而无声地穿过宽敞的客厅，轻柔的话语声几乎全给深色的家具吸去了。阿娜，坐在沙发上干啥呢？"沙发"一词，在英语课本上第一次接触到，非常喜欢这个词的发音，觉得有一种轻柔而美妙的味道。

一切都很模糊。但那种基调，那种气氛，似乎伸手就能触摸到。那是阿娜身上散发出来的某种气息吧。

其实，从踏上红村的第一天起，我就在寻找方向和目标。在学校时好办，一是知识，一是分数。现在是工人了，我想到，首先技术要好，还不仅一个"好"字，我的野心是要成为青工中的尖子。

可是，红村还有阿娜。

我想与她并驾齐驱，而这一天最好不要太久。

阿娜当然不知道我想的什么，可能也不屑去想吧。此刻，她正朝总工办公室走去，沉思着。她在总工办做描图员，同时兼团委宣传委员。她似乎漠视她的美丽，衣着总那么朴素：服装非蓝即白，上衣常常是一件蓝"的卡"，下面总是条略显宽大的军绿裤子，衣服也宽宽大大的，可是洗的洁白，穿的齐整。一头栗色的头发一丝不乱，像刀片，亮闪闪的，额头总是闪耀着太阳的光辉。从没有在她身上看到一点污迹，一点皱褶。她是那么完美，那么高贵，让人不敢直视，简直像一座灯塔高高矗立在茫茫海面上。

在她面前，我多少有那么点局促不安，自信跑哪里去了？事后总让我恼火万分。

同时，阿娜还让我感到有点儿神秘，仿佛她过着双重生活，就像间谍。我总觉得，在红村的生活之外，她还有不为我们所知的另外一种生活。

她有时也跟我说上几句，笑眯眯的，她对谁都笑眯眯的，单是这一点，我就做不到，恐怕谁也做不到。可她总有那么点屈尊俯就的意味。一句话，阿娜虽然还愿意同我聊上几句，大概并没有把我放在眼里，我很快就感觉到这一点，敏锐地感觉到了。

饭的战争

多么令人激动!
一想到我们正在干什么,我就热血沸腾。
心中的困兽终于可以高傲地为理想战斗了!

不久，厂里决定把所有的新工全集中培训一个月，补数理化基础知识。因为基础知识太差了，看来中学课堂上那点知识，大多数人"全还给老师了"。就这样的底子，连当个普通工人都够呛。补课一说，据说是陆文广的意思。

凡学习我都喜欢，就初中那点东西，对我来说易如反掌。在几十个初高中生中，我很快就冒了出来，成了培训老师老挂在嘴上的人，受表扬专业户。我心里暗自得意。

其他新工就没有我这么得意了。上课已经是叫苦连天，一个劲抱怨头疼。高中生吧，初中课程已经忘的差不多了，初中生压根儿就没有学好。有人说怪话，我们到底是来学技术的，还是来学习初中数理化的？但说归说，还得老老实实坐在板凳上。

食堂的伙食更是大家不满的焦点。诚然，这些子女在家基本上也都是娇生惯养的，至少像我一样没吃过苦头。每天做作业已经够辛苦，伙食又越来越不堪入口。关键是食堂的伙食只有我们这些新工和少量家在农村的老单身汉吃，家在厂里的人都自己开伙。年轻人说，我们是没娘管的孩子。一走进气味不佳的食堂，大家就没好气，骂骂咧咧的，剩饭剩菜倒得满地都是。

开始我并不愿意加入他们抱怨的队伍。这饭菜我也觉得难吃，不由得加倍怀念起家里的鸡鸭鱼肉来，哪怕母亲平平常常的豆腐白菜汤，也比食堂的好一万倍。可我还是认为不应该抱怨。保尔修铁路的时候，连这个也没得吃呢，我真这么想。

"每天炝炒白菜是难吃，总比连蔬菜也没有，甚至连粮食也没有好嘛！"

"照你这么说，更比红军爬雪山过草地好啰？"

"是呀。"

"去他妈的！"一个叫孟伟的小伙子边说边把碗里剩下的白菜帮子朝墙角一抛，动作倒是十分潇洒，"问题是我们现在没有过草地！你再看看龙大师傅，都胖成一头猪了。还有他的家属娃儿，哪个不吃得满嘴是油的！醒来吧，兄弟！"瘦瘦高高的孟伟一脸愤然，摇摇摆摆晃出了食堂。他套用的是当时一部小说的名字。

"他说的有道理，"孙玲目送着孟伟的背影对我说，"他不是针对你，他是气龙师傅。"

"我晓得，"我也觉得伙食不好，但也不是不能忍受，"我觉得……"

孙玲朝食堂窗口瞥了一眼，将声音压得更低，又道："听老师傅说，龙管家眉毛胡子一把抓，采购也是他，管账也是他，炊事班长也是他，又把老婆孩子都从农村接了来吃食堂……"

听她这么说，我更觉得困惑：龙师傅，老工人了，怎么会这样？马列主义认为无产阶级是最先进的阶级，最大公无私，他是工人阶级的一员，我的确没有看见他的先进性体现在什么地方。那么，我应该怎样看待他？在这件事上，我该采取怎样一种态度才是正确的呢？

阿娜和晓彤也端着碗走出食堂了。她们倒是从不加入大家对食堂的议论，根本就不在食堂里吃饭嘛。两人总是打了饭就走，好像她们开的小灶一样，也不知道她们对伙食有什么看法。这俩人连碗都跟我们的不一样：我们是一色儿大花搪瓷碗，人人捧在手里当众咀嚼食物,她俩的碗有盖,小一点,颜色也比较淡雅,一个是豆绿,一个是米黄。

"还没吃完呢?"

抬头一看,龙大师傅本人腆着肚子,龇着一口兔牙,嬉笑中带点嘲弄,站在我的桌子边,手里抓着一团跟他身上围裙一样看不出本来颜色的抹布,是不是准备连我一块儿抹到地上扫走?

整个食堂就剩我了。

"马上。"我把最后一口已经冰凉的饭粒塞进口中。

他的一个娃儿,小的那个,也跑了过来,手上抓起一块肉骨头在啃,满脸又是鼻涕又是油的。

见我在看他的孩子,龙师傅有些尴尬,瞟了我一眼,转脸对他的小孩儿吼道:"滚进去,跑出来干啥呀?"另一个娃儿,站在伙房门口朝这边瞅,被他老婆一把拉了进去。

"这饭还叫饭吗?比猪食都不如!"

这一天中午,食堂里的气氛更比往日火暴。年轻人男男女女全聚在一起,骂的骂,说的说,情绪很激动。我一问,有人说饭是馊的,菜也是剩的。我去打了来,一吃,果然。后来大家越说越激动,有人干脆将整碗饭菜全扣在食堂饭厅正中央的大饭桌上。这一来,大家纷纷效尤,不一会儿,桌上就堆成了一座山。

"不吃了!"

"绝食!"

"我们要求改善伙食,解决问题!"

有人冲着食堂已经紧闭的窗口大声喊道。

我非常的震惊,大家这么做,对吗?可一想到龙师傅那副油汪汪的嘴脸,又觉得很痛快,很兴奋,心怦怦直跳。大约林道静第一次参加游行也是这种心情吧?

一向孤魂似的东北姑娘秋丽华,端着碗进来,看了看,发了一会儿呆，没有跟任何人搭讪，又自己一个人出了食堂，好像她巴不得有这么个理由免了这顿饭似的。

玉容端着碗边吃边走了过来，她对着男生们笑了笑，笑得不大自然。

"把饭倒在桌子上，不太好吧？"

她是车间团支部书记，跟孟伟他们一拨儿来的。

孟伟对她还是很客气的，也笑笑，说："你也吃了，这饭还能吃吗？"

"是比较难吃，但倒在桌子上还是不对。我们也要体谅炊事班，是不是？"

"每天不是炝白菜，就是烧萝卜，这也没关系，但不该给我们又是馊饭又是剩菜。"我说。语气可没有团支部书记那么平和。

"是呀，实在忍无可忍。"

"倒饭，又是倒在桌子上，总是不应该。"她始终面带微笑，手里的大瓷缸子与其他人的稍有不同，上面印了个大大的"奖"字，一路吃着走出了食堂。她吃得那么自然，给人感觉吃的是正常的饭，既不特别香，也不是不香，总之普普通通。她让我们显得小题大做，无事生非，不懂事，等等，诸如此类。她在用行动教育我们呢。

显然她知道我们都在看她，我不由得不佩服她的自控力。心里头是有点反感的。如果她出身农村，又当别论，可她也出身干部家庭，生长在大城市，家庭条件只会比我好。

她的高觉悟已经超出了我们所有人的范围，也是我们无法仿效的，这就更让人气。有人小声嘀咕："哼，就她积极。"我又试着吃了一口，差点呕了。不行，这饭的确没法吃。

"阿娜来了。"孙玲捅了捅我。

有玉容在前，我倒很想看看阿娜会如何反应。

只见她们两个小声商量了几句，稍微迟疑了一下，就走了过来。

阿娜询问了一下情况，微笑着说："把饭倒在桌子上还是不应该的。"又说，"食堂也太过分了。"沉吟了片刻，她静静地扫视了所有的人，才慢慢地问，"那么，大家的意思是——"

"罢吃！"

"对！绝食！"

"要求领导撤了龙富贵！"

"彻底改善伙食。"

阿娜和晓彤又低声商量了一阵子，两人还争执了几句，好像晓彤反对大家这么搞，但她俩很快便统一了意见。

因为阿娜又开口了："大家既然已经这么做了，索性做到底，争取有个好的结果。"大家一致赞成并且商量了具体的做法。阿娜要我们分头联络所有的单身职工，她负责设计室的，晓彤通知机关的，车间的归我们几个："绝食不是目的，最根本的是改善伙食。最重要的是，一定要团结，一个人也不要到食堂来，直到解决为止。"

阿娜的确出乎我的意料，原以为她会比玉容更加反对大家的做法。

"好，干吧！"我兴奋地在孙玲的背上擂了一拳。

绝食了！

多么令人激动！一想到我们正在干什么，我就热血沸腾。心中的困兽终于可以高傲地为理想战斗了！真没有想到这等只有在过去的小说中才能读到的故事竟能亲身经历到，快哉！

实际上也并没有真绝食，只不过单身汉们从晚饭起就没有一个人跨进食堂的门，直到第二天。连玉容我们也拉进统一阵线了，我叫孙玲去跟她说的，玉容实际上很勉强。

附近商店里的点心被我们买到脱销。那点心也不过是一种混糖饼子，硬得像晒干了的黄泥巴，颜色也像，除了一点点甜味，没有别的味道。

就着开水啃干饼子的时候,别人怎么想的我不知道,我觉得仿佛在进行一场伟大的斗争,强烈地感到无畏和力量,跟这么多人在一起的感觉真好啊,全体,不分男女,团结,休戚与共。一种从未有过的感觉。

我一直属于少数派,好像从幼儿园起,我就很孤单,小学,中学,虽然总有几个铁杆朋友,可是总不为大多数人接受似的,选什么从来选不上,就是通不过半数。母亲常责备我,说我总是搞不好群众关系。我嘴上很硬,振振有词,表面上不在乎,其实心里是在乎。"群众关系"一直是我不愿说出口的痛。上了红村依然如此。

所以干饼子嚼起来是那么的香甜,那是团结的味道,是跟大家在一起的味道。

同时我还想到,当年进步人士不是也提出过"反饥饿"的口号吗?所以我们的斗争是正义的,不过我一时忘了那是针对国民党的。再说阿娜、晓彤也跟我们站在一起。

我一次也没有想过这么做是否正确,更不去想后果会怎样。因为有阿娜和晓彤呢。

课程还照样进行着,大家甚至比往日更认真了好几倍,直到中午下课,也没有出现任何异样。上课的老师反倒有几分诧异地说:"今天你们都这么乖,我倒有点不习惯。"大家轻笑,仍然没有人说什么。

中午回到寝室,我们照例啃起了干饼子。孙玲受不了了,跑去找阿娜打探,回来时说:"估计下午就会有结果了。因为龙富贵看到我们今天仍然不吃饭,他肯定再也顶不住了,一定会去向领导汇报的。"

"真的?"

"阿娜这么分析的。"

果然,我们期待而又始料未及的风暴终于在下午降临了。

我们刚坐下,陈书记挟着一阵雷霆呼啸而至。

"好你们这些毛孩子！绝食？这是向共产党示威吗？"

陈书记军人出身，北方人，个儿不算高，平日里对我们这些年轻人还是蛮慈祥的，可是这会儿他那像重型装甲车一般的身躯是如此的吓人，一时我们全都鸦雀无声。他的身后站着龙大师傅本人，他手里戏剧性地提着那串著名的钥匙。

陈书记继续大发雷霆，连平日里最调皮的小伙子都噤了声，龙富贵似面有得色。

"你们不知道自己干了什么吗？补课？我看你们最需要的是共产主义教育！"陈书记显然气得不轻，本来就黑的脸更黑了。

底下开始一片骚动。

"陈书记，我们不是向领导示威。"孟伟第一个站了起来，一时间大家像接收到信号似的七嘴八舌嚷嚷开来。大家的矛头一致对准龙富贵，龙富贵暴跳如雷！

"好！你们有理，陈书记，你可以撤我的职，大不了我当清洁工去，这炊事班长我还不干了！"说着就啪的一声，钥匙便威胁性地摆在桌子上。

"龙富贵，你回来，你这什么态度？"

"看，究竟是谁在向共产党示威？"小伙子们指着作势要走的龙富贵喊道，龙富贵则一跳八丈高。

场面越来越失控。

陈书记拍了下桌子："你们要造反吗？"他的脸色只消一根火柴便能点燃。

此刻我的心情只需要两个字便概括尽了：后悔。

从小到大受的教育是热爱共产党，热爱毛主席。向共产党示威？想都没有想过！当初怎么就没有想到这一点呢？陈书记让我心里产生了某种犯罪感：难道我们做了大错事？犯了路线错误？

可是看样子其他人并不这么想，群情激奋着呢。

阿娜站了起来，对我们大家微笑示意，轻轻摆手要大家冷静。

她的声音不大，仍然是和颜悦色的，奇怪的是真的很快就安静下来了。

看到阿娜，陈书记心灵福至，大手一挥："行了，你们选几个代表，其余的解散；龙富贵你也别吵吵，给我老老实实坐下。"又转向我们，"让我听听，有什么值得你们绝食的？"

大家推举了阿娜、晓彤、孟伟。没人选玉容，实际上她一直低着头看书，好像这事与她无关，好像她特别珍惜每一分钟的学习时间。孙玲本来想选她，我要她看人家在干什么，人家心里并不想掺和啊。

可是，我怎么能错过这样的场面？我宁可冒着所谓反党的危险，也要亲临其事，我很想在第一时间知道事情的结果。何况还有阿娜她们呢。于是，我便赶紧捅捅孙玲，要她选我。

"卓敏而。"

"够了，其他人，解散！"

我们每个人都没有浪费在书记面前表现自己的机会，这可是不可多得的机会呀，可能其他人也都意识到这一点了。就我本人来说，不但想在书记面前表现一番，这会儿反倒不怕了，还想让阿娜也看看我的厉害。

可是不行啊，大家都急于表现自己，我跟孟伟是"鹰派"，晓彤是"鸽派"，学生会干部自然比我们高一箧片儿，但我们可以不买账，可以"炮轰"，情形反而比刚才更坏了。

陈书记比刚才更不耐烦了，虽然还在听我们说，脸色是越来越难看，身下的椅子发出"嘎吱"的声音，龙富贵几次要走人。

"你们的父母送你们来参加工作，你们干了什么？"陈书记说，脸色铁青，"知道你们做的事的性质吗？"

难道我们真的错了？反党？反革命？目无领导？一顶一顶的大帽子在我自己的脑海里掂来掂去，龙大师傅拧着脑袋不看我们，我们几个面面相觑,偌大的屋子静得能听见别人的喘息声,说真的,这会儿我害怕了,连落后分子我都没有当过哇。

阿娜是最后开口的。

"陈书记,是这样的……"她对陈书记微微一笑,很镇静,语速仍然不快不慢。她先说龙师傅实在很辛苦,巧妇难为无米之炊嘛,不容易;至于老婆孩子都接来吃食堂则提都没提,又解释说我们不是绝食,只是食堂的饭菜的确吃不下,自己买来点心换换口味,没有别的意思。又告诉陈书记这批新工人进厂以来就吃了一回肉,毕竟大家都生长在城市里,都是石油子女,从小没有吃过苦头。但肯定不是绝食。

我们赶紧随着连声说是。

陈书记的脸色渐渐恢复了正常,还点了几次头,甚至龙富贵本人也对阿娜笑了一次。

事情最后得到了圆满的解决:我们非但没有被当作反党分子,陈书记最后还代表党委向我们表示歉意,说以前关心我们不够;龙大师傅也没有被撤职,陈书记说只有他有本事搞到更多的肉油给我们改善伙食。

当天晚饭是香喷喷的猪肉大包子,第二天中午吃的是回锅肉。

"哇!"有人欢呼。小伙子们用筷子把碗敲得叮叮当当,像击鼓传花。

我们的寝室面向公路。后山有一条峡谷,再远些是山,馒头似的小山,一个套一个,山上是一棵棵桉树,除了这种树,似乎也见不到其他的植物。

县城距红村大约有二十多公里远。去县城得乘厂里的交通车,每天都有好几趟。离我们最近的工厂也在几公里开外,也是本系统的。附近唯一的去处,是一个叫石桥的小小商业中心。说是商业中心未免隆重了些,不过有一家小百货商店、一个邮局、一个储蓄所、一个小馆子罢了。在去县城的路边，一片小高地上面。

  我渐渐习惯红村的生活了。刚开始，我把红村想象成生活本身，一个五脏俱全的世界。散步，或者说爬山，是生活在红村的基本方式。人人都散步。那时还没有电视，起码我们刚去的时候还没有。吃完晚饭，一般我都同室友孙玲一道出去转山。空气中弥漫着若有若无的生石灰气味，我喜欢随手扯下几片胶皮似的桉树叶，揉碎了，放在嘴边，那冲鼻子的芳香，无端地令我联想到遥远的热带，充满危险性而刺激的热带，美丽的热带雨林。而有的时候，我独自一人，沿着我们宿舍背后的山坡，做水平运动，就好像哥伦布当年绕着地球的同一纬度航行一样。当然，是不可能有什么新大陆的了。有时我需要独处，需要在这令人浮想联翩的桉树下独处。多数时候还是和同伴在一起，我发现了孤独的需要，一如对友谊的饥渴同样强烈。孤独感，以及对孤独的需要，这是一对很奇怪的双胞胎，对我来说，这些都是陌生而新鲜的体验。我折一根小树枝，一路走，一路打得啪啦啪啦响，让这声音给我做伴。我常常静静地眺望远方，有时也想我周围的人。奇怪的是我倒并不怎么想家。

  "绝食事件"以后，阿娜的威信更是呈火箭升空状，连一些一把年纪的中层干部跟她说话也毕恭毕敬的，有的简直像下级向上级汇报工作。不知为什么，阿娜和晓彤又离我们远远的了，好像从来没有过"同一战壕战友"的感觉，这两个人又成了混进我们中的女王了。这有点像现在的大明星，其他人都是追星族。晓彤还亲热些，但她跟谁都这样，这不能说明问题；而阿娜，又回到她自己的世界中了，那个世界我只能想象却无法分享，我猜那里一定气象万千。

学雷锋标兵

一种突然而至的恐惧如大雾般猛然罩住了我。
头一次,
感到了生命的脆弱,
难道生命像雾一样,
随时都可能消失得无影无踪?

对于东北姑娘秋丽华来说，绝食没有丝毫的游戏成分。每次进食堂，活像进了仇人的家。她对我说她想家，想的发疯。我也瞧着她离疯不远了，那两只露出疯狂神色的透亮的老虎眼珠。

她放下筷子，额头皱得像个老太婆，脸像颗风干的核桃。为什么选择我来吐露心事？本来，她是不在我的视线以内的。她总是孤单单一人。她是车工。唯独她，来自远方。

我就不想家。想，也是一阵风，哗啦啦一下子就过去了。已经上山一个多月了，只给家里写了两封信。"我生活得很好，我不想家……"我觉得自己像被一只放飞的风筝，只嫌飞得不够远，不够高。

"我咽不下去这大米。"她说，好像碗里装的全是沙子。我早就看出来了，秋丽华不想吃饭，就跟吃饭是受刑一样，真好笑。这农村丫头，竟这么挑嘴。她说想念东北的高粱米。我看着这个白皮肤、红脸、眼珠黄褐、头发像晒干的稻草的大姑娘，这个年轻的老太婆，真担心她要疯了。她说还想念她弟弟，家中的老疙瘩，才八岁，她一手带大的。说起来她才二十岁，可看上去比我妈老多了。她还想念东北一望无际的黑土地，"一捏能出油的。"想念金色的麦田、大豆、火红的高粱地。

我笑了:"难道大米不比高粱米好吃?四川的高粱一向是喂猪的,或者酿酒。"

"这我知道。你们的米好吃啥呀?石头似的。我们那旮的高粱米那才叫好吃呢,黏的,有股子清香味儿。"我学她那腔调说:"你们那旮冬天多冷啊,听说人的耳朵都有冻掉的,那也不咋地。"她说:"坐在家里的暖炕上,热得还能冒汗,姐妹们一处打扑克牌、唠嗑、剪窗花,管它外面下多大的雪。"她那老太婆似的眼珠露出神往的、有些疯狂的神色来。她说已经给父亲写信了,再不来接,她会自个儿跑回去的。

我再也笑不出来了。然而,我劝她的话,看样子她一个字也没听进去。我现在真替她担心,饭,是再也咽不下去了。

我们来自五湖四海,其实也就是四川各地。秋丽华是唯一外省的。她的父亲在四川石油部门工作。本来,她不找我,我也不会注意她。能够进入我的视线的,在那个事事挑剔的年岁,注定只是一个小数。

我把厂里的年轻人分为两类:有自我意识的和没有自我意识的。可是,我却注意到了另一个女孩。不可能不注意她,人人都注意到她——玉容,车间团支部书记,绝食事件中,她表现得比较暧昧。

她跟我们一批进厂,也来自成都。稍有点儿男生相,脸盘宽大,骨架也大,个儿高。好在话语不多,温和沉静,这多少冲淡了她的行为中一些让人觉得"过左"的印象,跟孙玲一样,也是钳工。

从某一天起,就是在一个月的培训结束后的第二天,忽然大家都看见了这样一幅景象:下了班,或公休日,她,甚至蓝色工作服也没有脱下,是不是有意穿着就不得而知了,手执一柄长扫帚,在打扫卫生呢。扫的是她住的那排宿舍的走廊,或别的公共地带,且范围不断扩大,从单身宿舍到食堂,到上下班的必经之路,以及一两百级的石阶。

开始谁都有点儿不习惯,大概,她自己也有一点儿吧。或冲人一笑,或红着脸继续埋头苦干。老实说,她的行为,对全厂的年轻人来说犹如一根芒刺。但不久,我们也就习惯这幅景象了。而她,更是自得其乐似的,看上去简直有一种韵律感:长扫帚舞得不疾不徐,宛如一种原始的土著舞蹈。

我不止一次地悄悄观察过她,甚至令我想起电影中看过的"文革"时的罪人,像那些人已经习惯扫地的样子。

让人不解的是,作为团支部书记,她并没有发动大家一起干,而选择了独自一人,默默地。有人也加入过,嘻嘻哈哈的,但没一个人坚持下来。只有她每天扫个不停。

她是不是要把扫地进行到底,直到世界末日?为什么?为什么她要没完没了地扫?为什么她要选择做这件事情?学雷锋?

而生活开始有更多一些的选择了。我百思不得其解,她的平静给我一种既简单又深不可测的感觉。不过,各家门前的确比过去干净多了。刚扬手要朝门外扔东西,马上就意识到了。

"学雷锋标兵,"也有人讽刺说,"扫地也能扫出个'标兵'来?"马上就有人反驳:"那你也来试试?一年三百六十五天,三天你都坚持不了。"

我一次也没有加入过扫地的行列,也不认为有这必要性,也清楚自己绝对坚持不了,扫个一次两次还可以。在那个年龄,我对雷锋怀有的是理论上的敬仰——平凡而伟大,我似乎没有太大感觉。老实说,我真正心爱的英雄还是保尔、卓娅、林道静这些具有浪漫色彩的人物。但看她鼻尖挂着汗珠,微微喘息着,我有时盼望下场雨。

孙玲说,全厂的年轻人,她最佩服的就是她——玉容。因为同是成都人,两人集训时恰好住同屋,玉容对她亲如姐妹。孙玲本来是最不热心公益的,可有时也默默跟着一块儿扫地。而玉容不管那些,荣誉也好,讽刺也好,只管扫地不止,就像愚公挖山一样。可是她的脸色日渐苍白而且萎黄，宽宽的脸盘缩水似的窄小了，颧骨更高了。

她病了。医院诊断说是尿毒症，必须回成都治疗。临走的那天，孙玲也下山去送她。玉容对孙玲安静地笑笑，说过几天就回来了，再找她玩。不久，传来她的死讯。

孙玲哭了，眼睛肿得像两只水蜜桃。我没有哭，我的悲伤来得较为迟缓。当初对她愚公般的行为本来就大惑不解，甚至有一点不以为然。她为什么要扫地？现在，已有专门的家属工来干这事了，谢天谢地。有些年轻人表面上赞扬："学雷锋嘛？"可我瞧见她们转身那一瞬间嘴角不屑地一撇。她想要证明什么，或者要确立什么吗？然而这一切都随着她生命的消失随风而逝了，不知飘向了何方。

孙玲坐在床边抹泪，我站在窗前，眼睛望着窗外在冷风中摇曳的凋草。一个想法倏然划过脑际，她，玉容，是不是早已有了某种预感呢？于是便用这种方式将自己渺小的生命留住？一个手执大扫帚的姑娘，那种用光秃秃的细竹枝做成的"铁扫帚"，在寂寂的山间发出单调的声音，"沙、沙、沙……"电影特写镜头似的。谁又能将这镜头忘记？想忘也忘不掉。迟来的泪水，终于从我脸上滚了下来。我转身，坐到孙玲的身边，将手轻轻搭在她那潮乎乎的肩头上。

"心里真是空荡荡的。"孙玲说。泪水又如同决堤的河坝，汹涌起来。一种突然而至的恐惧如大雾般猛然罩住了我。头一次，感到了生命的脆弱，难道生命像雾一样，随时都可能消失得无影无踪？过去，从来没有意识到人是会死的。这太可怕了。

我紧紧地搂住孙玲的肩头，那肉感的温暖的实体，以此来驱赶突然而至的恐惧。忽然想到了阿娜，不，我赶紧一甩脑袋，仿佛要甩掉某个附在头上的不祥之物似的。不会的，阿娜那么健康。

现在，我同阿娜见了面，总要交谈几句。而且她比较主动，我则往往表现得淡淡的，比对别人更要淡然一些。其实我并没有刻意这么做，下意识罢了。可我还是做不到从容不迫，像她那样，仿佛她一生下来就在一种叫优雅的奶汁里浸泡大的。跟谁我都做不到。我太容易激动，举止笨拙而又生硬。这让我很恼火。我的脸色总是将我的内心暴露无遗。只是对阿娜，我掩饰的较好。

自从玉容死后，孙玲像没妈的孩子一样依恋我。其实她还比我大两岁呢，跟我一样也是初中生。但这种友谊有点家常的味道，颇像一对老夫妻：舒服，但是平淡无味。她长得好像一只熟得恰到好处的大苹果，红彤彤的，脾气虽火暴些，可心眼好，没有一点怪癖，从不东想西想，不像我。从理论上讲，她不属于我感兴趣的人；但我还是喜欢她，喜欢她的善良，喜欢她的实实在在热热乎乎的劲儿。我们是在一起过日子呢。

但我心里是有空洞的，很深很深的空洞。在我心灵深处，渴望的是远方的蜃景，渴望心灵的撞击，火花四溅的那种友谊，渴望分享思想（越离经叛道、越稀奇古怪越好），还渴望分享知识，分享某些不愿为外人道的隐秘情感，渴望进入迷宫般的心灵隧道。

一道彩虹

我们的笑声极其放肆,
像是在挥霍青春。

一个月的岗前培训结束了,我们又回到各自的工作岗位。每天早上八点钟上班,六点半开始第一次广播。每天清晨播放的第一支曲子是《东方红》。

　　我六点就起床了,整个红村还在睡大觉呢,只有我端着脸盆走向静悄悄的洗衣台。

　　孙玲她们还在做梦呢,屋里过浓的空气把我撵了出去。

　　天还没有大亮,四周浮起一层薄雾,空气多么新鲜啊,这是住在山上仅有的好处之一。

　　上山的第二天,我就开始早锻炼了。好像每天上下山还不够似的。我记得毛主席好像说过,干什么都要有一副好身体。他老人家在青年时代就是冬天下河,夏天曝晒,徒步旅行什么的。我喜欢沿着长长的石阶一路攀登,直到山顶。眺望。在这样的时刻,像牧人数羊一般,凝视着我的那些缤纷的思想,并任那些美丽的蝴蝶翩翩飞舞。整个红村还在打哈欠呢!山上一片宁静,偶尔,听见几声鸡叫。

　　山顶招待所的那排两层楼前,站着一个小精灵似的陌生女孩,个子小巧得像个玩具娃娃,她正伸展胳膊,样子非常惬意。

　　玫瑰色的晨曦洒了她一脸一身,一张晒得微黑的、油润润的精致小脸,留着外国小男孩式的短发,还略微有点大波浪,身穿一件半旧的显然是从她母亲那里继承来的藏青色"列宁服",下穿土黄卡其布裤子,脚蹬一双很神气的登山鞋,她本人就像晨曦一样清新。一张新面孔,仿佛沾着晨露,是初春时飞来的第一只蝴蝶吗?

她也看见我了,正冲我微笑呢。

我们聊了起来。

她是来此地出差的,地质科研所,来自成都,同我们一个系统。我们一见如故,她虽然比我大一点,可看上去比我还小。

看地质剖面,到杳无人迹的大山,什么冰川遗迹啦、页岩啦、三叠纪啦、白垩纪啦。天黑了,好不容易找到一户人家,于是就在白云生处住下来。只有她一个女的,她要求与男同事住一间屋,里面黑咕隆咚的,夜里只听得哗哗的松涛声。偶尔,传来一声或许是猫头鹰发出的凄厉尖叫。清早醒来,推开吱吱响的木窗户,哇,底下竟是万丈深渊,屋子,是悬在半空中的。她说喜欢出差。我好羡慕她呀!

不远处,大约是她单位的同事,一个年约二十七八的男子,正用一种我形容不出的神气瞅着她微笑呢。

我们俩聊啊聊,当然主要是她说,我听。我被她的谈吐迷住了。关于文学、社会、人生,一个又一个新字从她嘴里蹦出。

读过《简爱》吗?

没有。事实上我是第一次听说这本书。

啊,一个女孩子不可不读这本书,接着她讲了一下《简爱》。又说了好几个外国小说的书名,都是我没读过或没听过的。她笑说别人是读书,她是"吃书",有时借得一本难得的书,她可以看通宵,第二天照样精力充沛。接着考问似的,问我知道希特勒为什么战败吗?我给的是一个当时的中学生所能给的标准答案。她摇摇头,说:"因为两线作战。"然后是一番关于"二战"形式的战略性描述。

这对于我来说,真是闻所未闻。一时间,我仿佛也跟着进入一个波澜壮阔难以形容的宏伟时空。我当然心有不甘,连忙说起《红楼梦》，唐诗宋词，甚至元曲，在中国古典文学的秀美花园里，我总算收复了大片的失地。犹如灯光吸引夜行的旅人，就这么跟她聊着，我也感到莫名的激动。想象力的触须延伸到了山外，仿佛跟着她一块踏遍青山，徜徉于书籍的丛林，在形形色色的人丛中穿行，这可不就是生活吗？她身上青春的芬芳比花儿更浓郁。

见我们聊得起劲，那位男士也忍不住凑了过来。

小女孩用半开玩笑的口气给我介绍道，这位是李大哥，一位骑士，工农兵大学生，简称工兵，人家还满嘴的之乎者也呢。

比她高大半个头的李大哥只望着她呵呵笑，显然这个小女孩对他有着支配性的力量。我傻子似的瞧着，对于谭小季嬉笑中便能把一个看上去怪聪明、比她高大半个头的大小伙子搞得俯首称臣似的傻笑而惊得目瞪口呆。那情景给我的印象一定是太深了，以至多年以后我还记得。他搭讪了几句也就笑着离开了。

"我一定要当作家，"她说，"说到上大学，我只报考中文系。"社会上正流行着一句话：学好数理化，走遍天下都不怕。可是她说她只愿意读中文。再一次，一个女孩让我如此惊奇。如果说当初阿娜让我领略到某种高度的话，她，谭小季，则给了我类似方向感的东西。

然而，我也强烈地感到，在她身上，有某种让我不舒服的东西。

"'三分钟'。"她说，带着一种轻蔑的神气。这是对那些只知道修饰其外表而腹内空空的漂亮女孩子的称呼。当然，这也不是她自己的发明，说是她交往的高干子弟给那些人起的外号，意思是那些人只能看三分钟。

真够刻薄的。

她当然不是"三分钟"。我发现她很耐看，而且越看越好看，身上有一股说不出的帅气，却又那么可爱，人长得有点像小精灵，个儿小巧玲珑。我甚而能想象到，那个发明"三分钟"的高干子弟，在端详她那秀气聪慧的小脸儿的时候，心里会想什么。

"优越感"，这是她的又一个中心词。

她是抨击那些高干子弟身上的纨绔气。这个字眼对我来说也很新鲜。

过去同学说我"骄傲"，从没有人使用过"优越感"——在我们那平民化的小城里，没人有优越感。她嘻嘻哈哈地给我讲了一些发生在他们中的故事：一些爱慕虚荣的漂亮女孩子如何被他们始乱终弃，而且被他们弃之如敝屣。而她本人是超然于这一切之上的。显然，她只是嘻嘻哈哈地游走于他们中间，并且，是带着傲然的评判和审视的眼光。我猜，她，甚至让那些傲慢的高干子弟也是又爱又怕的。

我问她是高干子弟吗？

不是。她干脆地答道。

那么，她凭什么可以如此的超然，一副俯视芸芸众生的神气？我甚至颇不服气地问她，既然瞧不起他们，为什么还跟他们来往？

哦，他们毕竟知识面、见识，还有别的一些什么，是普通老百姓根本无法比的，有些他们知道的东西老百姓可能永远也不可能知道。她的意思是，我猜，他们还是有一种可以称之为魅力的东西。是不是这样呢？

她笑了，一种令我困惑又让我着迷的笑容。

她显然也是有优越感的。我强烈地感觉到了。不仅针对浑浑噩噩的芸芸众生，甚至也针对傻乎乎的、没见过世面的、好学却所知不多的我。我强烈地感觉到了。虽然，她的方式与阿娜有所不同——她是在嘻嘻哈哈中完成对你的俯视。是的，俯视！她凭什么？我承认一见面就喜欢她，被她深深吸引住了；可是那根芒刺始终在心头扎着。哪怕在食堂里跟她一块哈哈大笑的时候。

她凭什么？她走后，我还在问自己。她凭什么？有一天晚上一道电光一闪，我突然悟出：知识呀！是知识赋予谭小季无比的骄傲，甚至在那些傲慢的高干子弟中间。

不管怎么说，跟她交谈，是好久以来碰到的最让我高兴的事了。我们就这样一直说呀说，忘记了时间。直到广播里"三大纪律，八项注意"的旋律响起，我才"呀"的一声，惊觉上班的时间到了。

晚饭时居然又在食堂碰上了，很自然地坐在了一起。我同这小精灵般的女孩一起哈哈大笑。

这是刚上红村不久我碰到的一个事件，说它是事件，因为它对我影响深远……

她叫谭小季。她有一种嘲笑的天赋，配上她那独有的既快活又可爱的方式，好像天底下好笑的事和好笑的人都给她碰上了，简直俯拾皆是。她大大咧咧地嘲笑那些常跟她混在一起的高干子弟，那些试图挤进上流社会的爱虚荣的漂亮姑娘，不学无术的傻瓜。但她的话语又是那么滑稽、可爱、俏皮，有时也很刻薄，但她的刻薄不讨厌，反倒让人感到妙趣横生，好玩得很。我们的笑声极其放肆，像是在挥霍青春。我几乎全然忘记了我身在何处。有人看着我们像是要对我们施以责问，我装作没看见，她是根本看不见。她的满不在乎的劲儿传染给了我，好吧，让我和你一起跳舞吧。人们一定以为我疯了。上山以来，还没有过如此恣意的大笑呢。今天，我更有理由大笑了。因为就在今天下午，就碰上了这么一件让人啼笑皆非的事……

有一个女孩，高个儿，白皮肤，一双小眼睛总像没睡醒，工作挺轻松：在供应科发放材料，来自某县城，且叫她X吧。她是那种以背后批判别人为己任的人，全厂的年轻女孩都被她"踏"了个遍。也许阿娜除外。外表倒显得稳重大方，善于打扮，也精于周旋应对。有一副挺拔的好身材，穿的别致惹眼，只是稍显俗气。她最让我吃惊的是，刚刚还恶毒地咒骂一个人，极其轻蔑地将其扁为狗屎，一转身，那人来了，比变脸还快，她一下子满脸堆笑，可以恭敬得近乎卑谦地与之寒暄。她可以说出任何人的一大堆缺陷和致命伤，真有一种横扫一切之势。说的时候还不笑，口气不轻松也不激烈，带着一种漫不经心的轻蔑和不知从何而来的仇视。偏偏总能击中要害，虽然可能只有那么一点点，但那一点却被她无限夸大，然后给以致命的一击。

当时，我回寝室拿点东西，她正跟另一个女孩Y站在一起聊天呢。这是又一个令我困惑不解的人，一个年轻女孩，她看上去也不丑陋，甚至还有点斯文样儿，与X不同在于，Y出身技术干部家庭，举止稳重，模样也还端庄，讨人喜欢，可以讨好人而不露出谄媚痕迹；说人长短则用一种轻松好玩的口气，而在轻松的口气中，"樯橹灰飞烟灭"。这两人的共同点是喜欢在背后说人坏话，对此道简直有事业狂一般的热情，其频度和广度远远超过最爱嚼舌头的家庭妇女，且两人都精于世故，老练得可怕。两人的不同之处在于，Y多半出于无聊，而X多半出于嫉妒。我一直还奇怪，这两人怎么没有成为朋友？一旦结盟，天！多么可怕的两张嘴呀！

"有什么了不起的，初中生，平头百姓，转什么呀？摆出一副了不起的架子，喊——"X和Y正意兴勃勃地说谁呢，风恰好朝我这边吹，仿佛一团毒气飘了过来。见到我，Y小声对X说了句话，X一个优美的转身，她的脸顿时灿烂得如同我们是多年未见的老朋友，"哎呀，我们还说呢，全厂的年轻人，你是最出色的呀！谁也比不上你呀，那么全面……"我脸红了，背上鸡皮疙瘩起了一大片。在这种场合，才发现自己原来多么笨拙啊，私下里还以为自己多么伶俐呢。唯一能做的，是挤出一点尴尬不快的笑，"哪里。"赶紧溜之大吉。在我背后响起一阵"嘎嘎嘎"和"咯咯咯"的非人类的干燥大笑。我的心头徒然涌起一阵潮水般的恼怒……

所以这会儿在饭桌上跟这位新交一起放声大笑，是何等痛快啊！仿佛我一生下来就一直这么笑着。难道我受了点表扬就该忍气吞声？就该像母亲说的"夹起尾巴做人"？我以笑声来回击那些讨厌的家伙呢。

周围的人，尤其那些师傅级的，不住地用眼睛和耳朵注意着我们，眼神暧昧地在我和她之间溜来溜去。

我师傅端着碗进来了，我假装没看见她。

阿娜也进来了。我笑得更响亮了，哈哈哈，痛快！

我心里相当清楚，谁都能一眼看出正跟我亲密交谈的女孩不一般，至少从她那目中无人的态度上。而我跟这位了不起的人物打得如此火热，也就把我抬高了一大截，我也成了个不一般的人了。实际上，别人怎么看我倒还在其次，我希望阿娜能看见我也有如此出众的朋友。

阿娜看到了。可是她看也不看我，只朝谭小季投去匆匆的一瞥。

我忽发奇想，那是一个阿娜在朝另一个阿娜打量呢：真想知道她这一眼看出了什么？

可阿娜的脚步并没停下，跟晓彤去了打饭的窗口，旋即步出食堂。

那几年，凡是山上来了人，来了谁的姐姐啦妹妹啦，我总是第一个就同人家打得火热，给人家充当义务导游什么的。好像我是外交部礼宾司的。对于我的这种好客作风，阿娜的眼角露出一丝略带嘲讽的宽容的笑意，而我的好友孙玲或柳平就没有那么宽容了，她们对此颇有微词呢。实际上，人家来看的弟弟或是姐姐，我平时可能连招呼也没怎么打，但来人一定得是成都或重庆这些大城市的，是性格活泼外向的年轻姑娘。至于谁的乡下老婆或是半大小子来了，我当然不负责接待。倒是来了个农村小娃儿，睁着双黑溜溜的大眼睛，哪怕拖着两条大鼻涕，我也爱去逗一逗的。后来，我也就没这份雅兴了。

玉容的妹妹也来过。她跟姐姐大不一样。红扑扑的脸蛋，一动浑身像蒸汽机似的"嗞嗞"冒气，茁壮如一枚小炮弹。她放寒假了，来看姐姐。我同她踢毽子，打羽毛球。她跳起来抽杀，不要命似的，凶着呢！她也是学校团干部，跟她姐姐一样。我试探着提到她姐姐学雷锋的事，想知道她对此有何高见。不想，小男孩般的狂野神情一下子不见了，好像一下子老了好几岁，额头上竟堆起一叠皱纹。"每个人都有自己的方式，对不对？"口气好像跟我吵架似的，又像经历了多少世事。我感觉她并不认同姐姐的方式，可也容不得别人对此说三道四，这个小大人。

另外一个上山来的客人，是厂里一个小伙子的姐姐，也是地质科研所的（同谭小季一个单位）。她弟弟是个孤僻的人，几乎没见他跟任何人走在一起过。在红村，人们都是成双结对的，或成群结队。我自然没跟他说过话，可这并不妨碍我同他姐姐一见面就打得火热。姐姐很活泼，善解人意，穿一身半旧的黄军服（那时流行穿军装），也来自成都，比我大。我领着她满山转，充当义务导游，虽然山上没啥好导的。我们一起交流一些琐碎的观念，包括时尚的信息（如果那时也称得上时尚的话），以及成都人生活中的点点滴滴。谭小季考上大学的消息也是从她口里得知的。果然考上了中文系，华中师大。我向她打听谭小季在单位里的情形。

"她呀，很傲气，不大跟我们玩儿。部队大院的嘛，交往的净是高干子弟。"

是的，谭小季本人也说过，她不喜欢跟女孩子交往，嫌她们狭隘，无知，小气。

"我呀，什么都想得到：爱情、事业、名气，还有幸福的家庭。很贪心，是不是？"

爱情？光是这个字眼就使我脸红，况且那是多么美丽而遥远的事！

谭小季用一种半自嘲的口气说："而且，要在二十八岁以前。"

二十八岁！还多么遥远啊。但是她的坦率和大胆让我觉得又迷人又讨厌，或者不如说是一种嫉妒。她那一口浓浓的成都腔，真是别有一番味道。显然，这又是一个"标杆"式的人，在那些最初的日子，就像我初见阿娜一样，眼前又骤然一亮。

我至今还记得，那样一张异常精致的小脸，一双闪烁着慧黠而又调皮光芒的小圆眼睛，那么一股子满不在乎的潇洒劲儿，一副走南闯北见过世面的神情。

那天清晨，站在红村之巅，同谭小季在一起的时候，忽然觉得被群山切割了的天空和大地，一下子放大了无数倍，变得异样宽广，明亮。她们，向我展现了生活的另一面：崇高，壮丽，星光灿烂。这正是我要过的人生！生活多么有意思啊！再次发现，我，是这么渺小，平凡。但这有什么关系？好在我还如此年轻，一切皆有可能。我开始渴望有一天，一定要走出红村，走出这座灰白色的山冈，步入她们那个广阔的世界。不错，正是这个女孩子，像一颗划过天际的流星，照亮了我初涉人生时的晦暗。

而那天晚上我彻夜未眠，脑子里又开始浮想联翩，某种似乎被遗忘的记忆碎片在我脑海中浮现，仿佛有什么重要的事情我忘记了，可那是什么呢？我似乎知道，又似乎不清楚。我感到很苦恼，心中有一种未明的渴望在沉浮，像一颗小石子投入平静的水面一样荡起了久久的涟漪……

很多年以后，在我的故乡，在我童年时居住过的机关大院门口，不期遇见了谭小季当年的那位男同事，往事一下子浮现眼前。

我走到他跟前，对他笑一笑，他有些愕然，但随即对我也笑一笑。他自然不记得我。我提起谭小季的名字。

这位男子实际上已经开始略微发福了，肚腩微微挺起，只是那张脸，不知为什么我依然记得，宽宽的，略有点椭圆形的感觉，看上去脾气很好，又温和又大度。他的身边还站着一个大约三四岁的小女孩，完全是另一个幼小女版的他，一张略为"地包天"的大嘴尤其像。他先是愣了一下，然后想起来一点似的："哦，哦。"说到谭小季，他的眼睛先是一亮，继而笼罩上了一层薄雾：她大学毕业以后去了西双版纳。

"去了西双版纳？"我问。

"是的。"他说她自愿做一名乡村女教师，去了那边以后写过一封信，说她很好，还说西双版纳是一个美丽的地方，此后就再也没有音讯了。

"她像彩虹一样消失了。"他说。

多么富于诗意的话语啊，从这个男子的口中说出来，我几乎不相信自己的耳朵。同时注意到一个瞬间的表情：他下意识般地低头望一下另一个幼小的"她"，然后说，她消失了，写了很多信都石沉大海，不知道她现在在世界上哪个角落，我倒宁愿她是出国了。

我明白了，因为她彻底消失了，才会有这个跟谭小季没有关系的孩子。正是这次相遇，再一次给了我生命中根本性的启示，此是后话了。

分手前谭小季最后丢给了我一句话："你也想上大学是不是？以后不会只看表现的，还要考核学习成绩的。"

我愕然。

高考,高考

一个巨大的罗马斗兽场,
犹如一盏在黑暗中突然绽放的明灯,
不止照亮了我的未来。

大概是第二天，我就捧起从家里带来的高中数学课本。除了上班、吃饭、睡觉，我简直不愿意浪费一分钟。

　　"不错嘛！"阿娜见了，笑眯眯地夸我。我矜持地笑笑，什么也没说，心里却想，真正到推荐上大学的那一天，如果只有一个名额，那会是谁呢？当然落不到我的头上，我有自知之明。可若是真像谭小季说的还要考核成绩，我为什么不争取？

　　"哎，"阿娜又问我了，我怎么觉得阿娜今天有那么一点点讨好我的意思，"前几天在食堂跟你一块吃饭的那个小女孩，神气活现的，是哪里的？"

　　啊哈，看来阿娜那一眼没白看，她对谭小季感兴趣，就像一只凤凰一眼就看出来另一只奇鸟也非同一般。

　　"噢，她呀。"我来神了。把谭小季的情况显宝似的添油加醋地吹嘘了一番，仿佛人家不是一个只有一面之缘的陌生人，而是我的老朋友，甚至是我的姐妹，之后我又故意加了一句，"她很瞧不起高干子弟。"

　　"是吗？"阿娜脸上的笑意消失了。

　　我几乎不敢相信她会为我的话而受伤，但那一瞬间我的确感到她的骄傲受到某种程度的打击，仿佛人也一下子矮了一点点，就一点点，虽然只那么一点点，我还是看出来了。口气都没有刚才夸我时那么居高临下了。

"她是高干子弟吗？"阿娜又问，这回跟我站在同一高度。

我故意延长回答的时间。

"最多也就是地师级，不会超过的。"阿娜又说道。后来我才知道，局长就是地师级。

"哪里，"我仰头一笑，"她说她爸只是普通的文职人员而已。"

新工中，除了阿娜早有一台小收音机以外，我是最先买小收音机的，大约工作两个月以后，用我攒下来的全部积蓄专门到县城买了一台"熊猫牌"袖珍收音机。这是我最心爱的物件，也是当时最引以为傲的个人资产。这不在于它的价钱，在于有了它，我感觉离外部世界近了，而且仿佛多了个未曾谋面却无所不知、无所不谈的朋友似的。

高考的消息我最先就是从收音机里听到的。

事实上，广播，还有报纸，一夜之间就把恢复高考的消息传遍了整个大江南北，工厂矿山，田间地头，部队营房，甚至于边防哨所，这消息传得快得超过了我的预想。高考，这是当初我走出家门时做梦也没有想到的，否则，我是无论如何也不会选择参加工作的，哪怕母亲说一万遍，这是最后的机会，石油部门最后一次内招子女，过了这村就没有这店了，我也不会理会。谁知道呢，才工作几个月，就恢复了高考，做梦似的。

高考，这是吹向有志青年以及非青年的一个号角。可不是嘛，有些已经迈出了青春的门槛，胡子巴碴的爸爸和拖儿带女的妈妈，甚至与自己的孩子同堂应考。高考，简直是全中国年轻人和不太年轻的人的盛大节日，或者说是一个巨大的罗马斗兽场，犹如一盏在黑暗中突然绽放的明灯，不止照亮了我的未来。那团一直盘旋在我脑海中的人生迷雾一下子澄清了，消散了。

考大学！你首先得上大学，那才是通向未来之路！

理想，第一次有了具体的形状——大学！

我决定参加高考，给家里写了信。妈妈回信说，只要单位同意，你就去试一试，反正也没有坏处。不过，第一不能影响本职工作，第二不要抱太大希望。

诚然！那么多届的初高中毕业生，一齐涌向高考考场，像攻打巴士底狱似的。

可妈妈的冷静让我有点失望。妈妈为什么不像我一样热血沸腾呢？有时候，我觉得妈妈心里想什么都是我所不了解的，在她那看似沉静的微笑下面，实则藏着深不可测的心思，就像当初她看似不偏不倚，要我自己决定走哪条路，可她的话语充满了暗示和倾向性，不像爸爸，他是老石油了，他并不希望我那么早工作而辍学（可惜我太自以为是了，没有听他的）。妈妈也一向并不那么看重金钱，可为什么她极力要我早早工作呢？那时我太忙着想我自己身边的人和事，也就顾不上多想渐渐离我远去的母亲了。

说到本职工作，自然是车间的铣工。站在机床边可开不得玩笑，如果你不想失去手指头甚至头皮的话。

还有师傅的脸色。

我的师傅，是个文文静静二十六七岁的女子，刚结婚不久。丈夫在我们邻厂当电工，也是本系统的。我跟师傅的关系一开始就有些微妙。关键她也是青工中好样的，技术尖子。她一直对我过于客气，大声训我什么的是从来没有的事。可我反倒羡慕孙玲，有一个可以做她父亲的男师傅，大大咧咧，粗声大气的。我的师傅不论是给我布置任务，还是教我操作技术，总是怯生生的，活像个异母姐姐似的，反而让我不自在。

她知道我要高考，只说，哦，好。但我感觉她心里并不这么想。她心里酸溜溜的，因为她曾经说过以前她成绩也很好，可是跟我一样，也是初中生，不一样的是，她已经结婚了。

"老啰。"她叹了口气。

我不知该怎样回应她，有时候总是这样，事后只能责怪自己不懂得应对，太笨。

所以我尽量不在师傅面前提到高考。干活的时候，集中全部注意力，眼睛和心神都盯在飞旋着的工件上，耳朵则仔细地辨认机器声有无异常，不敢有丝毫差错。即使这样，还是出了问题。

早上，我还没走到床子边，就发现师傅的神色不对。我望着她，心忐忑着，问："出废品了？"

"差不多。"

我赶紧摸出图纸，把昨天下班前加工的工件拿来对照。内径大了5，图纸要求允许误差为±1。

师傅并不看我，也不再说什么，只专心擦她的床子。我的额头却开始冒汗了。

车间里充满了叮叮当当的响声，说笑声。每一天的开始都这么快活，睡了一晚上，好像谁都一肚子的精力等着释放。可是我怎么觉得那么静呢？觉得好像所有的眼睛都看着我似的，都知道我出废品了。其实并没有人看我，连师傅也没有看我。

可我只想找个地缝好钻下去。

出废品了，真丢人。

脑子里就这几个字辘轳似的来回绕。

"返工吧？"我说。

"只好这样了。"

"再也不会了。"我说。师傅看了我一眼，也没再说什么。

那次废品事件给我敲了一记警钟。又像一个人本来在钢丝上走，又给他往上升高了几尺。

第一次高考，青工中只有阿娜上了线。此外还有一个三十岁出头的助工，一个当过知青的"妈妈级"，孩子都上小学了，老三届的。显然她的基础比我们所有人都要硬。可不知为什么我们都不太去请教她，在我们眼里，她都属于"老年"人了。跟我们这帮人混在一起，她反而显得不好意思似的，有点儿自嘲。"咳，考着玩的。"她说。又抱怨记性坏了，一副满不在乎的样子。然而她是这次厂里唯一考走的，把我们羡慕得要死。

高考前，我曾问过阿娜准备得怎么样了？她神情淡淡地说，考不考还不一定呢。不像我，一副兵临城下的样子。每天深夜一点过，我实在熬不住了，两只眼睛即使用火柴棍也撑不开了——当时还真那么尝试过，只好合上课本。我总是要走出门去透透气。

此时红村一片漆黑。群山沉浸在寂静的睡眠中。而阿娜的窗口还亮着灯，一盏橘黄的小台灯，犹如燃在黑夜里的一个小灯笼。我知道那是阿娜。因为晓彤每晚十二点必须睡，不然第二天早上就无法起来放广播。

我叹了口气：就连精力，我也比不上阿娜。

第一次高考的最后一个礼拜，厂里突然开恩，放假一星期。是不是我们感动了酋长？也许是晓彤的一句话起了作用，她说别的单位都给考生放至少半个月的假。

厂里让我们脱产备考。七八个人同仇敌忾，空前团结。我们三个人总同出同进。一起上山，一起下山，一起出入食堂、锅炉房，甚至厕所，为的是好讨论题目。给我们拨了一个小会议室临时专用。事后有人议论说我们是沾了阿娜的光，管它呢。连阿娜有时都转过脸来问我，征求我的解题方法。能不能解出且不论，我"嗷"的一声立马扑向那道难题，犹如听到将军命令的士兵，我把这看成是对我的了不起的恭维。多么令人怀念的幸福时光！

我们几个年轻人正在复习功课，陆文广突然出现在我们面前，背着手，眼睛坏坏地笑："一群大学迷。"接着扫了一眼我们摊在大桌子上的课本。

我冷冷地看着他。

这是我第一次应考，心里很紧张，没有心情为领导的莅临受宠若惊。他把目光又转向我，带着半开玩笑半认真的神情问："知道牛顿是怎样发现万有引力定律的吗？"

我确实不知道，当时也没有兴趣知道。只想着如何把万有引力定律本身对付过去就"OK"了，至于它是怎么被发现的，等上大学以后再去过问吧。

"不知道。"我冷冷地说，神情大约有点像那些电影里面对国民党的共产党员吧。

有人轻声笑了。

陆文广说，是一次牛顿在一棵大树下苦苦思考重力的问题，一个苹果"扑通"一声落下来，正好砸在了他的大鼻子上，于是才有了万有引力定律。他讲得倒是怪生动的，他说话总是又生动又有趣。

又有人轻声笑了。

"无稽之谈！"

我丝毫没有受感动，头一扭，不屑地说。

"哗"的一声，全都大笑了。

数晓彤的笑声最响亮。

他们大约笑我居然对"陆头"如此无礼，当然也可能笑我连这么著名的故事都不知道。

我不管，头仍然扭向一边。

"哎——"陆厂长急眼了，转到我面前来，"怎么是无稽之谈？不信你查书去！不信你问问她们！"他指指晓彤等几个高中生。

"哼！"我又低头看书了。说实话，连说这些话我都嫌浪费时间，心里起火呢。

高考，我有生以来第一次没有通过的考试。

失败了。"砰——"如一个投篮投偏了,砸在篮板上。也不过如此,不是世界末日。我这时才十七岁。

我还以为这是光荣的失败呢,可不是嘛,第一次落选,还为我赢来了一片赞叹。"真有勇气呀!"厂里不少老职工见了我都这么说。还满以为自己好歹搭上了新时代的列车,会一路呼啸,像从前一样,很快就会把同行者远远抛到后头去的。

然而,我终于尝到了被奚落的滋味。

"别人是屡战屡败,你是屡败屡战啊!"这是"陆头"在打趣我。

他的爱开玩笑是出了名的。当我一而再、再而三的落选之后,我当然从他揶揄的眼神中,看得出来他不是夸我顽强,而是嘲笑我"常败将军"。这玩笑要摊在晓彤身上,她会撒娇,会抗议。

可我不。

"说得对啊,怎么那么对呢?我是屡败屡战,我还要战斗到最后一滴血呢,不成功便成仁!"说完我的脸色铁青。

自从第一次高考失败以后,见了我,陆文广就有新的说头了。"'大学迷'来了。"对每一个考大学的年轻人他都这么说,对我,就更刻薄了,"嘀,初中生敢考大学,谁说鸡毛不能飞上天?"

因为失败,受到如此奚落,是生平第一次。而人生中的重大失败,对我来说也是第一次,却不是最后一次。我没有,那时也不可能想到,从此失败这个幽灵竟如影随形般一直紧紧跟着我,紧紧地跟着我……

偶像的危机

那一年，
是一九八〇年。

阿娜为什么落选了？人们私下猜测，大概是政审方面的原因。听说她父亲最近在接受审查，据说与"四人帮"有牵连。不过谁也说不清，也没人敢大声议论这事儿。阿娜一直保持沉默，关于高考，关于她父亲，关于一切，她的沉默简直具有金刚石一般的质地。年龄和阅历的关系，我是只看见她沉默的形状、质感，而对其内部构成一无所知。

很多年以后，当我们历尽沧桑，再度重逢，我才真正了解到阿娜当年受到怎样的内心煎熬。

当时我只看见她的沉默和苍白，只看见她下了班以后空前的忙碌，拖地板，擦窗户，端起脸盆去洗衣台，而且她的忙碌是不容打扰的。没有人敢试图去跟她饶舌。一个也没有。我们一干人唉声叹气，她从不参与。仿佛转眼间她就抛弃了高考教材，像扔掉穿烂了的袜子一样。就像那东西，她压根儿就不稀罕，不过屈尊瞄了一眼，不值得看第二眼似的。

第一次落选，我的唉声叹气多少有些做作。阿娜不同，她什么也没说，可脸色……我很想宽慰她几句，她的凝重阻止了我。

其实，她落选也好，父亲接受审查也好，不但没有人当面对她有所表示，就是背地里议论，也是一副做贼的样子。在她面前，人们依然是毕恭毕敬的，甚至更加恭敬了。她对人的态度也没什么变化。如果说有什么变化,只是脸色更凝重了些,稍微近视的眼睛似乎更加近视了——对人更加视而不见,但真正看见了,也会点头致意的。

很多年以后,我才知道,在阿娜庄重的背后,其实隐藏着天塌地陷的感觉,隐藏着巨大的恐慌。她每天都提心吊胆,只要一看见开过来一辆吉普车,心都要蹦出来了:怕车门一打开,是她的父亲,被推搡着……局领导下来都坐吉普,那时她父亲在各二级单位巡回批斗。她生怕在她自己所在单位看到这一幕。

这些我都不知道。在我心目中,她跟过去一样,不对,我更加敬重她了。从她身上,从她面对逆境和打击时的态度,我好像感受到当时还说不清的一些东西。

阿娜从进厂到离开,地位一直比较特殊,这是事实。她和晓彤住一间屋,就她们两个。特权,居然没有人提出异议。理由是晓彤是广播员,需要安静的休息。笑话!有时要加夜班的车间工人难道不需要休息吗?可大家最少是三人一间。但我也不能想象她俩不住一间,而跟别的人混一起。与我们寝室的凌乱、花哨不同(凌乱是我的床上,花哨是在另一室友的床上、墙头),阿娜她们的寝室洁白得如同高级病房,白得一尘不染:白床单,白被套,白枕巾,夏天还有白蚊帐,一律雪白雪白,简直是个银白世界。这种出奇的洁白让人不由得产生一些联想。你若是头一次走进她们的房间,一定恨不得把自己先用漂白粉漂一遍。我当时就有这样的冲动,以至于进去时都有点蹑手蹑脚的。晓彤的床上稍有色彩,但也十分素淡。她父母虽为管理局的普通老干部,可也不简单。听说出身于西南联大。姐姐哥哥们不是大学生就是研究生,而且个个优秀又漂亮。

记得第一次进她们寝室,我还很激动呢。特别留意阿娜的书桌,还有书架。想看看她到底都读些什么书。只见床头放着《拿破仑传》、《第三帝国的兴亡》,嘿,赫然一本希特勒的《我的奋斗》。我假装不动声色,又静静地扫视她的书架,一个亮闪闪的竹书架,《共产党宣言》、《马克思恩格斯的青年时代》、尼克松的《领袖们》、《蒙哥马利元帅回忆录》、《论个人在历史中的作用和地位》,作者普列汉诺夫,以及一批苏联小说《州委书记》、《叶尔绍夫兄弟》等等,还有几本我甚至闻所未闻的外国小说。我静静地嗅着这些书籍散发出的特殊的气息,心里头则任想象的马儿驰骋着。桌子一尘不染,摆着梦幻般美丽的深红色麦乳精盒子,墨绿色的听装饼干。她随手递给我一块包装华美的酒心巧克力,本想拒绝的,可还是决定接了。我把巧克力送进嘴里,一股陌生而美妙的滋味慢慢在我的舌间乃至整个口腔中蔓延开来,我不会告诉她,是第一次品尝这华丽的味道。

　　回到自己的寝室,很快忘记了巧克力的滋味,却一直在想阿娜本人。在那片书籍的芳香中,我似乎嗅到了另一种气味。什么气味呢?我感觉到了却又说不出来。

　　厂里有名技术员,单身,"工农兵大学生",像棵豆芽菜,头大,窄肩膀,偏偏还喜欢用电吹风把略长的头发吹起大波浪,还喷上很有些刺鼻的"摩丝",眼睛也大得有点离谱,绰号"虾米"。偏偏自以为是美男子,还真有促狭鬼这么跟他开玩笑,而他可能还真信了,不然怎么走路时,不碰见姑娘们还好,只要有年轻女孩从他身边走过,瞧他走路的架势,还要扭几扭,穿的还是时兴的"微喇"裤,实在标致极了。只能引起姑娘们掩嘴而笑。其他且不论,偏偏还喜欢在寝室里引吭高歌,大概以为自己是唱《在那桃花盛开的地方》的蒋大为呢。只是,他的寝室离我们不远,寂静的夜里,那歌声是会让我们脊背上起大量的鸡皮疙瘩的。

　　姑娘们会说,听,"虾米"又犯病了。

　　他大约是爱上阿娜了。

　　因为他开始用含情脉脉的目光注视阿娜。歌声来得更深情也更嘹亮了。让我们背上的鸡皮疙瘩简直就没法子下去。他倒没有直接向阿娜表白,到底是不敢呀。只私下里对较接近的同事暗示过。厂里无人不晓，也就是转瞬之间的事。可谁会当真呢？只觉得滑稽，觉得这"虾米"也太那个了。但碍于阿娜的威仪，倒没有人敢拿"虾米"跟她开玩笑。要换了别人，早就成公演的喜剧了。也有个别胆大的好事者，在阿娜面前以试探的口气小心提到"虾米"，自然是说他的大名，极郑重的。阿娜淡淡一笑，不置一词。半天，才想起来似的，"哦！"便没有了下文。这两人若在路上擦身而过，阿娜甚至会对他微微点头致意，然后继续走路，仿佛没有听见背后放大的叹息声。

我能感觉到我在阿娜心目中还是没有多少分量，虽然先进什么的我一样也没少拿。真恨不得早点"混出个人样来"，这一天什么时候才到来呢？

有次阿娜对我说："你这辈子也干不了大事。"脸上又浮现出她那特有的恼人的蒙娜丽莎式的微笑。

我顿时涨红了脸，这比直截了当地说"你长得可不怎么漂亮啊"更要让我难受。那时候，我只是喜欢看美丽的事物和美丽的人。至于自己美不美、漂亮不漂亮是不介意的。可我介意能不能干一番大事业。这不就是我活着的意义所在吗？干一番轰轰烈烈的大事。我简直不能想象我这一生不能成就一番大事。

"何以见得？"我不服气地问。

"看，又沉不住气了吧？"

我不好意思地笑了。

她说我太感情用事，喜怒形于色。

我想了想，这的确是我的弱点。

"不过你天生是个文人，倒挺适合拿笔杆子，当个作家什么的。"

说得好轻巧啊，仿佛作家是个什么小玩意儿，我伸手可得似的。自然，在她心目中，可能笔杆子是不比枪杆子分量重。

那时候，我还没想到当什么作家。实际上，我还没有找到方向。

即使遇见谭小季，那个立志要当作家的女孩以后，我心里依然是模模糊糊的一片。当初坐在颠簸的汽车上要成为一个闪闪发光的人物的英雄式幻想也依然没有消灭。但这个英雄具体是怎样的，我心里的确很不清晰。

"那你肯定能干一番大事了？"我说。话虽带刺，可也是真觉得国务院副总理她也未必不能胜任，英·甘地、英国首相撒切尔夫人之类。她若从政，说不定能为国际政治舞台增色呢：一位既高贵又神秘的中国的撒切尔夫人，我内心里真这么认为。

不料，她却用低沉的声音说："不，我也干不了大事的。"
因为有一次我同她谈到过政治和政治家，我提到拿破仑。
那是我第一回看见阿娜的脸发生了剧烈的改变。当时我想，若阿娜是个男子，或者即使是个女子，如果她生在拿破仑时代，一定会追随他征战疆场的。

是政治抱负！
一直以来，关于阿娜内心的秘密，那个我百思不得其解的谜，如一道电火花在我脑海中闪过。

有什么样的雄心在这个少女的胸中沸腾呢？可是她却说她也干不了大事！那么，还有谁才能干大事呢？

此刻，她那大理石般的面庞似乎微微地颤抖了一下，这是第二次了，那仿佛由灵魂发出的颤抖，连我的心都被那颤抖给剧烈摇撼了。这比刚才说我本人干不了大事更让我难受一百倍一千倍。

我颤声问："为什么？"
她却笑了。
"不告诉你。"她说。
就这样轻轻巧巧一句话，仿佛扔过来一方手帕，打开看什么也没有，玩笑似的。仿佛我们刚才什么也没有说，一切趋于平静。她的笑容力敌千钧，一下子把我推得好远。又竖起来了那堵无形的墙，总是这样。每当我试图走近她的时候，我发现我仍然不是她的朋友。直到她离开矿机厂，离开红村，随父亲去了北方。

一个十二月的夜晚，睡梦中突然听到了一阵喧哗。因为太疲倦了，我翻了个身又睡去了。

一阵有力的敲门声再度把我唤醒，整个寝室的人全都醒了。"敏而，孙玲……"是阿娜，还有晓彤。

我们赶紧披衣起床，开灯，开门，心怦怦跳着，地震？我尚未完全清醒的意识首先闪出这个词语，那一阵全国都在闹地震。

阿娜和晓彤都穿着厚厚的棉大衣，围着大围巾，脸色都很严峻，一人一个手电筒。阿娜说山下公路上出了车祸，有人上山来求救了。

我一边穿毛衣，一边发抖。虽然不是地震，可我还是在发抖。"我们能干什么？"我问。

"也许帮不上太大的忙，总能起点作用吧。"阿娜说。

我的脑海里则是一片血肉模糊的场面。穿裤子的时候，竟把后面穿到了前面。

"快点！"晓彤催了。

"不要慌。"阿娜说。

出了门，我打了个激灵，又问："要不要再叫别人？"

"不用了。"阿娜说，"医生和小伙子们都已经下山了。"

几只手电筒便在漆黑的山道上晃动。山下传来断断续续的人声。我感到自己的腿怎么都不像长在自己的身上，木偶似的硬邦邦的，手里的电筒也乱晃。大家一时都没有说话，只听见我们不整齐的脚步声，还有我的牙齿发出的"嘚嘚嘚"的响声。

"你没事吧？"走在前面的阿娜回头问我。

"就是冷。"我说。

"没事的。"阿娜在夜色中对我笑了笑，"听说不算严重。"她甚至伸过手来捏了捏我冰凉的手。

她的手温暖有力，我一下子不抖了。为自己的胆怯有点羞愧。我猛地朝下跑了几步，一个人冲到最前边去了。

到了山脚下，声音更清晰了，我的心不由自主地又狂跳了起来，大家全都不约而同地停住了脚步……

那以后的场面令我终生难忘。而阿娜所表现出来的超乎常人的镇定，在那可怕的场景中她温柔有力的声音，都一起留在我的记忆中。她的形象，那天夜里，那穿着黑色短大衣围着鲜红羊毛围巾的美丽形象在我心中甚至跟林道静、卓娅并立在一起。

那夜之后，我心里感到阿娜离我从来没有那么近过。然而，一个星期后，阿娜就离开了红村，永远走出了我的视线，突然得就像她第一次出现在我眼前的那样。

那天早晨，白花花的太阳刚刚在东边的山岭上露头，大地雾沉沉的，桉树那厚厚的阔叶在微风中隐隐摇曳。

我端上蓝边大花搪瓷碗，恹恹地走进食堂。只见晓彤孤单单地站在窗前排队。我叫她，她回头一笑。可那笑容分明与往日不同。你可以不喜欢晓彤，但你不会不喜欢她那摄影作品般的笑容，她的笑容是那样明媚。谁能拒绝春天盛开的花朵，秋日明净的太阳？可是今天，她怎么啦？"阿娜呢？"我问。其实是明知故问。一进食堂，我就明白了。她俩什么时候落单过？"走了。"晓彤说，一清早，管理局一辆顺便车把她接走了。

就这样，阿娜永远地走出了我的视线。好像一个完成艰难使命的间谍，从此销声匿迹。

蓦然想到，我到底还是没能征服她，她连告别也不肯，带着她不可战胜的骄傲和猜不透的神秘，永远离去了，像我做过的一个梦，骄傲而孤独地离去了。我已经那么习惯在这些灰烬般的红砖瓦房之间看到她美丽高贵的身影，没有阿娜的红村，如同没有风景的山水，日子会像北极圈的冬季一样漫长吗？

阿娜随父亲调到了北方。父亲最后平了反，调到另一个油田任职。

那一年，是一九八〇年。

一九八〇年。时代的车轮隆隆有声地驶入一个新的年代。那是一个给人带来想象和期待的年代，尽管社会政治气候乍暖还寒，一些新的观念、新的思想、新的生活样式却像初春时刚从地下探出头的小嫩芽，虽然还有点战战兢兢，探头探脑，但这里那里总有星星点点的闪现。远在世界尽头，偏居红村小小一隅的渺小的我，也或多或少地感受到那寒气中颤动的春光，感受到新思想的微粒如蒲公英种子在空气中飘浮，游荡。一篇非常动人的小说《晚霞消失的时候》，我就是在那时候读的。

可是，阿娜却走了，突然地走了。

这一走，把我的心也带走了一部分，带到遥远的背景模糊的北方。苍茫的北方天空下，陌生的街市，辽阔的原野上，阿娜有时也会想起我来吗？

在我心目中，阿娜，一直介于偶像和对手之间，或者两者都是。我在她心目中，大约什么也不是。她连告别也不肯。但她却给我留下了尊严，用沉默表达的尊严，尤其当厄运袭来时，那沉默更是掷地有声；留下柔和却无法折断无法穿透的骄傲，还有智慧，耳濡目染生活历练中得来的智慧，以及仿佛是天生的优雅和高贵。

在当时，这些我也想的并不那么清楚，不过心头留下了模糊而又强烈的印象罢了。这印象历久弥新，岁月竟不能磨灭，二十几年后竟成了我写作此书的动因之一。至于她消失的背影，则给我留下无限遐想，关于她的未来——我就是那么肯定，这辈子，她一定会干一番大事业，一定会有斑斓的人生！

我感到，有一颗明亮的星星在红村的天际消失了，红村的天空黯然了一些。但是，我自己还得在这片天空下，在红村灰白色的群山间生活下去，在阔叶桉树林中继续寻找我在世界中的位置，寻找人生的坐标，这是毫无疑问的。我绝不相信，红村，是我人生的终点站。相反，我把红村看作青春的驿站，看作通向遥远未来的一座小桥，只需迈过去……

很久很久以后，也就是今天，我的小说在网上参加征文大赛，当擂台赛打得如火如荼之际，阿娜再度走进我的视野。

我与她，在网上重逢了，这么多年之后，这么突然。

"我来了，小妹妹！"她在我的作品点评栏里留言，"我们一起走过……"她火热的赞美、激情的鼓励、华美的词藻让我激动万分，热泪直流，我的眼前，又闪现出她窗前那燃点在红村漆黑夜里的橘红色灯光……

我这才知道，她竟然也在北京。我们，在北京石景山一条朴素的街道上重逢了。

远远地，我一眼便认出了她。阿娜，那是她！她，走过半个地球之后，朝我招招手，朝我走过来了。

那一瞬间，我几乎产生时空的错觉：难道我又回到了当年吗？阿娜，还是那个阿娜，还是第一次出现在红村阔叶桉掩映下的山道上，她还是那么美丽，那么光华四射，那么仪态万方，还是那么年轻啊。我激动得几乎不能自持，二十七年的沧桑奔来眼底，我又像小姑娘忽然看见仙女似的，飞快地向她跑去……

这次重逢，她带来了当年父亲冤案的真相。

"天都要塌了啊！"她缓缓地说道，其时我们坐在石景山一家干净明亮的餐馆里，这是北京一个少有的明媚冬日，阳光透过窗玻璃照在大厅的地板上，我心头充满了奇妙的感动……

阿娜的父亲平反以后，办理调动手续期间，阿娜回到管理局，一次晚会上，阿娜走进局机关大礼堂，像过去一样坐在了领导及家属就座的前排，因为她很快就要走了，还因为她需要在大家中间露露脸，堂堂正正地，这对她很重要。几个局级领导的女孩见到她，亲热地围着她坐了下来，聊着。

新任局长过来了，看见阿娜，高兴地叫了一声她的名字。

阿娜此刻正低着头，没有反应。老头子以为她没听见，又提高了声音，再叫。还是没有反应。旁边人捅了捅阿娜。阿娜还是一动没动，像一具石膏像。

老头子这回明白了，气得暴跳如雷："好你个臭丫头！不理我，我前几天跟你爸在北京开会还一起喝酒来着……"

阿娜告诉我，她的父亲是冤枉的，完全是莫须有，父亲也好，他们一家也好，做梦也没有想到会被说成跟"四人帮"有牵连。而新任局长正是她父亲一手提拔上来的。阿娜的父亲在最痛苦的时候连自杀的心都有。

"那是杀父之仇啊，我最爱的父亲。"说起往事，阿娜的声音依然沉静，眼里却似有泪花在闪烁，那是怎样惨痛的经验啊！

"你抬头看他一眼了吗？那是局长啊，众目睽睽之下。"我说。

"我抬头了，但是没有看他，也没有看任何人，连转也没有朝他那个方向转一下。当时鸦雀无声，所有的人都愣在那里了，所有的人都吓呆了，好像时间都在那里凝固住了。我就那么一动也不动地坐在那里，石像似的，任凭他在那里咆哮……"

"真的一句话也没有说？"我问。

"没有。"她解释说，骂人，她做不到，"但对他笑一下我也做不到，打死也不干。"

"太好了！"我忍不住击桌叹赏，"这正是我心目中的阿娜！天助我也！"

酋长大人与我

内心的风暴整整刮了三年,
我不能流露,
不能暴露出一点点蛛丝马迹。

我叫他酋长。在心里这么叫他，并偷偷为他画了一幅肖像：如果头顶上再插上几根漂亮的翎毛，活脱脱一个神气十足的印第安酋长。外加几片机智，几片妙趣横生的才华。当然，这幅肖像也只存在于我的心里。

　　这人若生在十九世纪的法国巴黎，肯定是贵妇沙龙里的宠儿。不过，他的态度更像土耳其后宫的苏丹。更加准确一点，像一个部落酋长。

　　我怎么可以爱上陆文广呢？在那个年代？谁会想得到啊，修女一样严肃的我？

　　那年我二十岁。

　　我以一个孩童般的纯真，以一个修女般的狂热，以一个修士般的坚忍，偷偷地在心里爱他，只在自己心里。整整三年，那是怎样的三年啊，内心的风暴整整刮了三年；而表面上，表面上我不得不装得仍然像一个纯洁的好青年，我不能流露，不能暴露出一点点蛛丝马迹。那是怎样的爱呢？

　　我不得不在心里承认，自己不可救药地爱上了他，爱上了红村的酋长。

　　那爱是上帝擦汗时不慎落下的手帕啊！

记得有那样一个黄昏，那时阿娜还没有走，我们一大群姑娘正朝锅炉房走去打开水。嘻嘻哈哈的笑声，洒向暮色初降的山路，在红村寂寞的黄昏里飘荡。一抬头，赫然看见陆文广正蹒跚着自山上下来。他总是一个人出来，从来不见他偕夫人一道散步。他也看见了我们，那样子活像是瞥见了一道亮光。

　　一眨眼，他走近我们了，就跟我（只同我）聊了起来，甚至没有看其他人一眼。

　　我们一共有六七个人，阿娜、晓彤都在。陆文广仿佛没有看见她们。而她们不可能忽略他，大家都礼貌地同他打招呼："陆厂长。"他含糊地应答着，眼睛却对着我，并不中断与我的对话。

　　实际上，一看见他，我就佯装没看见，正要快步走进锅炉房，也不知为什么要躲他。他却更快地趋步抢近，同时好像做了一个手势，把我给拦在了门口。大家打了招呼全进去了，只有我和他留在门外。

　　我稍稍有一点不自在。我和酋长，只有我和他。其实也没谈什么要紧的事，但他的神情认真、专注，而且好像周围再无他人，好像我的回答对他性命攸关似的。这是酋长跟他的子民在说话吗？

　　他在跟我说话，我有点儿走神。想到了里面的阿娜、晓彤，她俩可是大家公认的美人啊，却被忽略至此。虚荣心不由自主地开始膨胀；但不安也像一根狗尾草在心头轻轻地挠啊挠。孙玲在里边叫我了。

　　"快点，不然我们要走了。"

　　很怕只剩下我一个人，微红着脸说要进去打水了，他笑笑，挥一挥手，自个儿下山去了。

　　回去的路上明显比来时沉闷。偶尔有谁提一个话头，却像断了线的风筝，悠悠的。按路线，该先到阿娜她们寝室。到了她们门口，我犹豫了一下，还是没有尾随她们进去，虽然很想那么做。我很想进去坐一坐。分手时，阿娜点一点头，晓彤笑了一下，但这两人神情都有些异样，也许异样的是我。其实谁也没说什么，不过是脸部神经有那么一丝极轻微的颤动罢了，比微风拂过水面要轻微多了。也说不清有什么异样，为何异样？但肯定没有去时那么轻松自然了，那样一种欢快无瑕的调子。

我们并不总是一大群人一起去打水。那天去时的确少有的快活，尤其晓彤的笑声，"哈哈哈哈"，中气十足，嘹亮无比，还圆润秀美。也只有她那样的女孩子才有资格那样大笑。我常想，虽然免不了有几分嫉妒。我那天也心情奇好，一路哼着歌曲，让我都忘记了黄昏时分常常袭击我的孤独。

我比任何时候都更需要她们，渴望与她们做伴——阿娜和晓彤。我不想回自己的寝室，不想面对孙玲天真得不可饶恕的笑脸，听她唠叨她那寻常的爱情小戏。

门开了，阿娜先进去，我感觉她立刻把门关上了，其实门仍然开着。进门的一瞬间，阿娜眉宇间仿佛写着一种拒绝，脸上漾出一丝凉气。也许是我多心了。她并非对我，而是针对整个世界。谁知道呢，那只是一种想独处的暗示，说不定连晓彤她也嫌多余。人有时不就是这样吗？只想一个人静静待一会儿。一种厌倦。在她，却是包裹在彬彬有礼的面纱之后，这是她脱不掉的外衣。

晓彤的微笑含着虚假的客套，夸张的伪快乐，与刚才去时没有掺假的笑声比，成色可就大不一样了。快乐，是晓彤的面具，她总是以一副快乐的面孔示人，或假或真。

这一刻，我感到被世界抛弃了，或者是找到了主人的坐骑被放逐在外面。恰恰在我意外地获得一束鲜艳欲滴的虚荣心之花的时刻，好像叫花子突然捡到一枚金币却不知道如何处置。阿娜雪白的背影一闪，就像雪山隐入云雾之中。门，仍然开着，可我已经被关在初降的并且愈加浓重的暮色里，孤独地。而酋长他……

在红村，好像人人都为"陆头"的机智或才干所倾倒呢。况且，他正处于一个男人最美的年龄。当然，也许被倾倒的只是女人。

"陆头"，现在大家背后都习惯这么叫他。大权在握，红村的大小一应事务他说了算。红村恐怕没有比他心情更好的人了。在他的领导下，红村欣欣向荣。不仅年年被评为局先进单位，每年还从部里捧回好几项大奖。何况他还新近荣升了"一把手"。"春风得意"，那就是他。我发现，晓彤在他面前，也显得更加娇俏，声音更加甜美，比她的年龄还要年轻；而阿娜，则是妩媚。真少见啊，阿娜妩媚。瞧吧，还有更好笑的呢：那些自以为聪明或自命漂亮的年轻女人，看见陆头，甚至几乎就走不动路了。他一张嘴，她们就花枝乱颤，两眼放光，脸蛋红扑扑的，一个劲"咯咯咯咯"地傻笑。而他呢，没等"粉丝"们止住笑，就摆摆手，大摇大摆地走啦。（我忘了说，开玩笑，嘻哈打趣是陆文广的拿手好戏。）就像一场好戏还没有结束，幕就落下了。女人们意犹未尽，不由得对他生出一股喜不得恨不得的恼意，他才不管你这些呢。

这不，他准是又有什么新发现了。你只要看见他背着手走过来，就准备着好好笑一场吧，他的玩笑不分老幼，不过，他似乎更乐于对某一些女人贡献自己的妙趣。好像只有对阿娜，他不开玩笑。

但你若认为他只是一个亲民的好好先生，那就大错特错了。相反，他性格强悍，具有把自己的意志贯彻到底的魄力。也可以满不在乎地宠爱个别人，漫不经心但仁慈地对待大多数人。他就是这样。他是湘西人，这我后来才知道，他还是沈从文、黄永玉的老乡呢。当我开始在心里想他的时候，湘西的山水便如画卷一般在我眼前铺开，那好像是一片孕育着山精水怪的奇异山水。

自然，陆文广也对我开玩笑，这好像是他的特权。对我，最经典的打趣是"大学迷"，还有"飞鸽牌"。飞鸽牌倒也罢了，我就是听不得"大学"这两个字。在经历了一次又一次的高考失败，连这个字眼都无异于撒在我伤口上的盐。

大概只有我是唯一不拿他当干部的人了。只要他对我眉毛一扬，眼睛坏坏地一亮，我的小脸顿时就板成一块纯钢，嘴里吐出的不可能是莲花，而是投枪、匕首。我实在讨厌他那种智力上也许还有地位上高人一等的自以为是，那种"优越感"（还是谭小季教给我的这个词）。也许连他自己也没有意识到，还以为自己是在与民同乐呢，哼！

有什么办法呢？在别人并不以为意甚至以为乐的事，我却像烫了屁股的猴子似的，我就是这么个人。

工程师楼落成了。一座红白相间的四层小楼，整个红村唯一的一座像样的楼房，红村的标志性建筑。人们也叫它"干部楼"。在我这总共没见过几座楼房的眼睛里，那楼简直宛若一个美丽的童话中的房子。何况坐落在红村中风景最美、地势又比较平缓之处，可以俯瞰峡谷，又面朝太阳，是打在这片风景上的一枚漂亮的惊叹号。这座楼一开始动工，就成了红村的兴奋中心。

可是我怎么都不想为它欢呼，怎么看都觉得这幢楼活脱脱是红村等级制的一个象征。

陆文广得意着呢。房子快要封顶前，一天起码要围着大楼转十遍。也许因为新近荣升了"一把手"，心情太好了。每当他踌躇满志地打量这座楼房时，说不定还以为自己颇有曹操的风范呢。

"哈哈，幸福是毛毛雨，会落到每个人身上的，先后而已。"陆文广打着哈哈说。建工程师楼是他的得意之笔，一个战略性举措，说是以此来吸引和留住人才。

"好吧，我们就等吧，等到幸福的毛毛雨落到我们身上的那一天。"工人们带着一点讽刺意味，也仍然是嘻嘻哈哈笑着说的。

可是我却笑不起来，无法像我的工人弟兄们那样。

屈辱的感觉，犹如海中的鲨鱼，时不时就要冒出来。在一团和气的红村，人，毕竟是分三六九等的，这个事实像红村处处可见的灰白色岩石那么具体。那时我还是一个车间工人,在这半研究性质的单位里,我几乎无时不感到自己的地位类似于旧社会的下等阶级。这不是针对我个人的,而是一个阶层所遭受的不公,我总这么想。孙玲老说我自寻烦恼,说那么多人都能忍受,甚至觉得还是挺不错的,方方面面,就我愤愤不平。

其实对于能不能马上享受到楼房的便利我并不是那么在乎,住平房虽然不方便,但住久了也就习惯了。小时候不也是一直住平房吗?上厕所也得跑老远。无非晚上不喝水,夜里就不会起来去外面上厕所,实在憋不住了,反正到处一片漆黑,打开门便可以就地解决。可是被视为下等阶级,这个现实尤其因为高考的屡次失败而格外锥心刺骨。

我从来不曾对任何人提起过家事。我母亲的家族,母亲的上辈,有大学校花,有日本早稻田大学的女留学生,有清朝的官员,民国的都督,我的外公还是国民党政府的省参议呢。外公家还不止一个留学生,有国民党,也有地下党。而父亲的家道是早已败落。小时候,我听父亲那边的一位老舅婆讲,我父亲的父亲,即我的爷爷,曾经有过一匹白马。他是一个白面书生,与他的表兄弟二人,常常同出同进。那一位是骑枣红马。一红一白,两人骑马"嘚嘚嘚"穿镇而过时,镇上的男女老少是要立在门外观看的。有次我父亲喝醉了酒,我在睡梦中迷迷糊糊听见他哭,把我惊醒了,听见他讲他父亲早年死于仇杀的事。

我从不对任何人提起这些事。也很想把骄傲隐藏起来,藏在一个最隐蔽的角落里。可是并不成功。相反那骄傲有时会格外茂盛,也像大海里的鲨鱼,不让它冒出水面都不行。即使身边就有阿娜、晓彤这样的人,某些方面我的确感到自愧不如,可是那反而更激起了我的骄傲反常地滋长。

母亲也是骄傲的,她的骄傲深藏在骨髓里,比我藏得深(这是自然的），掩盖在她随和、无争的外表后面。我观察过，包括她的族人、上辈，那些老太太们（即我的姑婆们），可都是些骄傲的家伙，人人个性十足。

自从锅炉房相遇的那个黄昏以后，我心里好像有什么东西犹如菌类在树林中的幽暗处悄然冒出来了。而我并未觉察，或者是说有意回避心里隐隐泛起的某种陌生的涟漪。

我才二十岁。一直以来，我的目光似乎总是盯着未来无以名状的广阔道路，虽然看不清，却以为能看见，即使高考的失败也没能使我丧失信心，我的眼睛还是紧紧盯着前方，瞅着未来。爱情，连想也没有认真想过啊，以为那是还很遥远的事，至少一个纯洁的还胸怀大志的女孩子，应该像遇见吓人的大坑一般要躲开它。

爱情，是不是应该像我爬上红村的山顶时，透过阔叶桉的缝隙，眺望的地平线一样遥远而模糊呢？

有一次，我同阿娜谈起过关于谈恋爱的话题。我说厂里的年轻人恋爱成风，好像真要大地震了似的，人人都谈起了恋爱。我是很瞧不起那些早早谈恋爱的人。包括我身边的孙玲。基本上是就地取材。

"这简直像跟自家兄弟谈恋爱一样嘛！"我说。阿娜笑而不语。我又说："我是连青梅竹马也不接受。"那时我还不知道她的爱情故事。

"噢？"阿娜来了精神，眼神有些异样地盯着我，半开玩笑地说，"那你只接受一见钟情啰？"

"那也不见得，我……"还没找到词语，我的脸大约又红了。

她已点点头，朝我投来深深的、会心的一瞥，她理解了我的意思。还不只是理解。少顷，她又摇摇头，几乎是一字一顿地对我说："你是个不可救药的浪漫主义者。"目光中，透出几分悲悯，甚至是伤感。

"小妹妹！"她自语似的喃喃道，手轻轻地在我的肩上拍了拍，还稍微停了一下。我甚至感觉到她手心的温热。

后来有一天，晓彤神神秘秘地跑来告诉我们："阿娜失恋了！"对方是她的青梅竹马，一个英俊而优秀的青年，是她父亲老上级的儿子，高干子弟。当时孙玲还过于兴奋地问这儿问那儿，我又吃惊又难过，一句话也不想说。"小伙子家里要他慎重考虑，"晓彤意味深长地瞥了我们一眼，又说，"因为他军校就要毕业了，不用说，前途无量。小伙子也很痛苦。"我心里也仿佛被狠狠地拧了一下。还是因为她父亲的问题。"她也太骄傲了。"晓彤叹口气，又解释说，"人家也只是说家里压力比较大，分手还是阿娜自己提出来的。"关于那小伙子，晓彤大大形容了一番，她见过他。我可想象不出有什么样的青年男子配得上阿娜。我是为阿娜的悲伤而难过。

至于我自己，还没有来得及品尝失恋的痛苦，还不知道这失恋究竟为何物。我以为，爱情，像喜马拉雅山一样崇高，而且遥远，抽象。

失恋又是怎么回事呢？

又好像隐隐感觉到了某种东西，那是一种无以告白、无法吞下、又不能排遣于外的难以名状的物体。我看出，失恋，比高考落选对阿娜的打击还要大……红村笼罩在一股仿佛来自宇宙的狂暴力量之中。红村，在风雨中飘摇，好像随时都会崩溃。我害怕了。恰恰孙玲在上夜班。一场暴雨，自天而降。屋里只有我和另一室友，夜里十点钟，她竟已呼呼大睡。暴雨，挟着欲撕碎天庭的雷电，铺天盖地而来，窗外的夜空时而亮如白昼，时而漆黑如墨，最恐怖的是声音。雷声过后，有时响起奇怪的啸声。山崩、泥石流……种种关于暴雨带来的可怕灾害景象，乱纷纷地在我脑海里窜来窜去。我吓坏了，真害怕就这么死去。我向来怕打雷，大夏天，竟将棉被紧紧地裹住全身，白布里子朝外，以为这样便可以免遭雷击。我大汗淋漓。在极度的恐怖中，我头一次渴望一双有力的臂膀，像紧紧裹住我的棉被一样紧紧地裹住我，裹住我。我闭上眼睛，想象着，以此来驱除那无边的恐惧。我在床上翻滚着，昏乱中仿佛真有那么一双手臂紧紧抱住我似的。我第一次感觉到自己是那么恐惧而无力，一种被围困的挣扎的却又想努力抓住什么的无力感。

次日晨，上班时遇到阿娜，她的眼睛略显浮肿。

"昨夜睡得好吗？"

"还行。"

"那么大的雨！"

"是不小。"

我本来很想跟她聊上几句，昨夜我的确吓坏了。全厂的人都在议论这场雨。听说这是场多年未遇的暴雨。山上的小灌木被冲得七倒八歪，露出了白白的根须，像被脱光了衣服挨打的孩子，可怜巴巴的。山上平添了无数的小水沟，裸露出更多的白石头。

"我还担心泥石流呢。"我说。

"是吗？"可她似乎没有谈兴，"夏天嘛，大暴雨也属正常。"她不咸不淡地说，脸上又罩上了一层面纱。

可你害怕吗？在这样的夜晚，你感到孤独吗？是否也生出一些莫名的渴望与幻象？而这些话到底没有说出口，她的眼神阻止了我。

这不是我的意志可以左右的事，爱情，是另一场出乎意料的雨。不是暴雨、阵雨，而是一场持久的雨，时大，时小，却绵绵不绝。

一个晴朗的星期天早晨，五月的早晨，我躲在一块大石头旁边读英语。除了上班、吃饭、睡觉、散步，我无时无刻不在读着，学习着，或者是思考着。经常性地怀着一种近乎恐慌的心理，一种焦虑，关于时间的。像一个守财奴对待金钱。我总觉得冥冥中有只看不见的手在抢我的时间，这是我挣不脱的梦魇。

机修车间的背后，山弯旁边，厂里辟出一个小小的花圃，我把这里当作我的读书角。我在读一篇英语随笔《初雪》，作者史蒂文生。我大声念着，石头后闪出一个人影，阴影罩住了我书本上的斑驳阳光。抬头看，是厂长大人。我将书本垂下，对他笑了笑，没有别人，我要自在得多。

他曾当着孙玲她们说跟我交谈是种享受，虽然有时候我会挖苦人，可是有幽默感，还很有趣。我是这样的吗？我有幽默感吗？那回也是个星期天，他突然出现在我们寝室里，说专门来找我聊天的，闹得我成了个大红脸。

近来，我再也不能保持过去那种清高倨傲的姿态了，在面对他时。

他也微笑着，同时眼睛也没闲着——在我脸上搜寻什么。搜寻什么呢？我不知道。在他的注视下，我的脸不以自己意志为转移地红了。而意识到这一点，就更窘得厉害。下意识般地，我拔腿逃开，脚下却更加茫然了。

他跟了上来，同时跟我开起无伤大雅的、与往常类似的玩笑。这是他的拿手好戏。我放松下来。他提议走一走。

我不是已经在走吗？不过那不叫走，而只是在移动。还没有单独跟陆厂长一起走过呢。这么一想，又不自在了。脊背开始冒汗。我甚至有些后悔今天出来。现在我在他的后面。

"知道我为什么看重你吗？"

这我无法回答，摇头。低头看脚，脚上穿着式样普通的半高跟黑皮鞋，有多久没有擦过油了？每次都让爱讲究的孙玲数落。为什么呢？

"因为你与众不同。"

他的声音很平静，可在我听来却如雷贯耳。慌乱中我朝他投去迅疾的一瞥，又不知道该把眼睛置于何处了。干脆就盯着前面一棵大桉树，看着一片大叶子悠然坠落。然而只那一瞥也就够了，足以搅得我的心更加乱成一团。

他显得多么诚挚、多么严肃啊！人仿佛也变得年轻了，我从未见过他这个样子。他说我身上有一种可贵的内动力，不需要外力推动，就能自强不息。他说从我身上看到了他的青年时代，简直一模一样。

  我乱草似的脑子里怎么也无法把年轻时他可能的样子与现在的我放在一起加以比较，但这一点并不使我的心跳减慢。相反，仿佛有钟鼓齐鸣，歌声盈耳，我就像喝醉了酒一样，几乎站也站不稳了。真担心自己像电影慢镜头似的，如一堵墙一样倒下。

  现在他似乎进入了一种呓语状态，眼睛凝视着远处，独白着。

  他又说："知道吗？你很像一个人。"

  "像谁？"

  "像《古丽雅的道路》中的女主人公。"

  古丽雅，她是谁？她大概是一位苏联女英雄吧？

  从来没有人对我说过如此动人、如此温暖的话语，如此令人热血沸腾，从来没有人如此高看过我，从来！尽管从小被师长宠爱，被同龄人嫉妒；但他不是别人，他是红村的君王。在他面前，连阿娜、晓彤都情不自禁地变了样。

  他把我看成谁了？

  苏联女英雄？我真的像她？她有什么样的英雄事迹？什么性格？一个外国女英雄？

  难道不值得为此而死？

  太阳像一团大火在蔚蓝的天空上燃烧，空气澄明无比，无风。我仿佛又听见一首无字的歌在耳边缭绕，是那么嘹亮、激越，我几乎忘记自己身在何处，今日何年。我仿佛生出了翅膀，随时可能凌空飞翔。

  他还在说着，我已经不在听了。我喝酒了吗？脚下如同踩在云朵上，人漂浮在空气中，但愿永远不要下来。他说看见我真的就像看见他的青年时代，那时他也酷爱文学（他说"也"，他知道我也酷爱文学？），若不是因家境贫穷，他准选择文科，因为一心要当作家。我的脑海里又浮现出想象中的湘西山水，沈从文笔下的翠翠，山溪一样清纯，还有清俊而蛮野的虎雏小兵……钟灵毓秀的湘西，是不是格外赋予人们以文学的细胞呢？

我下意识地扯下一片叶子，撕碎，抛开，心跳得快要蹦出来。话，是一句也说不出。只一味地傻笑，拼命点头，好像一个无比虔诚的听布道的傻瓜。他说他六十岁铁定退休，圆他的作家梦。

"你可别对任何人说呀，我连魏医生也没告诉呢。"

我还能怎样，唯有使劲点头，决心将这秘密坚守到老，直至带入坟墓。或者，像地下党那样，将机密嚼碎然后吞入肚子里，老虎凳也不能将我的嘴撬开。

说完话他扬长而去。

好久，我才如梦方醒，发现只剩下了自己：脚下，一大堆撕碎的桉树叶子，散发着刺鼻的芳香……

午间的广播响了。过了一会儿，当、当、当……山间又回荡着呼唤吃午饭的钟声。

红村的岁月是那么漫长，你会忍不住想象山外面的世界，想象生活中可能具有的缤纷色彩。可真正离开以后，你发现，最怀念的，是山间回荡的朴素钟声：清越，悠远，余音绕梁，还飘着饭的香味。那是一只挂在食堂门口的一段钢板，因千百次的敲打，越发锃亮，45号钢。食堂大门口，悬挂的那一段精光闪亮的钢板，成为食堂门口最为豪华的装饰。

红村离县城有二十多公里，山间的公路凹凸不平，路又白又干，车一开便尘土飞扬。不过，倒也难得尘土飞扬——很少有车来打破这灰白色的寂静。公路上过往的行人也极少。除了附近两个工厂的工人，无非是一些走亲戚或进城的农民，头上包着白帕，背上背着背篼，老蓝布裤脚挽得高高的，露出一截松树皮似的黑腿。

农民也不特别多，这一带多半是石灰石土质，不宜耕种，偶见巴掌大的玉米地、高粱地，基本上不见农民来耕作。方圆数十里，像是无人地带，幸好有个石桥。

　　石桥我经常去，这是红村人的小集市。我主要是寄信。那时与家人亲友主要靠通信交流彼此的情况。有时也买个牙膏、毛巾什么的，也不一定非等星期天，平日傍晚抬腿就可以走去，三四里地，权当散步。星期日我更喜欢乘厂里的早班交通车去县城，逛新华书店。那是我的秘密花园，小孩子藏猫猫时不经意发现的一个秘密山洞，我总是独自去，很快便成了那儿的熟客。

　　我主要关注外国文学名著。那几年，翻译名著渐渐多了起来。因为我同弟弟在信上抽象地讨论人生，抽象地谈论痛苦，他建议我也读一读哲学，要我关注《汉译世界学术名著丛书》。于是，从苏格拉底、柏拉图、亚里士多德，到笛卡尔、斯宾诺莎、卢梭、伏尔泰、叔本华、尼采、罗素，乃至康德、黑格尔，我都涉猎了。

　　我想知道我是谁？我从何而来？我为什么那么痛苦？还想知道我将向何处去？我喜欢并钦佩卢梭在《忏悔录》中的感性和坦率，也喜欢并欣赏罗素的自由、博大和明智，喜欢他描述过的理想社会，那样一个无政府主义者、流浪汉、诗人等不仅允许存在而且被供养的多彩多姿的社会，是多么迷人啊！而且受阿娜的政治激情、谭小季的社会观察的影响，我的思考也延及社会政治。我常在想，什么样的社会形式对个人的幸福更有利？或者更能促进个人的发展与幸福？我并不认为铁板一块的社会形式是人类理想的社会类型，或者没有改造的必要。常常陷入苦苦的思索中，在那些独自散步的时刻。至于康德、黑格尔的玄之又玄的哲学论证，则把我读得云里雾里。不管怎样，当我沉思人生的时候，这些哲学玄想的确让我驿动的心获得了片刻的宁静；可是真正当生活的浪头朝我席卷而来的时候，我即刻就把那些哲学玄想抛到了九霄云外，像《红楼梦》里说的，给忘到爪哇国里去了。

基本上新华书店的那些店员都认识我了。

"来了?"我一去,他们便微笑着趋前同我打招呼。让我感到自己仿佛很重要,是贵客,挺好的一种滋味。

其中有一个三十来岁的男子,中等个儿,微瘦,对我尤其亲切。我喜欢他那略带病容的笑脸。每次我一露面,他那疲惫的神情便骤然放光,他过来告诉我又到了哪些新书。

我喜欢买书。特别喜欢的是,买书时那声好听的"嚓"的一声。

把钱交给店员,店员将钱和开好的票夹在一个悬在头顶上、挂在空中的一个大夹子里,店员举手使劲一划拉,"嚓——"大夹子顺着钢丝滑向收款员,就像杂技空中飞人般轻快地飞到另一边,收款员取下钱夹,盖好章,与找头一块又给划拉回来。那情景我真是看不够,到布店扯布也是这样子的。有时候,我真有一种冲动,真想也伸手去划拉那么一下子,"嚓!"可我还是忍住了,一次都没有"嚓"过。

但没有忍住的是,不知道什么时候,我竟坐在书柜后面的书库里头去了。坐在整屋子的书堆中,随意翻,随便读,仿佛我就是这一屋子书的主人。呼吸着新书的油墨香与霉味、灰尘味的混合气息,像鼹鼠一样渐渐适应屋里的幽暗,等光线变得不可忍受时,眼睛生痛,肚子咕咕叫,一看表,已经下午四点了。一直没有任何人来打扰我,真幸福啊!唯有书中的世界栩栩如生,历历在目。出去时跟组长打个招呼(已经知道他是业务组长)。

"我走了。"

"走了?"

彼此无需多言。有时他仅点头微笑而已,有时也会送我几步路,默默地。

我很喜欢这种无言而会心的情谊,没有过多的好奇心来打破彼此轻松的局面。偶尔,我也会想象一下他在书店以外的生活,包括家庭、爱好、经历:已婚,妻子体弱多病,两个或三个孩子,几岁到十几岁不等。说不定岳母也与他们同住，因为老伴早逝而变得唠叨。而他本人，在家里脾气好到不能再好，仿佛是家里最微不足道的一个。原本他立志升学，结果中学毕业便挑起生活的担子。但我并不打算证实这些，而他也无意同我套近乎。只是有一次随意问起我的单位，我告诉了他，他显出适度的恭敬态度，微微点点头，仿佛不出他事先预料的样子。

那光线幽暗的书店，想起来真像一条小船。那是一片绿色的回忆，犹如沙漠之旅中，一个长满青草的蓝幽幽的小水塘。最美的一段时光。

我又站在阳光仍然强烈的县城街道上。

尘土飞扬，噪音，灰暗，破旧，幸福感倏然消失。适才因书籍带来的幻景，一个无限丰富而广阔的世界，像一个美丽的海市蜃楼倏然消失了。

发现自己依然置身于这小小一隅，是如此令人难以忍受，如此伧俗，如此狭小。

这是星期天，附近工厂的青工们也趁机晃进城来，手提"三洋"收录机，穿着喇叭裤，戴着"蛤蟆镜"，招摇过市；而农民们则背着背篼进城赶场，嘈杂声，满地的甘蔗皮，泥土，痰迹，劣质烟味……喧嚣了大半天，县城开始迅速枯萎，因而变得丑陋不堪。疏离感……我谛视着茫茫人流，仿佛置身于世界之外。我身在何处？既看不见希望，又不能爱，而青春正在逝去，依然一事无成。而一想到爱，陆文广那张顽皮而生动的脸庞又浮现眼前……

如果不是那场晚会，也许……

陆文广站在礼堂中央，成为所有人瞩目的焦点。他在唱《莫斯科郊外的晚上》，俄语。全场顿时鸦雀无声，只有他的歌声，动人的歌声在大厅里回荡。

那是周六的晚上，大礼堂破天荒挤满了男女老少。工会难得组织了一场晚会，多年来头一次。听说是应许多年轻人的强烈要求举办的。有人夸张地说，再不办就要暴动了。

瞧哇，人们那个兴奋劲儿，孩子们在人群中挤来挤去，还一边嗷嗷叫着；年轻女子们的眼波像月光下的湖水般秋波荡漾，个个目光烁烁，平日里还不好意思这么肆无忌惮呢，这可是个正当的机会。

"听，陆头要唱歌了！"

歌声，抒情男高音。跟他平日里略带沙哑的嗓音不大一样：不算十分嘹亮，但分外悦耳动人，富于感情。人与平时也判若两人。这是他吗？是那个不修边幅神气活现的酋长吗？这是一个深沉的、饱含深情的男子。晓彤悄悄对我说："真想不到啊，陆厂长唱得那么好。"人群中发出轻微的唧唧喳喳的赞叹声。

而这一切与陆文广无关。他只是唱着，微眯着眼睛，让歌声穿过黑夜。他那清朗洒脱的面孔变柔和了，带着一种梦游似的神情。

他仿佛不是对着众人表演，而只是在同自己，或者另一个自己对话，对话显然触动了灵魂。或者说，在一种不设防的状态下，他完全是情不自禁地让情感泄露了出来，而他浑然不觉。这是一种"忘我"状态。歌曲将要结束之际，他的目光突然凝聚，探照灯似的掠过人丛，与我的目光骤然相遇，只一刹那，又闪开了。他仍然用异国语言唱道："……但愿从今后，你我永不忘，莫斯科郊外的晚上。"

歌声戛然而止。沉寂片刻，忽然掌声雷动。姑娘们尤其激动，笑着，喊着，孩子们趁机又哇哇大叫。突然，一声尖锐的呼哨，使这一片喧闹达到高潮……

这一切与陆文广无关，他依然在梦游一般。稍顷，他微微欠欠身，立刻不见了踪影。我呆立有半分钟之久，然后机械地转身离去。又有谁上去表演了，我已看不见也听不见了。穿过人丛时，仿佛听见孙玲在叫我，声音好像来自遥远的天边。回到寝室，我扑倒在床上。

当然，我又度过了一个不眠之夜……

要是能睡着就好了，沉入无知无欲的睡乡，什么都不想，什么都可以做，该是何等幸福啊！可我连这也做不到。室友的鼻息均匀，酣畅，成了我最新的不共戴天的敌人。夜已深沉，我依然在床上辗转。干脆披衣起床，轻轻开门，走了出去。

夜风吹来，我打了一个寒噤，凉风也吹散了几片愁思。举目四望，真是一个纯粹的黑夜。

夜，不仅成为整个红村的主宰，也笼罩着那一片片桉树林，整个大地仿佛都变成了一块黑色的膏体，如被催眠了似的，一切统统沉入深深的睡眠之中，仿佛能听见山发出的深沉的鼾声。四周看不见一星灯光，一丝光亮。天空仿佛是巫师用黑色咒语熬制出来的，甚至看不见一颗星星。难道茫茫宇宙，只剩下了我一个人不成？

我抱紧自己的胳膊，这一次没有挣扎想抓住什么的念头，我久久凝望着黑色的天空。终于，发现了一颗，又一颗，瑟瑟索索的小星星，我的朋友。不知天上宫阙，今夕是何年？我坐下，久久地，久久地凝望那几颗小星星，如同凝望渐行渐远的朋友。开始想象距离。几点小小的星光，不知是多少亿光年以前发出的？而此刻我的目光，又将要多少亿光年以后才能到达？而那时，我又身在何处？地球本身又身在何处？大概早已化为微尘漂浮在渺渺星空了吧？爱，同时间相比，多么微不足道啊。不由得悲从中来。

一滴冰凉冰凉的泪水流入嘴中，咸咸的，心，反而渐渐平静。睡意袭来，我打了个哈欠，重新回屋上床。

这回很快便睡着了。

那一年的春节，我正是带着对那张面孔那副身影不可遏止又不可企及的渴望回到家里。

除夕之夜，我们一家人，除了哥哥不在，全都围坐在摆满了菜的黑漆小饭桌边，谁都没有动筷子。外面时不时传来零星的爆竹声。

四十瓦的白炽灯在头顶上方黄黄地照着，十五平米的小屋尽管挤满了什物，依旧感到很冷。

妈妈再次从外面厨房进来，端出一盘热气腾腾、香喷喷、红艳艳的腊肉拼盘，桌面上便满满当当、热热闹闹的了。

"吃吧。"妈妈说。

都闷头喝酒，吃菜。跟往年满桌子的唧唧喳喳的情形大不一样。往年，一家五口围在小方桌边，小屋显得那么热闹。虽然此刻只差了哥哥一人，哥哥又是我们家最沉默的人，他的沉默恰好衬托了我的活泼弟弟的张狂，少了他，八十厘米见方的小桌子边以及小屋本身，一下子显得像冬日的原野一般空旷。父亲忽提议每人来一首诗，以助酒兴。看来，父亲是我们家最天真的一个。

弟弟说："我吟不出来，没有诗兴。"我看了留着一头乱蓬蓬长发的弟弟一眼，这也是我的感觉。

可我需要那么一点欢乐。那么，就由我来吧。于是，我举起了酒杯，让我把痛苦吃下去，而把快乐洒向亲人们吧！

"祝爸爸妈妈身体健康，永远健康，永远健康！"我多少带点儿滑稽的腔调说。我有很多毛病，至少，幽默感在我身上是很突出的，这一点连酋长也看出来了。还好，痛苦并没有使我完全失去这一点。我看见，笑容爬上了爸爸妈妈的脸（他们的幽默感不算多，尤其父亲）。

大家呷了一口酒。

"祝哥哥早日调回四川。"他去年作为有生力量支援新疆的石油工业，正在跟戈壁滩的大风沙搏斗，为与恋人相隔万里忍受相思之苦，还为一年三百六十五天都吃不上一两顿大米而胃痛呢。

"愿他今夜愉快！"

大家又饮。

我将脸转向弟弟，笑道："祝三娃前程似锦，飞黄腾达。"虽然仍是开玩笑的口气，却是发自内心的祝福。

我看见，弟弟落寞的脸上骤然露出一丝笑意，他举起酒杯，夸张地仰脖一饮而尽。

看样子我的祝词正中他意。

爸爸妈妈则一前一后起身钻进厨房，不知又去捣鼓什么了。

弟弟忽然独自笑了一声。

"这么多天以来，我是第一次笑。"从一回到家里，我就发现放假回家的弟弟也很郁闷。他什么也没有说。我又何尝不是如此呢？能说出口的痛苦，分量恐怕至少要轻一半吧？

"人生真像一场梦啊！"我忽然对他说。

"鲁迅说得对：人生是虚无。"他说。

"喝酒真好。喝了酒后，人会不知不觉地轻松起来。"我又说，其实我几乎没有喝过酒。

"所以我在学校要喝酒。"

爸爸妈妈又一前一后地进来了。（也许真是商量什么了，关于我和三娃的新年寄语？）我多么想给我自己一番美好的祝福，如果美丽的祝词就像仙女亮闪闪的银簪子，只消那么轻轻一点……我把这权杖交给了弟弟。

"祝姐姐今年在刊物上发表几篇作品，这是我最希望的。"说完他郑重地举起酒杯。

那些时候，我已经开始朝文学之路进行艰难而漫长的跋涉。说实话，这个路竟然如此漫长，是我当时无论如何也没有想到的，当然这是后话了。但弟弟知道我在写作，爸爸妈妈也都知道。

这祝酒词也只能算差强人意。我正要举杯，但见妈妈的脸上浮现不以为然的淡淡一笑，她倒也拿起酒杯来。

而爸爸却摇头了："不行，不行！那是不务正业。"他连酒杯都没有碰，只低头夹菜，只须看他夹菜的动作，就知道他有多不高兴。

这次回家，我深刻地感觉到，跟父母们是越来越话不投机了，在很多问题上，我们都"谈不拢"。单单是对理想的认识，就大大不同，更不用说别的，比如爱情、幸福、人生的意义等等。在这种状况下，我又如何能向父母敞开心扉，谈出我心中的苦和痛？我连想都不这样想。何况，这种事我又如何说得出口？说我爱上了单位领导，一个有妇之夫？说出来天不翻了才怪！这让我想起一个新近开始时髦的词语："代沟。"但我不敢，也不愿意把这个词语说出来，如果说出来，爸爸肯定会认为我要么是故弄玄虚，要么是自以为是，反正，他是不以为然的。

"那就祝姐姐英语和文学双丰收。"

"其实，英语也不过是手段而已。"我说。

"那作家才是目的啰？"母亲半带嘲讽地笑道。看来，还是母亲更了解我之所想。

"当然。否则人生对我来说就太无味了。"

"当个作家还不容易？"母亲摇头，"不好，当作家不好。"

我转向弟弟，冷笑了一下。"好像当作家就跟夹桌子上的菜一样容易似的。"弟弟也哼了一声。

"当然啰，要当丁玲那样的，还是不容易的。"母亲又说。

"丁玲算什么？"弟弟说。不是弟弟特别瞧不起丁玲，而是中国的现代作家，弟弟心目中好像只有鲁迅。

桌子上的气氛开始紧张。

尤其爸爸，显然他在极力忍住气。那两年，父亲的脾气是越来越暴躁了，是不是进入了更年期？此外，我猜我和弟弟都使他深深地失望了，这也可能是他脾气暴躁的重要原因之一。因为我和弟弟都不安于本分。弟弟不喜欢他所学的专业，经常旷课，成天把精力花在大部头的什么西方哲学一类书上；而我呢，早已失去了当初大唱《石油工人之歌》的豪情，根本就不安心工作，要么想当作家，要么想远走高飞，至于想干什么自己也不清楚。他指责弟弟太狂妄，也批评我不安心本职工作，好高骛远，这是青年人之大忌。

父亲曾是老石油报的记者，一辈子为石油系统踏实勤恳地工作，父亲说的固然是正理，但我们哪里想听呢？

很久很久以后，我才能体会到父亲当年对我们，尤其是对我的失望之情。他多么希望我们能走正道，也就是大家都走的大道：读书的就好好读书，学好自己的专业，以后学有所长；工作的就好好工作，最好能拿个劳动模范回来。

因为出身问题，一贯工作积极的父亲连党都没能入，这是他心中永远的痛，他多么希望在我们这一代身上实现他的理想啊。然而，我们使他的希望落空了。

妈妈还好，多少还带点嘲讽戏谑的神情，她讥讽弟弟只崇拜外国人。

妈妈比爸爸更加现实一些，对我们并不抱更高的奢望，只要我们安安稳稳地生活、踏踏实实地工作就行了。

然而这，我们也不能遂他们所愿。

我们恰恰不愿意"安安稳稳地生活，踏踏实实地工作"，如果让我们选择，我们宁愿选择"疾风暴雨的生活，轰轰烈烈的工作"，这才是问题所在。

"也许是，但也不尽然。"弟弟倒也保持着游戏的风度，他说崇拜的外国哲学家的名字倒是一长串。我要他说出都有些谁？"算了，说了爸妈也不知道，也不感兴趣。"

爸爸火了。"我们不懂，就你才懂？"在我们家里，可以跟母亲开玩笑，跟父亲不可以。

"本来就不懂嘛，何必不服气嘛。"但弟弟脸上还是挂着笑，口气依旧带着小心。

可是爸爸的忍耐已经到了极限。

他大声斥责弟弟，嗓门提高了两倍。

弟弟也生气了；但还是极力压低了声音，控制着语速："爸爸，你不要以你的意志强加于人，这也办不到。本来就够痛苦了，回来还要怄气。"最后一句话隐约透出哽咽之声。

"痛苦？年轻人有什么痛苦？"爸爸生硬地反问道，他认为我们是身在福中不知福。当然，说到底，我们没有经历过真正艰难的岁月；但是，谁能说精神上的痛苦比肉体上的磨难更容易忍受？

"年轻人没有痛苦？"弟弟摇摇头，反倒笑了，那是一种可以称之为"上绞刑架的笑"。

"你说什么？"爸爸被激怒了。

弟弟放下筷子，站起身来。

妈妈喊了声："三娃！"

我却对爸爸叫道："你们根本就不了解，不了解我们心里有多少痛苦。"

弟弟掀开帘子，出门前，他回头说："还是那句话：人生是虚无。"

他一头走了出去，走进寒冷的除夕夜中。

静默。

只有我在激动地说着，我说的是两代人的隔膜。妈妈低头注意地听着。

可这又把爸爸惹火了。

"一家人有什么隔阂？我们家有什么隔阂吗？"

一切的一切涌入心头，像决了堤的洪水，狂叫着，奔涌而出。我歇斯底里地喊叫起来，嗓门更比父亲高了一倍："没有隔阂！没有隔阂！没有隔阂！""啪"的一声，我手中的筷子摔在了桌子上，其中一根又蹦到了冰凉的水泥地上。

爸爸愣住了。

妈妈也是一愣，随即站起身，将筷头子朝我脑袋上一敲，大声地说：“你喊啥子？对爸爸这种态度？年三十的，好听是不是？”

我木然不动，眼泪刷地流了下来。

他，现在在哪里？他，不是比父母更理解我、更赞赏我、更看重我吗？可是，他离我多么多么遥远啊！关山阻隔，咫尺天涯，我无法向你倾诉啊！我怎样才能停止想你呢？酋长！

我机械地站起身，出门。

外面，也并不比家里寒冷。弟弟去了哪里？我也像弟弟一样，走进万家欢乐的除夕夜里。耳边，透过布门帘子，依稀传来屋里母亲的声音："人家哪里说家里有隔阂？人家说的是，老一代和少一代……"

十几米远的小操场上，聚集着一大群沉浸在节日欢乐里的男女老少。人群的中心，不停地爆发出噼里啪啦的脆响，火星四射，照亮了寒冷的夜空。而喝彩声、欢叫声，一阵一阵灌进我的耳中……

陆文广大概觉察到了我的感情，这并非我所愿。阿娜早断言过：你太感情用事，喜怒形于色，这不好。我也恨我这一点。路上碰到他，是一件痛苦的事。而不见他，则更难忍受。二十岁的我，自己跟自己交战，这是一场没有硝烟却惨烈异常的战争。

有好久没有见着他了

我感冒了，发起烧来。每年都有那么一两次，我会躺倒。去医务室的路上，我暗暗祈祷，千万别碰上魏医生值班。不是怕她，就是不想见到她。

一踏进门，面袋子似的白大褂，矮胖短发的女医生，不是魏医生是谁？一双鼓鼓的圆眼睛，总像在生气。年轻姑娘们人人怕她，而她对一帮唧唧喳喳的女孩子也从来没过好脸色。她自己养的是两个儿子。

只好硬着头皮让她打针，我以准备受刑的心情等待那可怕的一刻。

不料，动作出乎意外的温柔，而且利落。微微颤抖的肌肉渐渐放松下来。她一直在轻声同我说不相干的闲话。

竟一点也不疼。

穿好衣服正要往外走，一位工程师太太进来了，是来讨要棉签的。

"听说陆厂长他们今天回来？"她丈夫跟陆厂长一道出差了。

我一震，情不自禁地停住了正要迈出的脚步，将眼睛偷偷瞟向魏医生。

魏医生的回答是："说今天回来。"

就在这时，一件奇怪的事发生了。

魏医生，我眼里一块干面包似的女人，竟然脸红了。白白胖胖的中年妇女的脸，红得像一个羞答答的少女——红晕先是淡淡的，很快，红色便以不可阻挡之势像燎原的大火在脸上迅速地蔓延开来，一直燃及耳根。

我怔怔地走出医务室，脑海里一片红云，那是魏医生绯红的脸在我眼前晃来晃去，晃来晃去。我吃惊得都忘了去想即将回来的陆文广本人了，虽然我已多日不见他了。我在想，魏医生她为什么会脸红？而且红成那样？我百思不得其解。

慢慢地朝山上的寝室走去。浑身酸软，疲乏极了。机器人似的只顾埋头爬坡。一架飞机"嗡嗡"地从山顶上空掠过，这是此地少数几种打破寂静的声音之一。白云悠悠，清澈的蓝天几乎伸手可触。"为什么呢？"我抬头向天空发问。

在红村，生活太单调了，除了看电视也就是散步了。人们不是成群结队，就是成双成对。两口子、恋人总是双双对对漫步在红村的小道上。散步的人中，倒是时常见到酋长夫妇，可这两人从不同时出现在同一场合，就是说，两人从不一道散步，不止我一人发现这个明显的事实。我一直以为他俩的结合是一个历史性的错误。

突然我大悟了。

"这是爱呀！"她仍然爱着她的丈夫，像一个少女那样爱着。仿佛这个答案在天空上写着的。这爱在我看来，是多么不可思议、不可饶恕、天经地义啊！

一颗小石头从山坡上滚了下来，差点把我绊倒。这是一个可怕的发现。一直以为他们之间早已没有了爱呢。

一阵眩晕，我扶住路边一棵树，好一会儿，眩晕才过去。这个发现太令我痛苦了。可它是那么真实，就像我手扶着的这棵树，粗糙，结实，散发着浓郁的气味。那张少女般涨红的脸，那难以描绘的羞涩神态，再次浮现在我的眼前。头开始痛了，像有人拿大棒子在后脑勺使劲敲打似的，头痛欲裂。终于站不住了，脚底一滑，抹稀泥似的，人一下跌倒在石阶上。就势趴着，直到广播喇叭响了，然后，召唤吃午饭的钟声也响了。

当、当、当……

当简·爱得知罗切斯特先生有个疯妻，即使是那样一个邪恶的女人，她仍然选择了出走。可我无法逃离这座城堡，这是最使我痛苦的。简·爱她至少拥有自由。虽然那自由可能意味着饥寒交迫，而我，连这点可怜的自由也没有。我无法选择离开。那么，总可以做个缩头乌龟吧？远远地，只要看见他的身影，听见他的声音，我便躲开。要是我的眼睛近视，听力不济，那该多好啊。可脑袋上偏偏像装了雷达似的，分辨率出奇的高，只要是他，我躲也躲不掉，一见到他的身影心便狂跳不已。心跳至少别人看不见，可最令我苦恼的是，见了他，脸便红得让人难堪，这却是我无法控制的。

我忽然想念起阿娜来。如果她没走，我能否向她袒露心曲？向她吐露这份不足为外人道的越轨的感情？同质的痛苦，能否在我们中架起一座桥梁呢？我又看见她了，阿娜。

"小妹妹！"

她脸上挂着蒙娜丽莎式的微笑，正含讥带讽地望着我呢。不不，不可能，我不可能向她说出一个字，那道屏障……

　　上帝大概是反对这种感情的。一个好姑娘怎么可以爱上一个有妇之夫？我的思想可以大胆，我可以自视先锋，但是，我不能像一个小偷一样，或者像一个强盗去掠夺属于别人的爱。不行，我不可以爱他。何况他是一厂之长，我的上司。何况我才二十岁，这么小。难道我不纯洁了吗？我变坏了吗？我一直对那些早早便谈起恋爱的人是嗤之以鼻的。于是对自己说，这不是爱，这是孤独，这是虚荣心，充其量，这是知遇之情。

　　可是没有用。

　　能够忘记他多好啊，可是我做不到。吃饭，走路，看书，甚至说话，我的全部青春热血都在沸腾、在澎湃、在汹涌，我心心念念，无论在何方游走，最后总是要朝他奔去……我赶不走他，他的笑容、声音，包括背着手走路的姿态……

　　为他死我没想过，可我想过为他终身不嫁，为他守身如玉，为他赴汤蹈火。如果，他被撤了职了，靠边站了，没人理他了，那么有我，我会公开和他站在一起，我会支持他。

　　可是良知又告诉我，必须扼杀这团爱的火焰。我必须这么做！

　　多少个不眠的夜晚我的理智与感情在激烈交战啊！这场交战弄得我心力交瘁，整个神经犹如一根绷到极限的弦。我真怕哪一天，那根弦绷断了。我怕哪一天，我再也无力坚守内心的秘密，那不仅会害了他，我自己也会羞愧而死。

　　终于有一天，如同得到天启似的，忽然想到，我可以秘而不宣地爱他呀！不告诉他，不让他本人知道！这份爱，只存在于我心里，还有上帝知道。这样，连上帝也不会反对吧？

　　我终于获得了解放，从自责、压抑的煎熬中，真想放声高唱啊！折磨了我那么久的心病，竟然一下子解决了。可以默默地爱一个人，毫无愧疚地，是多么幸福啊！就像得到了什么承诺似的，如同发酵的酒敞开了盖子，我一下子感到轻松了，那根紧绷绷的弦也被拧松了，我不再害怕见到他了。我甚至都有些可怜孙玲、晓彤她们，因为只有我才怀揣至宝，我几乎难以承受这突然降临的巨大幸福感。

　　我还会处处同他作对，用唇枪舌剑对付他，像对待一个敌人，不，不，我甚至不再有意避开他。如果在哪儿碰上了，我会满怀轻松地对他微笑，听他说上几句那么亲切、那么温暖的话语，那么，这天晚上我便可以带着他的神态安然入梦。而那一整天我都是喜气洋洋的，格外活泼，格外好脾气。我的欢乐心情甚至惠及孙玲甚至另一个我不太喜欢的室友，使我们寝室有了一点节日的气氛。只要我愿意，我可以使我们寝室变成一个小小的游乐园，充满快乐的笑声，让其他寝室的人羡慕。连孙玲也诧异："嘿，你今天咋这么高兴？"我笑而不答。是的，好久以来，我的"古怪"着实叫她们吃了不少苦头呢。

　　昨夜下过了一场雨，空气清新极了。头顶上漂浮着几朵白云，手一伸，就可以摘下一片似的。风，挟着令人惬意的湿润气息。我拿着弟弟寄来的《邓肯自传》，又来到山脚下那一片小花圃旁。

　　鲜红的大丽菊，鹅黄的美人蕉，还有玫瑰、月季等等，像一群俗气的女孩子，正吵闹着争艳斗奇呢。

　　我掀动着书页，可书上的字虽那么熟悉却总也走不进我脑子里。我在想邓肯。这本书来的真是及时，邓肯——她给我带来新的启示，邓肯。早听弟弟讲过邓肯，说她是一个个性极其丰满、强悍、精神发展非常完整的女性。原以为那样的女性外貌肯定是桀骜锋利的，没想到竟如此和谐、优雅，简直是希腊女神的化身（实际上她崇尚希腊艺术），我爱邓肯。拿到书时，我跳起来欢呼。我照着她的照片临摹了一张铅笔素描，美极了，很有几分神似呢。

　　现在，我的墙头上除了伊莎多拉·邓肯，还有夏洛蒂·勃朗特的小像，以及愤世嫉俗的天才——贝多芬。我的临摹画笔是稚拙了点，可是有这几位心中的英雄在，有时候便觉得不那么孤独了。

听说陆文广又要走了，这回是参加出国考察，要去欧美好几个国家，回来后还去别的油田观摩，行程至少一个月。

在矿机厂，厂长是没有隐私的，他的日程就如同写在公示牌上一样无人不晓。这也是人们茶余饭后谈资的一部分，就像京城的百姓谈论国家大事。

四周寂静得像一片墓地。而这里，星期天并不总这么安静，总有人来这里散散步，看看花儿，聊聊厂内逸闻，或是由这里走向公路，去石桥办事。见到我，瞟一眼我手中的书，人们会宽容地一笑，仿佛长辈对小孩子的天真游戏的认可。今天，我不想碰见任何人，除了他……

"嗨，看什么哪？"一个声音突然从我身后响起，我手中的书"啪"地掉在地上了。

我正盯着一株血红的美人蕉出神呢，没有发现他是怎么一级一级从山上下来的。烧成灰也认得出的笑容：两米开外，他正冲我笑呢。今天，他显得多么神清气爽、风采飘逸啊！身穿一件八成新浅灰色涤棉衬衫，头发也刚理过，像一辆新漆过的轿车那么光鲜。

"明天就要走了吗？"

"是啊。"

"会走很久吗？"

"嗯，估计短不了。"

依然是那灼人的目光，仿佛在我脸上寻找什么证据——大约搜索的结果很令他满意吧，才问我看的什么书。

"《邓肯自传》听说过吗？"

"没有。"

"那么，我告诉你。"

我也没有想到怎么会突然就激动了。我告诉他，美国舞蹈家邓肯，一个爱与美的女神，又是一个最勇敢的女子。不仅在舞蹈艺术上，她敢开风气之先，彻底摒弃传统的舞蹈程式，自创一套体系，从自然和希腊艺术中获取灵感。她的勇敢更在于，在清教统治的美国，她蔑视教会的猛烈抨击，居然敢不结婚而成了一双美丽儿女的单身母亲，敢反对婚姻而歌唱爱情。她爱过不少人，也被人爱过。爱人包括苏俄的抒情诗人叶赛宁。

"是吗？"他说，带着一种暧昧的表情。

邓肯是一束火焰，把我心中积蓄已久的感情点燃了，我无法再保持沉默。可是，他为什么那么沉着？只静静地在我身边踱步，仿佛在听一个遥远的故事。难道我火热的目光还不能熔化一切？还有离经叛道的、美丽而短命的邓肯！可谁又能活千年万年？我浑身打起了寒战，怎么也止不住。

可总算说出来了，虽然只说了邓肯。忽然有一种虚脱之感，我跌坐在一块大石头上。旁边有一棵小桉树，我像一个溺水之人一把抓住了它。金色的阳光直泻下来，心中的密林里有多少头野兽出没啊，眼睛里晃动着无数个金色小太阳。我扯下几片叶子，那味儿直冲鼻子，一种现实的味道。我终于抬起头，坚定地望着他。

陆文广双脚微微分开，就那么稳稳地站着，仿佛脚下的土地也是属于他的。他一直注意听我说，微笑也一直没有从他脸上移开过。对他这副神气我真是又爱又恨，又恨又爱。

我能不爱他吗？在仰望他的时候，心中充满了崇高而无我的热爱，我仰望着他犹如仰望真理，就像当初简·爱仰望着罗切斯特先生那样。他是特意来同我道别的吗？他对我的习惯了如指掌啊。想到此，真是心花怒放。

知道吗？我爱你。

陆文广又开口了，依旧气定神闲，当然这是我事后回想时的感觉。

"你现在好比是没有进入轨道的卫星。书,不可以看得太杂,否则可能会误入歧途哟。"说完他对我笑了笑,这是对比较宠爱的下级的一个较为亲切而适度的笑。

然后,他头也不回地扬长而去。

误入歧途?

峡谷深处

风,
自谷底吹来,
可我并不感到害怕。

"误入歧途。"

这句话在我脑海里不知道翻来覆去了多少次，我最终把它理解为是酋长在对我警告。他，大概觉察出了我的感情，用这句话向我敲警钟吧，虽然我一个字也没有说。

我只能这么理解。我失恋了。

实际上，这场恋爱从来没有表白过，甚至有没有成立过我都怀疑。因为彼此都没有说出过一个字。只不过那爱、那情，足有三年之久，或许更长，在我，可能只在我自己心里翻江倒海、硝烟弥漫，而且挥之不去。除了我自己，没有第二个人知道。

他，大约也只是察觉而已。

正因为只在我心里独自发酵，无法排遣，其杀伤力更深更广。虽然我还有理智，我还很骄傲，可以对着群山发出冷笑，说一万遍他不值得我付出这般崇高的激情，说，忘了他吧。可说来容易做到难啊！我更加疯狂地投入到书的世界，更加疯狂地投入到奋斗之中。我在心里发誓，一定要混出个人样儿来，让他后悔。

奋斗？怎样奋斗？这是个问题。

我只能选择读书。"书中自有黄金屋，书中自有颜如玉。"

只有星期天，才有完整的读书时间。可是星期天，寝室却变成了最不适宜读书的地方。

我们的房间现在是四个人，又硬塞了一个人进来，因为红村在急剧地膨胀着，单是大学生就分来二三十个。平日还凑合，一到星期天，单身宿舍简直要爆裂了。人都堆在一块儿，空间被压缩了似的骤然变小，而压力却在增长。更难忍受的是，每一间寝室都发出收录机的轰鸣，像是比赛，你买了台"三洋"，我就买一台"松下"。那几年，港台歌曲开始爬上红村的灰白色山冈。《甜蜜蜜》、《路边的野花你不要采》，而烧得最旺的，还是《冬天里的一把火》……姑娘们寝室里贴的最多的还是带有异国色彩的费翔的俊美巨照。

我本来并不讨厌收录机，也并不一概而论地讨厌日本的玩意儿，比如日本的文学艺术就有我很喜欢的，川端康成的《古都》、东山魁夷的散文、京都的风景和文化传统等等，但是我的同龄人都那么拜倒在小日本的技术上，让我很气愤，尤其以那种让人讨厌的方式。所以，我偏不买什么"松下"、"三洋"，而是买的一个国产牌子，主要是为了学英语，另外就是听古典音乐。可不是吗？一到星期天，单身汉们的收录机放出的音乐声简直要把宿舍给炸飞似的。这还不算，在震耳欲聋的音乐声中，走廊上，这头的人扯着嗓门跟住那头的人聊大天，在我听起来她们说的多么没有意义，而且没有意思，无非是穿什么好看啦、头发烫什么样式啦，谈谈邓丽君、费翔倒也罢了，我偶尔也忍不住参与进去，可那些吃什么穿什么梳什么发型，这实在……用棉花塞住耳朵也没有用。还有的竟戴着围裙围着门前的天然气火头做大厨呢，把个锅铲铁锅敲得叮叮咚咚的，还弄得香气四溢。姑娘们是如此的热爱生活，我有什么权利去指责人家呢？

何况在这一片满溢着过剩青春的喧闹中，我是早已被人划入另类了。我知道，在所有人心目中，一言以蔽之："怪。"

怪？管他呢。

用棉花塞住耳朵，赫然捧一本书坐在自己床边的小凳上，对满屋子爆笑的人充耳不闻，人家对我这副德性是笑得更加响亮了，我可以假装看不懂，至少是不理会大家的嘲笑。然而我却无法不感到孤独，置身于热闹中的孤独，甚至连孙玲也不同情我。

对孤独的需要。

能逃到哪里去呢？

后山。

横卧着一条巨蟒似的长长的峡谷，峡谷的另一面依然是山，山后面还是山。山的另一面是否住着人家呢？这我就不得而知了。灰白色的岩石太乏味了，还有偶尔从公路上走过的黑脚杆的农民伯伯，也打消了我探奇览胜的冲动。

峡谷有点像死掉的河床。一些龇牙咧嘴的巉岩在河底趴着，流浪汉似的东一个西一个，多少打破了一点寂寞。

那时红村还没有筑起土红色的围墙，并且后山毕竟算得上是整个红村视野最美的所在。大约在到红村几个月的时候，我就把红村勘察个遍。星期天为躲清静我经常独自到那一带散步：那是我的桉树林，我的荒原，我的布洛涅森林。

再后来，开始读诗了，经常带上一本诗集上后山。中国当代的诗人，我最喜欢舒婷，最喜欢她的《致橡树》、《祖国啊，我亲爱的祖国》，也喜欢北岛，也喜欢顾城，"我看你时远，看云时近"，当然更爱的还是外国诗人，一切离我远的我都喜欢，那把我引向遥远未知，更让人产生遐想的，更符合我的口味——脑海里则不时浮现出勃朗特姐妹在荒原上漫步的景象。

荒野的气息弥漫在我的周遭，风，自谷底吹来，可我并不感到害怕。

因为对面半山腰上，还颤颤巍巍立着一座小茅屋，看上去虽小，虽破破烂烂，可那是一个真正的农舍，我看见过茅屋顶上冒着真正的、灰白色的炊烟，虽然那烟也还是颤颤的。是什么样的人家孤零零住在这儿呢？冒着炊烟的茅屋倒使我心里头流动着一股暖意，仿佛孤独中有了一个尽在不言中的伴儿似的。

现在我找到那棵胳膊粗、树冠优美的小桉树。在六月骄阳的曝晒下，树叶越发绿得像油漆过似的，气味越发浓烈。那特殊的气味，总引我遐想，把我引向遥远的热带地方。这大概就是热带的气息吧？叶子坚硬、辛香、肉感，我总喜欢摘下几片，撕碎，揉搓了，放到鼻子下面。

这一阵子，我正在为是否爱上了酋长苦苦地跟自己交战呢。我还不想承认这一点。我想把这颗心洁白无瑕地保存到某个遥远的日子，留给某个不可知的人。

而峡谷的景色跟往常一样：寂寞，干涸，空旷。远处，灰白色的群山在阳光下显得又白又干，令人昏昏欲睡。我叹口气，打开狄金森："我没有见过大海。"

多么孤独的诗句啊！狄金森，你可比我还要孤独啊，我的朋友。峡谷中的热浪一阵一阵地袭来，背上、额头上开始冒汗了。

"姐姐，你读的啥子？真好听！"一个清脆的童声，骤响在我的身后。

回头一看，首先看见一双大大的眼睛，下巴搁在胸脯上——原来是一个穿碎花破衣服的农家小姑娘，正好奇地朝我张望呢。她简直像山精似的出现在我荒凉的背后，看个头儿也就六七岁的样子。

我欢喜地朝她招招手，她咧嘴笑了，小梅花鹿一样蹦到我跟前。"我也喜欢读书哩，在学校讲故事比赛我得第一。"她一边在我身边蹦蹦跳跳，一边自顾说下去，完全没有我印象中农村孩子的胆小、畏缩，可也不像城市的孩子。

"……外面空气好，没事我也喜欢跑出来转山耍……"接着又问，"姐姐，你刚才读的是诗吗？真好听呀！"一双大眼睛闪闪发光，说话的声音也很好听，脆生生的，虽然带着当地的土音。

我带着几分惊奇注视着她。

"你叫什么名字？家住哪里？"我问。感觉仿佛有一股清澈的山泉流到了我的脚下，忍不住要弯腰伸手去掬一捧，洗洗手，洗洗脸。又像突然翻开一页童话似的。

"我叫吴明，聪明的明。家就住在下面，喏……"小手朝山下一指，那么活泼可爱，仿佛那茅屋竟是白雪公主住的森林小屋，接着又亲热地对我说，"姐姐，有空去我家玩吧，妈妈会高兴的。"她说有一个十八岁的哥哥，爸爸没有了，病死了。说到病死的爸爸也并不显得悲伤，估计那一定是比较久远的事了。

后来我才知道吴明九岁，上四年级了……

更远处的什么地方，有农民在开采石头，发出"砼、砼、砼"的单调噪声，这声音击打着这一片寂寞。暑气开始蒸腾，远处的山峦看上去扭曲变形了，犹如达利的超现实绘画。对面小茅屋开始冒烟，稀稀疏疏的炊烟。红村召唤吃午饭的钟声也响了，我饿了，便对唧唧喳喳说个不停的农家小姑娘说我要回去了。

她拽拽我的衣角，要我去她家吃饭。

"只要你吃得惯，妈妈肯定会高兴的。"她说。

"不了，下次一定去。"

我都快转弯了，回头看她还定定地朝我这边望着。"再见。"我说。

"再见！一定要来哟！"

"一定！"

已经看不见了，可小姑娘那双懂事的、天真的大眼睛还在我眼前闪烁着，回去的路上我觉得恍如做了一个清凉的好梦。

至少有那么一会儿，我忘了那个在心里头几乎一刻也不肯离去的人。

后来我真的去造访了那座农家小屋。虽然有一点思想准备，可真正一踏进那散发着一股难闻的猪食气味（小时候去过外婆乡下的家，知道那味儿）的茅屋，我还是倒抽了一股凉气，算是真正见识了什么叫"家徒四壁"，什么叫"一贫如洗"：几件散放着的锄头扁担，发黄的摞上大补丁的蚊帐，此外还有什么？一张伤痕累累的木方桌，几条长凳，泥地板上落了些柴草。茅屋的女主人，一个瘦小的农妇欢天喜地地接待了我这个不速之客，仿佛迎接下凡的天人似的。我只带了一套半新的衣裤送吴明，也只能过几年才能穿，可做母亲的竟自感激得眼泪汪汪。给吴明，我专门去县城新华书店挑了一本《童话故事集》，有白雪公主、卖火柴的小女孩……吴明高兴得脸上笑开了花。

再后来修了围墙，去后山少了，我差不多把这小女孩给忘了。

即使在红村，生活也照旧进行着。

我坐在床边看书，寝室里难得一片清静，静得连耗子爬过都能听得见。

吴明突然出现在我面前，吓了我一大跳，比上一次还要突然：一个长大了的吴明。时间已经过了这么久了吗？

那天整个单身宿舍的人全都去县城了，看日本电影《风雪黄昏》，山口百惠和三浦友和主演。姑娘们预先都准备了至少两张手绢，大家知道是一部催人泪下、美得让人心悸的电影，尤其山口百惠演的女主人公，没有人不会为她的纯真美丽却香消玉殒而动容。我已提前流过泪了，所以抓紧这难得的机会看会儿书。

"哟，是吴明吧？你怎么来了？"

第一没想到她居然会跑上山来找我，第二没想到她竟然已经长成一个不折不扣的少女了：个儿虽不算高，也说不上亭亭玉立，可该鼓的地方都蓬蓬勃勃地鼓了出来，胸脯、臀部、脸蛋、肩膀。衣袖的肘部和裤腿依然打着补丁，可是青春的气息野草一样地恣意散发出来，只有眼睛，让我一眼就认出来的正是那双大眼睛，仍然像过去一样又明又亮，一眨不眨地望着我。看起来贫穷并没有阻挡她青春的步伐，也使我惊觉岁月的流淌。

她微微喘息着，脸儿红红的，胸脯一起一伏，我猜她一定有事。一边亲热地拉她坐下，叫她慢慢讲。

"卓姐姐，我是有事想跟你商量。"

原来她已经初中毕业了，同我当年一样，她也正面临着选择：是继续读高中呢，还是读师范？都要考试，她说有把握都能考得上，师范要更难考一些，因为师范是免费的，连饭票也发，出来一般分到村小教书。

"卓姐姐，你说我是读高中呢，还是考师范？"一双大眼睛那么迷惘、那么信赖、那么急切地望着我。

我的心开始跳了，不由自主地在屋子里踱起步来。

那年我初中毕业，那个傍晚，母亲问我，毕业后是继续读高中还是工作？那一次我实际上是顺从了母亲的暗示，从而整个改变了我的人生。而这一次，我抬头凝视着这个少女，问："你自己的意思呢？你自己最想的是什么？"

她说谁不想读大学呢？她喜欢读书。我说喜欢读书就继续念高中。然而她又说，她也想早一点出去，好挣钱补贴家用，妈妈老了，哥哥娶亲要钱。

我对她说，"眼前的困难可以想办法克服，最要紧的还是你自己的前程。"

我正色道："要我说，我是希望你上高中，有困难我们大家可以帮你。"

她看了我一眼，说："谢谢姐姐。"就低下了头。片刻，又抬起头来，脸又红了，说："我还是读师范吧。"

我一愣，忙说："先不忙决定，再想一想，听见吗？"我一次也没提让她跟家人商量。再一次，我真切地感到吴明是长大了。

"好的。"她说。

送走她以后,我独自在寝室里来回踱了好久,直到室友进来。

"嗨,一个人在干啥子?"

"啥也没干。"

在踱步的过程中,我再次回想起当年那个似乎影响了我半生的傍晚。而吴明穿过峡谷的小小身影也一再在我脑海中晃动着。脑子里甚至还闪过这样的念头:过几天是不是去一趟她家?

然而我到底还是没有去她家,出于某种考虑,还是最终打消了那个基督山伯爵式的念头。

几年后,我从外面的世界回到红村,来办理辞职手续。所有的事情都办妥以后,为了对红村作最后的一瞥,我又来到后山。

后山早已筑上了土红色的围墙,我穿过小门,又站在那棵我的桉树旁。几年不见,已经长粗了很多。再一次眺望那已被遗忘了的峡谷的寂寞。对面半山腰上那座小房子还在,不过已经变成了瓦房。霎时间,记忆回来了,那双可爱的大眼睛,下巴搁在胸脯上,不知为什么我记忆中的吴明还是第一次见到她的样子,那只小梅花鹿,她现在在哪儿呢?

一个瘦小的乡下老婆婆朝我走了过来。我对她笑一笑,闪身给她让路。她却一直盯着我,脸上有副凄切的神情,我心里感到奇怪,甚至有种脊背发凉的荒谬感觉。就要擦身而过时,她突然站住了。

"这位姐姐,是姓卓吗?"

"是,我姓卓。哦——你是——"

我认出来了,她是吴明的母亲,那双吴明的大眼睛,天,她改变得多厉害呀!一头密实的黑发几乎全白了。吴明说她妈读到小学毕业,还曾经当过妇女队长,当年我就觉得她说话比普通农妇要有文化一些。"吴明呢?她现在好不好?"我高兴地问道。

"她姐姐哟,你走了好几年了吧?你不晓得哟……"吴明母亲突然号啕大哭起来。哭得昏天黑地,我完全傻了。她的哭法好像把那场大哭一直积蓄在肚子里专门等到这一时刻似的。出了什么事了？肯定出了事了。我一时也不知道如何是好，便扶住她的胳膊。"吴妈妈，到底什么事呀？吴明现在……"我心头充满不祥的预感。

"我明女子，她、她不在了哟，死了，我的明女子哟……"

这无异于一个炸雷。

尽管已经有了某种不祥的预感，但我怎么也不相信是她，那个梅花鹿一样的小姑娘。我的眼泪也流了下来。吴明，大眼睛的小吴明，还用懂事的、天真的眼神望着我，下巴搁在小胸脯上。

老妇人用衣袖擦了擦眼泪和鼻涕，稍稍平静了一点，才断断续续告诉我：吴明喝了"敌敌畏"，就为了嫂子几句难听话。原来别人给吴明介绍了个对象，靠近县城边的，可是吴明不喜欢那个小伙子，嫌他像个二流子，文化也不高。嫂子已经收了人家的五百元彩礼，听吴明说要退亲，就怪头怪脑地骂她，说她不要以为当了村小教师就自以为了不起，就可以挑三拣四，是不是装得一副老实样子，其实外面已经有野男人了？还说就不退彩礼，有本事自己去退。那边又紧着催。她一气之下就……

她还告诉我，吴明曾经上山来找过我，听说我走了，不在红村了。"她姐姐哟，要是你在，说不定她会来找你，你劝她，她肯定会听的，说不定我女子现在还活着哟……"

"……"

第二天我离开了红村，此后再也没有回去过。

初吻

对我来说,
这一眼也就够了。

新的一年悄然爬上了红村的山冈。中国改革的脚步虽然还有些蹒跚，但新思潮新观念新生活像学步的孩子，以不可逆转的步子正朝每一个中国人走来。

我看见了，虽说隔着红村层层叠叠灰白色的群山。

新的一年的到来，总会发生一些事情，我期待着。

这一年我二十三岁。

二十三岁了，一想到这个，心头便一阵一阵涌起不可理喻的恐慌。

寒风中，透过阔叶桉有些瑟缩的枝叶，我抬头仰望天空。冬天总是这样，处于永久的昏睡中，不给人以任何希望，显得冷漠而麻木。

天空上没有找到希望的痕迹。

好在我就要回家了，与亲人团聚，起码这是可以期待的快乐。

春节假，加上补休，共有十五天呢。元月二十八日，我乘上厂里的交通车，踏上回家的路途。

归心似箭。

车到遂宁，突然抛锚了，距我家N城九十九公里。司机死活不愿开了。实际上，乘客全都下光了，全车二十多人都到家了，只有我一人最远。

我可不愿意把宝贵的时间浪费在路上。何况只有三小时的路程了，看看表，还不到下午三点。遂打定主意：找便车，当天赶回去！

首先想到去找川中矿区，我们本系统的。还是刚工作时的人造革旅行包，里头装的无非是厂里分的过年肉，还有平时积攒下来的劳保手套、肥皂、毛巾等寄托着我一片孝心的物件——那时候，我们什么都往家里带。若是空气能带走，我们会把红村清新的空气也打包的。我晃晃悠悠地走进矿区大门——准备去找调度室。

说起来也真好笑，我也曾干过一阵子调度，煞有介事地调度过十多辆大车小车呢，十九岁的时候。调度室的人果真没有见外，说下午有一辆车正好要发N市。无奈等到三点半，司机也没见个人影，我不敢再等下去了。

三岔路口上，大约过了半小时，飞扬的尘土中，终于盼来了一辆满载货物——肯为我停下来的大型卡车。司机从车窗探出头来，对我笑了笑：看上去像是一位乐于助人的半大老头。

我坐上高高的司机台，心里别提有多高兴了，也为自己的大胆而暗暗自豪。

开出去不久，司机说是从成都出发的，很疲乏了，跟我商量，今天不到N市，他叫我再拦别的车。他真把车停了下来，拦了一阵，也没拦着。经不住我的苦求，他最终还是同意好事做到底。

回到家里，天已经黑透了。我们还住在两间平房里没搬，爸爸妈妈，还有才从新疆调回来的哥哥全都在，我，无异于从天而降，一家子乐坏了。终于回到家了，路上的小插曲算什么，不过是往我归家的喜悦里撒上的一大把花瓣……

然而，回家的喜悦并没有持续多久。

这天晚上，刚吃过饭，我们正在看电视，外面响起有礼貌的敲门声。

哥哥赶紧起身去应门，只听得他回头低低地说："他们来了。"

我心里怦地跳了一下，随即镇静地站起身来。

接着，我看见了"他们"。

相亲。

两天前，母亲同我有一次极为郑重的谈话。我勉强同意先见面。

"我从来不求人，算我求你了。"

我可以无视小伙子的条件，甚至对妈妈的专制背过脸去，又怎能对母亲带着泪声的恳求无动于衷？

对出现在我面前的小伙子，虽说没抱什么希望，但还是下意识地看了一眼。他也迅速地看了我一眼。

对我来说，这一眼也就够了。

一个穿着棉军大衣的青年。

棉军大衣穿在他身上，没有增添所谓英武之气，中等个子，满月似的脸稚气未脱，双眼皮的眼睛像大卫的那么俊美，头发很短，一眼看去，神情不像二十五六的人，倒像一个好好学习的中学生。我在心里说，完全是个弟弟嘛，而且还是邻家小弟。他站在介绍人的身后，稍有点不自在，好像一个多动的小学生在老师面前似的。如果说让我感到有点意外的是：一个男青年竟然也可以这么漂亮。一般来说，一位相貌英俊的异性会让我紧张，他不属此列。他缺少某种关键性的东西，我几乎第一眼就看出来了——他的漂亮是一种无神的漂亮。

我始终相信，一个人的心灵密码，包括人格风范总会从他的面孔上透露出来，哪怕只是一点点。不然为什么会有一见钟情呢？

场面有些尴尬，主要原因是母亲还在厨房洗碗，我也没做什么努力来改善气氛。介绍人，即小伙子的舅舅，看样子也是个老实人，额头都冒汗了，一边搓手一边说："嘿嘿，卓老师，是第一次经历这种事情。"

实际上，我父亲也比他同事好不了多少——虽然两人曾经在一个办公室，这会儿像初次见面似的，也只会嘿嘿不停。

我大约是唯一比较镇静的人，想起拿瓜子倒茶水的也是我。

母亲的到来使气氛活跃了一些。小伙子起身叫了声"朱姨"，我母亲的笑容大概能让最不善交际的人放松，就跟接通了电源似的，小伙子对着我母亲聊了起来。

他母亲跟我妈同厂，我妈说有点头之交，他妈是工人，人还是不错的。但这件事情却是当舅舅的提出来的。

我眼睛一直盯在电视屏幕上，仿佛他们谈的与我无关，虽然他说的话我全都听见了。不是我故作清高，是心里已经对小伙子下了判断。

他谈了些什么，无非是他在日常生活中遇到的平淡无奇的意外经历。谈的不过是一次排队买包子遇见小偷，他怎样发现了，没有让小偷得逞，如此等等。

因为《追捕》在中国的上演，杜丘的形象如此深入人心，这年头高仓健成为中国女青年的头号偶像，报刊上甚至提出"寻找男子汉"的口号。据说很多大龄女青年之所以不嫁，就是没有寻找到中国的高仓健。当然，我也未能免俗。与其说是高仓健冷峻、刚健的外表，莫如说他深藏不露的情感以及坚忍不拔的意志更让我倾心。要说谁最不像高仓健，那肯定非这位"小弟"莫属了。无非在小偷伸手之前捂紧了钱包，有什么了不起的？如果在小偷伸手之际你一把逮住，那还有的说。

关键词：平淡无奇。

哪怕稍稍偏离日常生活一点，谈点别的，哪怕你不知道存在主义，谈谈UFO，谈谈非洲旱灾，就是谈谈海啸也行啊。

人肯定不坏。可光是个好人就够了吗？我不无讽刺地想，可惜了一副好相貌，简直是一种浪费。他甚至连观察人都不会，几乎不偷眼看我。他越来越笃定，嗑瓜子，聊天，剥糖纸，好像跟我们家是老熟人，也可能他认为凡他谈的，都有趣得很。

母亲一直将脸对着小伙子，对他讲的很感兴趣的样子。母亲倒真有长者风度，始终很亲切，笑容可掬。

这时门外又响起了敲门声。

接着有人大声喊我父亲的名字。

我们一家人互相对视一眼。这回爸爸去打开外屋虚掩着的门。

来者躬身进来，顿时，如点燃一根蜡烛似的，昏暗的油毡棚子陡然一亮。来人叫"刘眼镜"，也是父亲厂里的，"文革"时期跟爸爸还是同一派的"战友"呢。过去因为属于"臭老九"，在食堂里卖饭票，现在落实政策，调到本市一所高校当讲师，又是市里的业余律师。

"有什么喜事啊？"父亲问，不敏感的父亲也看出"刘眼镜"一脸抑制不住的喜气。

"哈哈哈哈……"满屋只有他洪亮的笑声，他高大轩昂的身躯显得我家的陋室更加狭小了。果然，他今晚特来让我们分享他新近一桩成功的快乐。

屋里的情景气氛乃至多少有些奇怪的人物组合竟然都没有引起"刘眼镜"的疑惑，他只对我家的客人点了点头，便老实不客气地一屁股坐在特意为他腾出来的"太师椅"上。小小屋子，立刻充满了他滔滔不绝、喷泉般的话语声。

原来，"刘眼镜"最近打赢了一个大官司。我倒并不觉得他碍事，哥哥跟我交换了好几次眼色。我是真愿意跟他聊法庭啦、诉讼啦，起码这些东西远离我平平淡淡的日常生活，有如一股陌生的风吹来。我间或一两个提问，引得"刘眼镜"的谈兴比望月的海潮还要高涨。

"哈哈哈……"

"哈哈哈……"我也和着他声如洪钟的笑声开怀大笑。这比听"棉军大衣"聊要有趣多了。

送走"刘眼镜"以后,哥哥对我说:有好几次,他都忍了又忍,想把"刘眼镜"引到外面去,好下逐客令,可最终还是觉得这样做不礼貌。哥哥的话又逗得我哈哈大笑。

笑声还没有落,门外第三次响起了敲门声。

大家面面相觑,我又笑了。这简直像托马斯·哈代的《三怪客》,只是我家不在十九世纪的英格兰高地,此时也不是那样一个风雨飘摇的夜晚,不过在这样一个平平常常的地方,普普通通的冬夜,这次来的人又是谁呢?

我说:"大概今天是黄道吉日,宜会亲友。"众笑。

这回喊的是我的名字。我跑出去开门。

"周利云。"

"卓敏而。"

原来不过是我的老同学,前两天在街上碰见过,她在本市电信局工作,我叫她来玩,不想今天跑了来。

"家里有客人?"

我小声告诉她:"相亲。"

"哦?"她机敏地朝那边瞟了一眼,点点头,"还不错嘛。"我不置可否地哼了一声。

一个小时以后,所有的来客悉数离开,不论是爸爸、妈妈、哥哥,还是我本人,都大大松了口气。整个过程中最富于喜剧色彩的一幕结束了,只剩下满地的瓜子壳,满屋的烟气……

爸爸、妈妈、哥哥简直都等不及问我:"印象如何?"

"一般。"

"一般?我觉得还可以。"妈妈说。这也是家里除我之外一致的看法。每一个人都在劝说我,继续"谈"。

我的心情忧郁起来。我想听听弟弟的看法,并且把这话对他们说了。

还没等我把话说完,弟弟不耐烦地摆了摆手说:"不用多说了,你自己考虑吧。"

难道这就是我盼望他回来的结果?眼泪刷地流了下来。我赌气跑进隔壁屋子,眼泪还是流,一个人趴在桌子上哭了。没人理我,妈妈趁这机会在跟弟弟谈,她也一直在等弟弟回答。

我出门的时候,妈妈已经去上班了,弟弟仍坐在椅子里,闭着眼睛,脸色异常阴沉。我砰地关上外屋门,独自上街去。

我漫无目的地在街上转了一大圈,心情好多了,回到家,见弟弟还陷在椅子里,姿势也没有变,一看表,已经两个钟头过去了。

我没有打扰他,径直进了隔壁屋子。

"姐姐,回来了?"弟弟发出感冒了似的滞重声音。

"回来了。"

"你过来一下。"

我心头一喜。

家中我唯一的坚定同盟军,你总算开口了。我迫不及待地说:"那小伙子,我当然不接受……"

"错,你应该接受。"

"你是说,我应该接受?"

他再一次表示是这个意思。这不仅让我意外,也让我失望之极。为什么?

不听话的眼泪不知不觉又流了出来,简直像出血似的哗哗地流。

弟弟皱起了眉头,说:"姐姐,你太柔弱了,这样是不行的。"

我可能柔弱。可是直到我起身离开,也没有应答弟弟。

两间屋,弟弟一回家,变成五个成年人,白天还无碍,可到了晚上,即使合并同类项也住不下了。妈妈要我去她厂里单身宿舍住,跟她办公室的廖之英挤挤,我也正想单独静一静。

晚上九点来钟,我去宿舍,妈妈叫弟弟送我。也就几分钟的路,我知道妈妈的意思，也懒得多说。

我感觉到，全家人拧成一股绳似的要把我往外赶，好像我已经是嫁不出去的老姑娘似的。我知道，在他们心目中，我有老姑娘的趋势，虽然我才二十三岁，可我是一只"蓝袜子"，不赶紧，迟早会剩下，让他们蒙羞。他们还很少这么意见统一过，这一次……

路上行人稀少，灯光昏暗，盆地的冬夜并不觉得冷，只是有一种凄凉的感觉。弟弟又行使起说客的职责来。

弟弟，你可真让我失望呀。

"我梦想的是英雄，不是庸人！"我固执地说。

弟弟狠狠地擂着墙壁，连说："蠢哪，蠢哪！"

远处有一盏鬼火似的路灯，依稀照在弟弟脸上，他的神情是那么激动，那么真挚，我不由得从心底里涌出对他的爱。要是那人像弟弟该有多好。我说出这话来。

弟弟笑了。

"你不能要求人都像我，这是不可能的。"他说。

"所以我还是要坚持自己。"

弟弟昂起头，凝视着远方，冷酷地说："姐姐，我本来不想说这话，你怎么总是梦不醒呢？我只好实话实说了，你梦想英雄，殊不知，自古英雄爱美人。我比你更了解男性，像你这样的，英雄并不爱！"

我被惊呆了！我努力对弟弟笑一笑，心里却在滴血。多年来我以西西弗般的坚忍建造的精神楼阁在这一刻轰然倒塌……而推倒这座多米诺骨牌的，不是别人，是我的弟弟。

这不公平。为什么你可以做梦，我就不行？就因为你是男的我是女的？就因为你一次就考上了大学而我考了三次都没有考上？就因为你还没有走上社会，你还有无限可能，而我已经没有了？不是美人，就连做梦的权利都没有了吗？

弟弟忽然把声音放柔和了，语重心长地说："姐姐，你追求真善美，追求理想，可以独自追求啊，可以在书里追求是不是？他人老实，可以给你带来平静的生活，而这一点至关重要。有了平静和安宁，你仍然可以追求自己的目标呀。"

我的心开始像刀割一样痛。

为什么，你就可以拥有你的梦想，我就必须放弃？不就因为我是女的吗？不公平，不公平，不公平啊！

我们，我和弟弟，就这么来来回回地在这条灯暗人稀的小街上走啊走，走啊走，最后，我流着眼泪答应了弟弟，屈辱地。

到达廖之英的寝室，她本人已经躺下，还没有睡着。廖的室友正在灯下温书呢。她是六九届初中生，三十多了，也还住单身宿舍，据说是厂里的培养对象，眼下正在准备文化考试。

我勉强跟她俩打招呼，寒暄几句，就称累了，转身铺床。她俩挤一床，给我腾出一张空床。

铺床时无意间瞥见床头柜上的镜子，镜子里的我多么苍白啊。我再一次想起弟弟的话：英雄不爱你这样的人。

我很丑吗？

镜子中，再一次打量自己的面孔：棍子似的直直的短发，细细的眼睛，鼻梁不高，普通的脸型，唯一可取之处是皮肤很白，很细腻，还有嘴唇，厂里一个女孩说我的嘴像雕刻出来的，总是通红的，这两片鲜红的嘴唇是那样饱含热情，充满青春的渴望。

不，我不丑，只不过普通罢了。我忽然想起酋长。他不爱我，是不是因为我这张面孔太普通了？难道英雄就不能穿透一张普通的面具，直抵一颗炽热而美好的心灵？多么讽刺！我所做的一切努力，不就是要逃离日常生活的平淡吗？我却戴着一副具有平淡特征的面具！

早晨醒来，一切也跟着醒来，眼泪又冒出来，我不愿意起床，不愿意回家，不愿意见人。

回到家里，全家人正其乐融融地围在一起包汤圆呢。才记起春节马上就要到了，可节日属于他们，这一次我心里没有节日。

见到我，都加倍地和颜悦色、问长问短的。

"睡得好不好？"

"冷不冷？"

我一句话也不想说，闷头吃完，自个儿关门出去了。

去哪里？

我要去找他。

弟弟回家前，我跟苏林已经见过几次面，屈从于全家人的意志，跟他"谈"了。他果然符合我最初的判断：一个平庸的好人。同样是本市的人，同样都在外地工作，他的口音重得掉渣。如果年岁小一点，去扮个贾宝玉，拍个照保管比欧阳奋强还要俊，可就是没有人家那份神采。奶油小生正遭到全中国男女青年的嘲笑。连唐国强这样标准的俊美男青年，还被贬为"奶油小生"呢。苏林倒没有奶油味，奶油，太公子哥儿了。要说他有什么味儿，也不是烟酒味，棒棒糖味儿比较合适。

尽管他激不起我的好奇心，我还是打起精神跟他谈，谈我自己，谈我的梦，我的怪癖，以及我对人生的抒情的看法。

有一次他扑哧笑了。

我问他笑什么。

"我觉得我们好像在进行学术讨论嘛！"

我也笑了。后来回忆这几次交谈，发现这是他说过的唯一有点风趣的话。

最终，我忍无可忍，对他说："你不是我理想中的人。"

对母亲则说的是："算了，不行。"

全家人对我围追堵截，那当舅舅的又亲自上门了一次。

我心里烦透了，对妈妈说："够了，这出戏我不想再演下去，你们也不要再充当导演了，我受不了。"

见我大驾光临，苏林母亲意外的高兴。一番手忙脚乱之后，才说苏林去了姐姐家，要我等等他，一个劲儿地说不知道我要来，好像知道我要来就会有一番接驾手续似的。

苏母忙着要去给我煮荷包蛋，我问有什么书可以翻翻？好一阵子才搜检出一本连环画，双手捧着献给我。我环顾着这间临街的小屋，空空荡荡。苏林的父亲已经去世，一个姐姐出嫁了，家里还有一个妹妹，也上男朋友家了。怎么觉得他家那么冷清呢？

连环画一个字一个字地看，一幅图一幅图地读，也到最后一页了，再也没有什么可看的了。如果说我家是小而拥挤，他家则是小而空虚，一览无余。而荷包蛋也勉强吞下肚里。好在苏林母亲人很识相，并没有坐在我面前，而是自己在门外一边做针线活一边晒太阳一边张望她的儿子。

实在坐不下去了。如果他家哪怕有一本书可看……苏林母亲苦留我，我还是坚决地走掉了。

不由自主地来到嘉陵江边。

大桥横卧江上，显得冷漠，傲慢。行人在桥上来来往往，那么从容，那么平静。江中不时划过一条小木船，静悄悄的，没有一丝声音。不时地，又隆隆地驶过一艘汽轮，拖着长长的灰色烟雾。

一切都在照常进行，跟我童年时看到的景象一模一样，好像什么都没有改变，什么也没有发生过。人世间的痛苦也好，欢乐也好，一切与这片风景无关。这些景物比人世间的哀乐要永恒多了。天空蓝得不近情理，江水无声地流向远方。我感到在自己的家里，在这个城市中，在这个世界上，孤独无依。

不知不觉，又信步走过大桥，幽灵似的晃进临江的一所小学校，小学校早已放假，犹如一座躲防空警报的空城，转了一圈，又回到江边。久久地，久久地坐在一个大石头上，久久地，久久地凝视着江水，心中一片空白。一只白鹭掠过水面，我要是一只鸟该有多好……

白白的太阳光如千万把宝剑从头顶上直刺下来，刺的眼睛生痛。终于，我擦掉泪痕，对自己说：从现在起，再也不许哭了！

我决定以英雄气概来面对生活。

这句话果然起了作用，回家的路上，脊背又挺得直直的。

推开家门，赫然看见，那人，正坐在我家笑眯眯地等我呢。

明天就要对故乡说再见了，对苏林也是。

几经折腾，到底还是对他说出了那两个字。一会儿行一会儿不行，他没疯，确实算得理智之人。话说回来，若我已经三十岁，情形恐怕就两样了，说不定我会抢宝似的一把把他抢到手里，塞进背包里背走。

我对他说："对不起，你很好，是我不好。"

他的脸色变了，血往脸上涌。我倒没有想到他也会生气。

但我还得说下去。我说就算在火车上同行一程吧，天南海北聊了聊，到了站，各自下车，也就各奔东西了，不是吗？

不是这样的。他说，如果只见了一次面，这么说还可以，已经见了这么多次了，人是有感情的。他说没想到会是这样的结局。

这回我的意志比铁还硬。

送走他以后，我像一只蝴蝶一样飞出家门，一路飞奔，一直飞到春光乍现的田野上。

解放了！终于解放了！

"跑到哪里去了？"

回到家时，已经是该吃晚饭的时间。母亲说苏家带口信来，说苏林醉得人事不省，而他原本是不喝酒的。

"他醉跟我有什么关系？"

母亲责备我心狠，还说即使普通朋友，也应该去关心关心。"再说明天就各奔东西了。"

我说那吃过饭再去看看他。

"不,现在就去。"

他躺在床上,睡得像个婴儿,很安静,只是脸通红,倒不是我事先想象的酒疯子模样。

我坐在他床边小凳子上,他睁开眼睛,见到我,并不吃惊,满意地叹了口气。他以孩子般的执拗,要我摸摸他的额头,额头很烫,他又叹了口气。

我觉得自己有点像个小母亲,床上躺着的是我的娃娃,心里忽生出一丝柔情。

"你好点了吗?"

"不好,头痛得很。"他歇了歇,又说,"你能来,我高兴——"说着打了一个嗝儿,一股难闻的酒气直冲鼻子,险些把我熏倒,"哇——"他一口吐了一地。他母亲过来收拾,我厌恶得极力忍住,才没有跑掉。

他母亲给他洗了个脸,倒了杯茶放在他面前。又转脸对我笑,要我照顾他,我倒真希望自己这会儿是什么红十字会的护士,照顾的是伤兵,而不是醉汉。

"要水。"

我端给他,他要喝,我叫他先漱口,他听话地照办了。再躺下。

"现在好多了。"

吃饭的时候,我勉强自己吃下去大半碗稀饭,夹了两口菜,菜并不差,却像在吃忆苦饭似的,真希望是坐在自己家的饭桌边。苏林坐在床上,他妈喂他,吃了半碗。吃完,他对他妈说,头不痛了,要起床。

夜晚的嘉陵江,很静,四周黑黢黢的。

我也不知道怎么又来到嘉陵江边了,和苏林一道。

开始并不觉得冷,只觉得静的奇怪,脚下有些踉跄,一时谁也没有开口,仿佛怕惊醒了刚入睡的嘉陵江似的。远处有一点亮光,像是一座工棚,依稀传来人语声。又朝江中望去,江上隐隐约约有烟雾正在升起,对岸白塔山有如巨大的鬼魅在夜空下打盹儿……一切都恍若梦中,一切都显得不真实,虚幻,我不由得轻咳一声。

我站住了,不由自主地用眼睛寻找苏林,他离我两三步远,见状,犹豫着过来碰碰我的手指头,接着不由分说地拉住了我的手,越来越紧地。

电击的感觉。

生平第一次,和一个异性这样拉手。他的手肉乎乎的,很温暖,微微有点汗津津的,黑暗中我忘记了他看上去像个小弟弟,忘记了他在我心目中的平凡,只感受到那包裹着我的温暖,感觉到另一个热乎乎的生命同我在一起,我不再孤单。虚幻感消失了。

"找个地方坐一坐吧。"苏林变得很有男子气似的。

而我,则乖乖的,在他的引领下很顺从,跟着他找地方坐。

找到一块大石头。他先坐了下去,我迟疑一下,与他稍稍隔开了一点,也坐下了。

"明天就要分别了。"

"是。"我说,虚幻感又来了。"有时候,真觉得人生如梦啊。"说完就想到他不会理解的,他那么现实,恐怕从来不作形而上的思考。想到此就更加觉得寂寞,不由得打了个哆嗦,冷。

"你想得太多了。"黑暗中他笑了,靠近我的身体,试探着将一只胳膊环住我的肩头。我没有动。体温,我发现我也需要,这会儿更胜于形而上的思考。

"冷吗?"

"冷。"

他脱下外衣披在我身上,我不再打哆嗦了。

忽然他的呼吸急促起来,我来不及思索,也来不及感受,如一只纸船被巨浪裹挟而下，昏头昏脑中，他紧紧地、紧紧地抱住了我。异性的气息，滚烫的身体，酒气，让我吃惊的蛮力……

我轻轻叹了口气，开始咀嚼刚才拥抱的滋味，热乎乎的，我喜欢。不由得将头轻轻倚在他圆圆的不怎么坚硬的肩头上。

这个肩头将是我一辈子依傍的肩头吗？

他的嘴唇，比烙铁还烫的嘴唇，就那么坚决地粘住了我的嘴唇；他的手，虎爪似的手，就那么不讲道理地伸进我柔弱的胸口。我没有试图反对，因为我仿佛也在期待着这一时刻。

他什么也没有再说，只是胜利地笑了。

而我流泪了。

这是我的初吻啊！

好像不应该这样子啊，应该更美妙，更神秘，更……

母亲过分亲切地迎接我。她的眼睛后面仿佛还有一双眼睛，这眼神让我不舒服。我不想说一句话，跟谁都不想说，洗洗倒头就睡。母亲将枕头搬到我一头，说："明天就要走了，不想跟妈妈说几句话？"

"不想。"

"我想！"

第二天，我们各回各的单位。我回到了地处川西南的红村，他回到位于川西北的成都远郊区的技校，教他的书去。虽说在成都附近，可那也是个僻静的角落，不然，以他俊美的外表，还算不错的工作单位，找个合适的对象还是不难的。

我们很快通了两封信。

第一封信，他说有点想念我，他还在回味那一吻的滋味。

第二封信，温度陡然升高，他说不知道相思之苦他还能承受多久，他说对我已经产生了感情，说忍不住就跑来看我。我在回信的时候，倒依然保持着高谈阔论的风度，还开玩笑地称他"弟弟"，尽管他还比我大。

我自己都没有想到，第二封回信寄出去以后，发现自己居然开始苦苦期盼着回信，居然一天一天数着收回信的日子。

我跟孙玲之间突然话多了，而且是我找她聊，仿佛是我跟她在谈恋爱似的。我们是好朋友，一向无话不谈，可过去我舍不得花时间同她扯闲天。现在，忍不住的是我，自然，聊的话题是苏林和我与他的关系，还有我们的未来。我还发现，我居然在暗想，以后我多半会做个贤妻良母了。想到此，不禁有点淡淡的忧伤，也有淡淡的甜蜜。呜呼，我的那些虚无缥缈的梦。

孙玲对于我的变化自然是求之不得，她不怀好意地笑道，这下子，不管你这只风筝飞得有多高，总算有根线牵着了，看你还转不转？

收到第三封信，已经是第十一天（比前两封信晚了三天）了。我忍住怦怦的心跳，迫不及待地撕开信封。刚看了两行，我的脸变得煞白：他，竟然提出断交！

拿着信，我没有马上哭，只是觉得好像突然被蜇了一下，狠狠地蜇了一下，很尖锐很粗的一种针，很锋利的刺痛。然后才感到突然和奇怪。无异于当头一棒。

我把信撕得粉碎。

然后，一个人跑到后山，那棵我常去的桉树下，独自流了一会儿泪，伤心了一阵子。自尊心受到一点小小的伤害。

因为说到底，自负的我怎么也没有想到，会是由他先提出分手。我以为，我这么好，即使两人天各一方，他除了苦苦思念我以外，没有别的事情好做，他会为我守身如玉一辈子呢。

"自由了。"我对孙玲说。

尽管我想显得无所谓一点，可是我说话的声音还是有点发颤，这我没法控制住。毕竟，是被人家提出绝交，而不是由我提出来的，这对骄傲的我怎么都是一个打击。我想到了那个嘉陵江之夜，我的脸顿时有些发烫，一种受伤的感觉。之前，在跟孙玲谈论他的时候，我表面上都是满不在乎的。距离产生美，实际上我已经在心里产生小女人的柔情和相思了。孙玲也觉得，除了分居两地，以后调动会很伤脑筋以外，他的条件还是不错的，至少人很老实，即使不在一起也让人放心，还很为我高兴了一阵子呢。可谁知道，这么快就……

"我觉得有点可惜。"孙玲压低嗓门说，并且尽量不看我，"不过，断了也好，分居两地，以后也太痛苦了。"她极力想安慰我。

我没有当着她的面哭，尽管心在颤抖，我咬紧牙。

可以说，生活再一次教训了我，一个新的教训。

怎么说呢？我这样的人，不但英雄不爱，连一个庸常之辈也不爱。奈何？

我对自己说，权当被一只小蜜蜂蜇了一下，没什么了不起的。只是，以后绝不违心地对任何人妥协了，绝不！哪怕对至爱的亲人。这件事从头到尾是我在妥协，我在对所不屑的世俗的生活轨道妥协，而世俗生活并不接纳我。

我又一次爬上红村的山顶，穿过桉树林，眺望远处层层叠叠灰白色的群山，悲壮感再度在我心头激荡。命运又一次敲门，我仿佛听到贝多芬《命运交响曲》的旋律，当、当、当、当……

别哭！

我擦了一把眼泪，对自己说，每个人都有他命定的人生道路。奋斗吧，这是摆在我面前的唯一的路。

这是我的宿命。

我只能奋斗，舍此无他。

就在这一年的下半年，我再度出发，对研究生考试发起冲击。我偏要试一试，一个初中生究竟能走多远？

反正我还年轻。

青春之歌

我就像一个痴心的傻小孩儿，
站在美丽的大海边，
倒也不是那么容易被潮水吓退的。

前些时候,有一个名字突然进入全中国青年的视野:潘晓。

一场人生大讨论,就因这个名字而起。她的一篇"人生的路啊,为什么越走越窄……"的来信,发表在《中国青年》杂志上。一石激起千层浪,在全国范围内,顿时爆发了一场关于理想和人生的轰轰烈烈的大讨论。

其中有一篇读者来信喊出了这个时代的最强音:

"用我们的血肉拥抱世界!"

作者竟是一位青年农民,花了二十多天抽深夜时间写出来的。他还同时给邓小平同志写信,提出:"给我五年时间,我要让一个地方彻底改观!"

潘晓的信,在我心中引起了深深的共鸣。她也是工厂的青年工人,跟我一样,也是个文学青年,也是满腔热血,胸怀理想,可理想却不能实现,生活中却处处掣肘……

长期以来,我注意到一个事实:虽然红村不是天堂,可是好像除了我,谁都像池塘里的鱼,活得逍遥自在。唯有我常常一副苦大仇深的样子。仿佛我和他们不一样,有点各色。很"独"。当然另外一些日子,那种时候相对少一些,我也是快乐的,脚步轻捷,一路哼着歌儿,跟姑娘们大开玩笑,或是拿自己开涮,逗得大家过节一般的可乐。

实际上，家乡那次不成功的恋爱对我几乎没有什么影响，那件事我很快就忘到九霄云外去了。或者是我故意不去想它。总之不论快乐也好，忧郁也罢，都跟那件事无关。

快乐，同忧郁一样常常是无缘无故的。有时仅仅因为季节。因为即使在红村，春天也会降临。即使用眼睛几乎找不到春天的痕迹，可是空气中仿佛颤动着一丝轻盈的气息，灰白色的岩石间仿佛有岚气在袅袅蒸腾，仿佛有从远方飘来的花香，天空也一扫冬日的阴霾，渐渐透出浅浅的湛蓝，我的心灵的确感觉到：春天到了。

郁闷也并不总因自己而起。

因为此刻，哪怕我偏居一隅，远离尘嚣，我也听见了时代的鼓点，国家发出了"四个现代化"的进军号，那遥远的鼓声多么令人振奋，又是多么让人心急火燎啊！

再放眼世界，非洲骨瘦如柴的儿童，巴勒斯坦无家可归的难民，美国受歧视的黑人；还有我们自己国家那些为一瓢水要爬几十里山路的母亲……这些遥远的苦难，让我心潮难平。我想亲手将新鲜面包交给非洲的黑儿童，想为我的乡下同胞打下一口甜水井。而在一切之上，像那位要用自己的血肉拥抱世界的青年农民一样，我也多么想用自己的青春热血来改造世界，改变中国贫穷落后的面貌；渴望一个一展长才的广阔舞台，为国家作更大的贡献啊。然而我却只能待在这片桉树林中，碌碌无为，任热血逐渐干枯掉。

小时候在家里看见过一张大约是红卫兵散发的传单吧，上面写着一段话：

与天奋斗，其乐无穷；与地奋斗，其乐无穷；与人奋斗，其乐无穷！

在我能理解的时候，觉得天下所谓的豪言壮语也莫过于此了。据说这是毛主席青年时代写下的，壮哉！

刚走出家门的时候，我并没有想到要去与天与地与人斗，可是也没打算像小蚂蚁般沦为忙忙碌碌的被淹没在群体中的默默无闻的可怜虫。那时候，我心中充满着英雄式的幻想，我以为，我也会成为那样的一位翱翔天际、闪闪发光的人物。不错，我今天虽算不得可怜虫，可我依然没能如我所愿展翅高飞，我依然匍匐在地上啊！如千百只蚂蚁中的一个。我哪里想得到，哪怕我想要额外的一丁点儿东西（也许就因为我想要向生活索取那额外的东西？），其实有时只是想把自己奉献出去，都需要调动自己的全部意志全部力量去战斗；而且，战斗的结果，总是往往以失败甚至是惨败而告终。我的敌人究竟是谁？在哪儿？

我不知道。

然而希望也如同晨星一样在遥远的天空朝我眨着眼睛，引诱我前仆后继，如塞壬的歌声……

三次高考的惨败，还不算致命的打击。

我就像一个痴心的傻小孩儿，站在美丽的大海边，倒也不是那么容易被潮水吓退的。

就在那一年的秋天，红村山上的阔叶桉多少显得有点干黄的时候，一个新的梦又在我脑子里生成：贤妻良母做不成了，我要做一个学者！

为此，专门请了探亲假，跑到了成都。打算在省图书馆读他一个月的书。研究的课题是个人与社会的关系，最佳生活方式的伦理学。这个想法，光是想想就令我激动不已。

生活中又有了灿烂的太阳。

带上几件简单的换洗衣服，乘火车一下子就到了成都。我住进了孙玲家。每天上班似的准时去省图书馆看书，早出晚归。

孙玲对我说，成都人很"水"，尤其小市民，他们留你吃饭你可千万别信，不管她喊得多么亲热你都不要信以为真，"但我们家例外。"她说，"千万不要客气哟。"

所以我也就不客气地住到她家里了。

她的家一切都很简单。住在一个说中心不中心、说偏僻也不算偏僻的小巷子里，跟我家一样也是平房。可是她家的房子论格相比我家的还要简陋、单薄，到底我家是在机关大院里，气象自然有所不同。她家的人口也更简单：就母亲和当护士长的嫂子，外加一个小婴儿。她的在石油部门工作的父亲已经去世了，哥哥也在外地，母亲从街道小厂病退了。可想而知家庭经济并不宽裕。房间里东西很少，可是一尘不染，仿佛样样东西都被胖胖的母亲擦洗得闪闪发亮，包括水泥地板简直光可鉴人。

那个时候我还顾不上去想，家有一个小婴儿怎么能做到那么干净的。只是觉得她家可比我家干净多了，虽然小房子是如此的简陋，院子里其他的人家也都差不多。也看不见她母亲忙忙叨叨的样子，相反，每次我总看见孙妈妈躺在唯一的竹躺椅上，悠闲地吸一支烟，跟我闲闲地拉家常，小婴儿站在竹车里目光烁烁地朝我们舞着小胖手，间或"啊"地叫一声。

我一般早上出去吃早点，傍晚回去跟她母亲，有时加上嫂子一道吃晚饭。晚饭很简单（比起我家的伙食从内容到形式都要简陋几分了），通常一菜一汤，几天才换成一荤一素。但是十分可口。早上和中午我都在成都街上吃，成都小吃可是太好了，又便宜、又好吃、花样又多，可以吃好多天不重样。

省图书馆离她家不算太远，走路我没得说，全是走着来去，大约需要四十分钟。我的步履矫健得很，需要的话，可以脚底生风。久居山中，乍住进大都市，觉得一切都那么赏心悦目：行人，街道，林立的店铺，车流，自行车流，城市的噪声，一切都令人愉快。这愉快一直保持到离开成都。

走之前我按照不多也不少的原则给孙妈妈交伙食费。自然不收。

"孙玲特意写了信，说不能收。"孙妈妈强调说。

可我展示的顽强还是比她的决心更要坚定，最后我愉快地看着她把钱接了，装进衣袋里。

而更愉快的是读书，当然了，这一个月，我读的全是人文社科，包括人类学、社会政治，全是中外名著。省图书馆的工作人员大约都认得我了，因为我天天去，都对我客客气气的，服务好像格外周到。

尤其有一位年轻的女管理员，大约是一位少妇，我最喜欢。她对我不仅服务热情，我还感觉到，她那圆圆的眼睛朝我投来的目光充满亲切和好感。甚至后来我离开成都了，她们依然保持为我服务：我可以开随便多长的书单，她们为我邮寄，看完后我再寄回去。而这一切服务都是免费的，好像也没有交什么押金，或押什么证件。多么美好的年代啊！

而最最令我激动的则是，在这里阅读，我发现了社会学和费孝通先生。第一次接触费孝通先生的《江村经济》、《生育制度》等名著，并了解到先生富于传奇色彩的早年治学经历，使我对这门学科产生了极为浓厚的兴趣（那时候，好像什么都感兴趣）。

正是在那里，得知南开大学明年要招"文革"后第一届研究生班，二十五名。我非常激动，太好了！机会终于又来了！好像又看见黑暗天空中闪现出一道曙光，又好像一个被闲置已久的职业拳师终于得到一个绝好的出场机会。我好像听到自己体内发出的"噌噌"的声音，我决定再次出击。

深知这又是最后的机会：因为明年就有社会学系的本科毕业生了，我是无论如何拼不过他们的。因此在激动中又包含着恐惧、紧张、悲壮。这对我来说，是又一次殊死之搏。如果，这场战斗中胜利的是我，天啊，我要到天安门广场去高歌！

可如果又失败了呢？"失败"这个词语包括着"失败"后的各种景象，我连边都不愿去沾，更不用说去想。就像那些迷信的人所理解的，好像有些事不说，不祥的事就不会发生一样。

这次是孤军作战。犹如一个人独自面对月球上的茫茫环形山,那种无边无际的空旷,一个人独临万丈深渊的感觉。这与高考那阵是不同的。且不说身居山沟,资料都不知从何处得到(对我来说,考研究生不能说是"复习"),也没有人可以在一起切磋、商讨,或请教。接着是一场昏天黑地的攻坚战,时间只有三四个月。《中国近代史》就是那时自学的,也是在那时候我才从近代史上知道了我外婆的大伯父罗纶的事迹的。

人人都觉得我不自量力,一个初中生。

为报考研究生,我同陆文广之间一直引而不发、心照不宣的对峙终于摆到表面上来了。

大约在那次"误入歧途"之后,我同陆文广的关系就变得有点说不出的味道了。在我,是不可能再用充满无瑕热爱的目光望着他,我的言语也有所不同,带着冷漠、排斥。又像过去一样,我又开始对他冷嘲热讽,不同的是,现在的眼神是冷的。他的眼神则带有疑问和不满。自然,我也明显地感觉到,他对我也跟过去不一样了,再也没有过去那种热情的、骤然发亮的眼神和自然流露的由衷喜爱的神情。

越是这样,我就越加想要离开这个地方,越快越好。

招待所小饭厅外面,朦胧的灯光下,我同陆文广大吵了一架。这是一次火山喷发。

酒足饭饱,他正同局里来的客人步出饭厅,脸上挂着一个人美餐之后对一切都似乎心满意足的惬意笑容。

而我,是空着肚子从寝室里出来的。绝望、悲愤,端着孙玲为我下的一大碗五颜六色、本来是香气扑鼻的西红柿煎蛋面,却如同嚼橡皮一样硬是咽不下去。

下班前才得知报名表根本没有寄出去:而问题就出在陆文广身上!

几滴眼泪吧嗒吧嗒滴入面条里。孙玲柔声安慰我,吃吧,先吃了再说。我突然将碗咚的一声往桌子上重重一磕。

"不，"我喊道，"我决不善罢甘休！"

这会儿，他的笑容激得我心头火起，因为是他，正是他本人的旨意，报名表才在我过五关斩六将之后，在最后一关被卡住了。我对着他大喊道："就这么芝麻大的希望你也要给我扼杀掉吗？"

凄厉的声音在寂静的红村夜空回荡着，招待所二楼黑暗的走廊上，有好些出差的人，正倚栏静静地看着这一幕。

他气得暴跳如雷。

我还从来没见过他如此模样。他的理由有两条，一是我的专业不对口，我说怎么对口，同英文打字对口吗？他又说我的学历。这的确是我的软肋，我说资格的问题让学校去审核行不行？他又指责我多年来东一榔头西一棒不停地换岗位。

不说这还好，一说我不由得更加心头火起："强盗逻辑！"我反问他是谁让我这样的？难道小老百姓就该为服从而付出代价吗？该由你们任意宰割吗？

黑暗中我盯着这张我曾经那么热爱的脸，忘记了我曾经愿意为之赴汤蹈火，现在我对他只有满腔怒火。可我也不知道谁该为我虚度了的青春负责，只是悲愤交织，我觉得我的整个身体都要爆炸了。

我的怒火也引爆了他的脾气，他的手在空中猛地一挥，坚决地说："我不同意就是不同意！"

"你也不能独裁！"

这话我是吼出来的。可不是吗？他的指挥棒一动，整个红村都围着他呼呼地转。

他气极反笑了，笑得很狰狞："我很民主啊，不是告诉你明天开会讨论吗？"

招待所所长这时走上前来，一副和事老的样子，一把拉住我，并把我一个劲儿地往外推。"算了，算了，快去看电影去。"

不远处的大礼堂正在放电影，放映的是贝多芬的传记片《不朽的情侣》，夜空中飘来电影里的音乐，是贝多芬的《命运》，那悲壮的旋律，那不屈的轰鸣。

而我心里的悲愤和绝望比那旋律更沉重，昏沉沉地又走回寝室。孙玲和柳平都没去看电影，在寝室里等我的消息呢。

我告诉她们同陆文广大吵的经过。她们都说我不该吵。这会儿我稍稍平静一点了，也觉得太不冷静了，不因为别的，而是这样一来事情会更糟，我并不是只想发一通脾气宣泄一下完事。女友们说这下完了，恐怕很难再有转圜的余地。

此刻，我耳朵里又响起刚才听到的贝多芬的《命运》，那发自灵魂的倔犟不屈的吼叫。

"不，"我说，"我决不就此罢休！"

"我再去陆文广家找他，这回我软下来。"

她们觉得可以试试。"死马当作活马医。"孙玲说。

刚出门碰见教育科的一位老同志。说起来他还是我父亲过去的同事，一位脾气温和脸上永远挂着微笑的老好人，我私下里叫他"叔叔"。待把情况告诉了他，他温和地责备我，又说去陆文广的家是对的，并告诉我全教育科都是支持我的。无奈，他们说了不算。诚然！他还建议先去找找前副书记，他现在主管教育。

夜风一吹，脑子更加冷静下来。我想到，不能蛮干，因为我面对的是一个庞大的官僚机器，不能跟它肉搏，得用智慧同它作战。

前副书记是个城府极深的人，年约五十出头，虽然退居二线，其能量不可小视。他对我的登门拜访颇感意外，但也还不动声色。因为平时见了，我顶多也就点头打个招呼而已。他不冷不热地说不是已经都定了吗?

我知道他与陆文广关系微妙，而他的地位也很微妙，我只能出险招了。

我说陆厂长说明天开会将讨论这件事。那是每周五的厂务例会。

"那会上再讨论嘛。"

"是的，可是陆厂长说主要听你们的意见。"实际上他根本没说这话。

"是吗？"他很注意地听我的话。

我发现此刻他的神情已从开始的冷淡戒备渐渐放松，似乎从黑暗中瞥见一线亮光，我开始乘胜追击。

我过去跟前副书记没怎么打交道，跟陆文广不一样，他是一个矜持的、难以捉摸的人。厂里的人多少有些怕他，对他是敬而远之的态度。上他家更是头一回，但既来之则安之，我硬着头皮也要说服他至少不反对我吧。所以，当发现他的戒备心开始松动，而且是以一种专注的态度在听我说话，我赶紧动之以情，晓之以理，又尽可能淡化报名表的意义。

其实，说来说去，也就是一张报名表的事。一张无非需要单位盖上十多个大红章的表格，需及时寄到南开大学而已。可就是这张表格，他们就把那只有百分之一的希望给我扼杀在摇篮中了。

他提到我的学历，说这样是不是对研究生考试太不严肃？

我说有"同等学力"一说，至于算不算，由主考学校决定好了。接着又是一番"一颗红心，两手准备"的表态。

当他在心里掂量的时候，我又拿出事先准备好的两份党报——我的武器：我知道像他那样的党政领导是很注意报纸的风向的，这是他们行事的风向标——上面刊载了两篇评论员文章《鼓励和提倡在职人员报考研究生》、《请高抬贵手》。由这两篇文章得知，我的情况绝不是孤立的。

离开他家的时候，我深深吐了口气，心里至少有把握前副书记在会上是不会提出反对我的意见来，虽然他也绝不会成为我的积极支持者。

红村的夜空很黑，今夜星星稀少，在夜色中，我又往陆文广的家走去。

若是在以往，踏进这个家门，不知道我的心脏会不会因激动而蹦出胸膛，可是此刻，我的心情可用"悲壮"二字来形容，当然也有忐忑和紧张。

也是第一次来到他的家。开门的是魏医生。看见是我，魏医生的脸马上绷成了一颗苦瓜，如果不是我表现出坚定的要进去的态势，她可能当场就会把我关在外面。听说我找陆厂长，她板着脸说有事明天到办公室找去。我不睬，继续往屋里走，不止对我，她对所有的女孩子都没有好脸色。

进去后，一看谁都在，也没人给我让座，这一点跟刚才在副书记家受到的礼貌对待是不一样的。

我的脸皮足够厚，自己找了个小凳子坐下来。

这会儿我表现得真是好：未语先笑，还做挠头状。

"对不起，陆厂长，我、我刚才有点太冲动了。"

第一次发现自己还有点演戏的天赋呢。

陆文广正与局里来的客人，听说是陆文广的老朋友，分坐小茶几两旁，大约相谈甚欢。或许还有好酒的余力在起作用，两人都是笑眯眯的，总之情绪似乎并未太受刚才事情的影响。而就在半个多小时前，我跟他那场大吵，还回荡在红村的夜空中呢；但也说不定，现在他看见我登门拜访，是以一种看好戏的心情来接受的。我的道歉，又给了他一个打趣我的机会。

他笑说没关系，你本来就喜欢激动嘛。我装作没有任何芥蒂，恳请他再给我一个机会，虽然这个机会对我来说大约也只能算作一个安慰而已，因为希望可以说微乎其微。魏医生又在一边插嘴反对我，回家小住的大儿子在一旁不满地叫了一声妈，意思要她闭嘴，还对他父亲说只要可能就让人家报考嘛。

我听说他大儿子也面临想报考而单位不同意的问题，但他是刚毕业不到一年。他那清秀的大儿子的同情让我怦然心动，已经冻得像一块坚冰的心开始融化了，心里头有了一点暖意。我说我已经去了前副书记家。

"哦？"陆文广警觉起来，问，"他怎么说？"

"他当然是同意的。"我说，其实人家并没有明确表示。我又问："大家最后都听你的，会上你将如何表态？"

"我不参与意见。"

"如果大家都支持我，你怎么样？"

"那我也不反对。"

"那如果大家不赞成我报考呢？"

"那我就坚决支持他们！"

我唯有苦笑。

走前，我将带来的报纸在他面前扬了扬，还一字一顿地把标题念给他听。

"嗬，还对我进行政策教育呀！"他要我把报纸留下，他好"学习学习"。

我没有照办，而是"哗啦啦"地将报纸揣走了。

第二天下午，在路上碰见组织科副科长，他主动告诉我，报名表已经寄出去了。说话时，他眼神异样地瞅着我，几乎觉察不出地点了点头。

在那一瞬间，我几乎还不能立刻理解他的意思。只是机械地重复那几个字的声音："寄出去了？"

"寄出去了。"

我在体会并解读他眼神的含义。

就在昨天下午就要下班的时候，当我得知报名表在公章旅行时被打了回去，在下班的广播声中我从办公室门口堵住了他。我问他是怎么回事？难道我政审有问题吗？

这位副科长是一个从车间工人中刚提拔上来的年轻新干部，一个踌躇满志的少壮派，比老三届早一两届的老高中生，一个以头脑聪明著称，表面不卑不亢而内心强悍的人，厂里没有一个人会忽略他的智力或才干。他的家庭背景远比我复杂，不知是爷爷还是父辈还在台湾。

他说政审没有问题，就是领导不同意。

我气极了，突然浑身发抖，像困兽一般在他的办公室走来走去。并将我的怒火和雄辩连珠炮般朝他倾泻。在一种激情状态中也有一丝理性尚存，如有另一双眼睛在一旁看着：一个人们心目中虽然清高骄傲但不失为有教养的姑娘在发生着怎样的变形。虽然我还能意识到这一点，甚至能意识到我不该把火发在他身上，还能想到应该以一种更有效的姿态表达我的愤怒和决心，我只要通过他向上面传达出某种信息就可以了。因为，他是肯定会去向陆文广汇报的。他在很短的时间里，由一个车间班组长，完成了车间副主任到组织科副科长的"三级跳"。他与陆文广的关系非同一般，谁都知道，"陆头"是很赏识他的。可是我控制不住我自己，像一匹狂奔的马怎么也刹不住车了。他既没有表现出恼火，也没有表现出同情，而是任我在屋里狂走，任我说，只偶尔反驳我一两句，或者要我冷静一点。我说我冷静不了！他说他理解，但无能为力。虽然从他那张聪明的脸上我完全看不出他对此事的倾向性，我还是忍不住哭了起来。他的数理化那么出众，当年因家庭出身没能上大学，那样的苦痛他难道都忘记了吗？难道相似的苦痛还不能激起某种高尚的同情心吗？离开他办公室时是理智让我对他道了歉。而他依然是一副冷静的莫测高深的超然样子，甚至还对我淡淡地笑了笑，说："没关系。"

所以当他告诉我这个消息时我有一个瞬间的迷茫；但接下来就有一种想放声大笑、想高歌、想飞翔的感觉。

"太好了！"我说。

"祝贺你。"他简短地说道。

"谢谢！"我突然像离弦箭一般地飞跑开去……

收到分数通知书的那天，我正在厂青工政治轮训班受训。孙玲突然出现在教室门口，朝我招手要我出来，满脸都是笑。我心里"咯噔"一下，问她是钥匙忘了带吗？实际上这种情形从未发生在她身上，倒是常发生在我身上。其实我已经有了预感。

她仍然笑得无比灿烂，摇摇头，接着就递给我一封牛皮纸的信。我一看，是南开大学寄来的，还剪了一个角，是当时公函的标准格式。我的心开始不规则地狂跳了，拿着信的手也开始发抖。

"快打开看呀，也许是最后的福音。"她笑眯眯地说。

我努力地对她笑了一声，是一种神经质的、被抽干了水分的笑声。"说不定是坏消息呢。"嗓子突然发干，我咳了一声。孙玲又催了一次，我才抖得像患帕金森的病人一样，颤颤巍巍地把那金贵的信封撕开，由于手抖得太厉害，里头的纸都撕烂了一大块。

六门课，三百二十一分。

"你未被录取。"

天空正飞着毛毛细雨，那是五月下旬的一天。孙玲很快地跑回去拿来两把伞，她要陪我散散步，让我散散心。我们一起走下山坡，来到空无一人的公路上。

"又失败了。"

这几个字像锥子一样扎进我的脑子里，并且持续不断地扎呀扎，扎呀扎……

天空是灰色的，桉树是沉默的，那无数飞着的雨丝像是我绝望的呼喊，我歇斯底里地朝着虚空大喊了起来："啊——"

孙玲说："你喊吧，喊喊会好受点，好在不会有人听见。"

弟弟来信鼓励我，说这分数还是值得骄傲的，一个初中生。可这话对我没起到安慰的作用。

应征者

我说我生活的地方是
"一片沙漠,寸草不生",
我说我想走出去,
用徒步旅行的方式漫游全国。

梦，又一次破灭。

红村的生活就这样循环着，一个梦破灭，又生出新的梦来。

路在哪里呢？

那一阵子，我在资料室管理一两百份报纸期刊。每天的工作是：分类、整理、归位、编目，完了就静静地坐着读报，别的女孩羡慕我还来不及呢，而我却痛苦得要死。

关键是我还觉得我的痛苦有理。

我怎么也无法做到像办公室另一位人到中年的女管理员那么安详，并且一副从工作中自得其乐的样子。我做不到。我好像只在日常工作中咀嚼痛苦，感到浑身的筋骨、血液、每一个器官都在发霉，在生锈，在咕吱咕吱响。仿佛眼睁睁看着青春的羽毛被一片片拔掉，埋葬在这些一堆堆的报刊里。别人也许喜欢过这种安宁的日子，而我只渴望激动人心的飞翔，宁愿像保尔那样在战火和艰苦的工作中献出青春，而不是在宁静中等待老去和死亡。

每天早晨上班，新到的报纸杂志堆在屋当中的大桌子上，我俯身其间，分类时顺便浏览一下，然后归位，整个过程最多一个来小时便完成。

有人推门进来。

"哟，真像灰姑娘。"

不用抬头，我也知道是谁来了。

自学成才、从华北油田调回来的翻译钱之峰，每天像时钟一样准时，上午十点钟，准会推门进来，黄着一张瘦削的脸，眼睛布满血丝，挂着捉摸不透的笑意，我在心里说那是日本式的笑容。很明显，他是没话找话说，到我这里来做大脑保健操呢。每次被他把我心里的积郁引发出来我都很后悔，如同在人前糊里糊涂就脱光衣服一样，事后跟自己生气。可每次都忍不住要说。

厂里人们一说到自学成才，不可能不首先提到他，就像今人提到IT不可能不提到比尔·盖茨一样，他是被当作一个典型来看的，没有一点异议。可人们随后也会提起我，以他的专业水平和在厂里的地位，他也是陆文广手下的红人之一。跟他摆在一起，我觉得对我简直是一种讽刺。

于是，我会自嘲地说，我自学是自学了，可还没有成才。

瘦翻译则会宽容地笑笑，够不错的了，够不错的了……

"是吗？"我没有对正望着我的瘦翻译露出一点笑意，他这不是拿我的痛苦来醒脑提神嘛！

"可是我只有灰姑娘的过去，却没有灰姑娘的将来。"

"哪里，哪里，我又说错话了，对不起，对不起。"

"你没有说错。"

那时我早已开始试着写作了。而生活是如此苍白，我能写出什么来呢？无非像"青春是一只苦闷的气球，涨满了太多的生命……"一类的诗句，不过个人情绪的堆积而已。写过几篇东西，给诸如《鸭绿江》、《萌芽》这一类的刊物寄去过，也如飞走的黄鹤。

我以为，一个初出茅庐的年轻人生活在一个封闭的环境里，是成就不了一个作家的，除非他是一个卡夫卡那样的天才。即使卡夫卡本人，虽自闭，经历不丰富，也被迫干他不喜欢的枯燥乏味的保险公司的工作，但他不也曾去国外旅行过吗？

酋长曾经对我说："你喜欢过多彩多姿、富于变化的生活。"其实那会儿我并没有对他说过这话。"不过，你却并不善于从平凡中发现精彩，在重复中发现规律。"他接着说道。

刚开始我还暗暗吃惊并佩服，因为那时连我自己也还没意识到我的确是想过那样一种生活的，以为他又在对我公开赞美了。且慢，他说："不过……"我马上说："你这话固然有理，貌似真理。但是……"像他一样，我也来了个一百八十度大转弯，"我以为伟大如毛主席，也不能够在韶山冲领导中国革命吧？"

我的确认为，一个人，尤其是年轻人，应该行万里路，才会对社会、对自身有深刻的认识，比读万卷书更加重要。尽管如此，我还是努力地写呀写。心想：在我真正生活以前，至少总可以把笔头磨得锐利一些吧？我写了一篇关于两代人观念冲突的短篇故事，寄给了一位当时颇有知名度的作家，并带着惶惑的心情向他求教，自然如石沉大海……

我开始试图走出去。那种信马由缰的感觉又涌上了我的心头，心底被围困的感觉越加强烈，如同困兽在我的梦中活跃，未来在我的眼前大放光明。

因为红村的生活已经变得如此难以忍受，我是越来越想要离开这里。唯一的一点星光，是某种不确定的可能性：有朝一日，我是否也可能走出这片灰白色的桉树林，到一个陌生的新天地，像阿娜一样。连秋丽华不也走了吗？那个东北农村姑娘，不也是如愿以偿地回到了辽阔的东北原野？

可想来想去，走出去的唯一通道，大概只有通过自学考试拿到本科文凭，像母亲说的，通过转干，再想法往外调。母亲说我现在的工作岗位应该是干部的岗位，转了干一切就好办了。这几年，我一直在厂里多个岗位间流浪。离开车间以后，游击队似的，我先后在总工办、生产办、环保科等处打一枪换一个地方，还在子弟学校当过一学期的代课老师，后来又干英文打字，一个可有可无的闲职，等等。现在，是在资料室，管理一百多种期刊报纸。至于为什么会成这样，我也弄不明白。我仿佛是一个陀螺似的，一直被一条看不见却感觉得到的鞭子抽打着，在一条我所不愿意的轨道上旋转，身不由己地一直就那么旋转旋转旋转，总也停不下来。有时我想，当初要是没有从车间调出来，一直当铣工，说不定我会一直保持最初的理想：做一个技术尖子，直到八级铣工。谁知道呢？当初我的女师傅告诉我有八级钳工、八级车工，好像还没有八级铣工，因为太难了。我心里不是在暗暗下决心要攻克这个堡垒吗？

"关键是先稳定下来。"母亲又说，文凭是重要的。谁又不知道这一点呢？啃这些枯燥的也不知有啥用处的自考教材对我并非乐事。隔周去一趟县新华书店，在那位组长凄然的笑容和适度的热情中，让生活的轮子吱扭扭地运转下去吧。

有一次，酋长问我："为什么你总想飞呢？"

实际上我们已经很久不交谈了。

一段时间以来，我已经意识到，单位领导对我已经有了"看法"。证明就是，他们在看我时，是用一种迥异于过去的眼神，这是一种陌生的、探究的、隐隐透出不快的眼神，让我感觉到某种无形可是分量不轻的压力。

那段时间，社会上正在批判资产阶级自由化倾向。

于是，我有点隐隐地担心了，担心被当作"自由化"典型。我开始在单位里"挣表现"。什么篮球运动会啦、"五讲四美三热爱"、青年演讲比赛啦、《四川石油报》国庆征文比赛啦，我都表现抢眼，拿了好几个全石油局一等奖。

我想到了，这主要是因为我的言论惹的祸：我在一些场合发表了一些被认为相当"自由化"的激烈言论，若在过去，当反革命都有可能了。我意识到这种局面对我很不利，于是有意识地改变自己的"有点反动"的形象。很快，我又成为领导心目中积极向上思想纯洁的好青年了。

我估计，陆文广又对我另眼相看，也跟我最近表现好有关。但他当然清楚，我始终想离开红村，这一点，无论我表现多么积极，都骗不了他。

不过，他总算很恳切地问我（这种神情在我和他之间已经久违了）："红村虽然算不得天堂，可是，能装下那么多的工程技术人员，怎么就装不下一个你呢？"

他又给我讲起当年红村的盛况。那时他刚从学校毕业，跟我一样满怀青春的激情和梦想……

我跟他之间，这么坦诚，这么亲切，简直有如隔世。我心中微微涌动着一股暖流。

我双眼直视着他，诚挚地说："问题是红村已经不是当年的红村，而我也不是六十年代的年轻人了。"

"我是八十年代的青年，不是吗？"

"可是那么多工程技术人员，不也跟你处在同一时代吗？他们不是也生活得很快乐吗？"

我一时竟无言以对。

是啊，我也曾自问过，为什么要渴望飞翔？而渴望飞翔的愿望尤其因失恋的痛苦来得更为剧烈。我为什么不能像比如说像长着一张红苹果脸的孙玲一样，任岁月安然流淌呢？在我的心灵深处，几乎没有一天安宁过，几乎没有过一个无梦的平静睡眠。

这是为什么呢？为什么我就不能像他们那样？

我想啊想，千百次地问自己，可是，我仍然发疯般地渴望飞翔，渴望飞出红村这片灰白色的山冈，渴望在广袤的大地、辽阔的天空自由展翅，渴望在变化的生活场景、广阔的生活舞台、形形色色的人群中舒展长袖，渴望为国家为社会作出更大的更有意义的贡献……

而且，一见到酋长的时候，我就会想起这个我苦苦思索却没有找到答案的问题。

"为什么我总想飞？"

那是怎样的一段自寻烦恼的青春啊！

为什么？

为什么？

为什么？

一次，借出差的机会来到团省委。实在是太需要找一个人，一个能为我指点迷津的人。那些日子，我觉得自己已经处于某种精神的临界点。

而心里头正酝酿着一个新的在别人看来可能会认为是疯狂的念头。在单位里，对谁我也不愿意说，说什么呢？

团省委的临时办公大厅设在省展览馆。

在挂着"青工部"牌子的门口还犹豫了片刻。

我一时间犹豫着，不敢进去。

事后我想，若团省委在一座气宇轩昂的大楼里办公，我会不会真像一个乡下人一样在大楼的脚下便失去了进去的勇气，而临阵逃跑呢？

不过临时办公地点是那么平易近人。我问自己，为何来呀？难道真的要当一个懦夫吗？

终于硬着头皮走进去了。

面对屋里的三个人，两个年轻的，一个中年人，我又一次语塞。

三人都转脸好奇地望着我，等待我说出来意。好不容易才挤出一句："这里是团省委吗？"

废话！话一出口，更觉尴尬。

"是的。你有什么事？"

他们好奇异样的眼神使我下了决心——他们大概还以为我有什么难言之隐吧。背朝门的年轻人转过身子热情地问："你找哪个？"他斯文和善的笑脸终使我将脸朝向了他。

我很快地说谁也不找，是想谈谈想法和打算。同时我走向他，在他旁边不请而自坐下。

"欢迎，欢迎。"

这位年轻人赶紧起身给我倒来一杯热气腾腾的开水，要我慢慢说。我端起冒着热气的杯子，注视着水汽在杯口袅袅升起，好像要从这幅抽象图画中寻找词儿似的，感觉到手在微微地颤抖，话语却又像难产的胎儿似的怎么也不肯出来了。

对面穿深蓝中山装的中年人脸色像他的服装一样庄严，说："你不要紧张嘛。"

我苦笑笑说我不紧张，就是不知如何开口。

三个人都望着我。

我怎么啦？

身边这位则带着鼓励性的微笑说："不要紧的。"

话语开关突然"咔嗒"一下接通了。

我说我生活的地方是"一片沙漠，寸草不生"，我说我想走出去，用徒步旅行的方式漫游全国。

他们会认为我疯了吗？我觉得我的脸都在痉挛。

而身边这位年轻人很体贴地轻声说："可以理解。"又问需要他们做什么？

紧张感消失了。

"声援！"我说，"至少是道义上的，钱等物资上的不需要，钱我有。"

他也苦笑，慢条斯理地告诉我，他们能提供的，恐怕也只是一点建议罢了。

"建议？"我问。

"也只是建议罢了。"

"请讲，"现在我又变得自信了，"我想听听你的建议。"

他问我为什么要想到徒步旅行？目的何在？

我说："想了解社会，探索人生，认识自己。"

他说在自己的单位里也同样可以做到这些。

我说，在自己的单位里有一种窒息感，觉得自己不得其所。

"并不是每一片土壤都适合每一个人。"

他表示同意。

然后他给我讲了一个故事：他的一位好友，家境非常好，干部子弟，大学中文系毕业后，自愿到最艰苦的地方去，结果到了边境哨所去当兵，以为能体验人生。结果发现，不仅周围没有人，甚至也没有事值得他写，甚至连值得交往的人都没有，一个都没有。后来他离开了边防哨所，进了一家省级杂志社做编辑，也觉得很失望，一切同他当初憧憬的相去太远。如今三十多岁了，依然一事无成……

他怅惘的眼神似乎告诉了我更多我不了解却仿佛能感觉到的故事。我忽然意识到，他是在讲述自己的故事啊。这就更加让我感到悲哀，仿佛有一股凉气自背后袭来。

然后，他顿了顿，要我出去前先同家人商量，同时还要得到单位领导的同意，还要有明确的目的性和周密的计划等等。他一直把我送出团省委的临时办公大厅，很真诚地对我说，以后有事没事都可以来坐坐。

分别时我看了他一眼，心里很清楚，再也不会来了。

当我回到繁华的成都街头，没有觉得获得了鼓舞力量……

成都人民南路宽阔的大街上，潮水般的人流自行车流从我身边涌来涌去，我身穿一件自认为相当前卫的蓝白相间的鲜艳羽绒服，脚蹬棕红色方头皮鞋，土黄色细裤腿斜纹牛仔裤。午后的斜阳洒在大街上，风，撩乱了我的短发，我心头充满了迷惘，人呆呆的，不知道要往何处去。

一个金发碧眼的外国青年，歪歪扭扭骑着自行车擦过我身边，天真烂漫的神情引起了我的注意，与我擦身而过时，他仿佛还冲我微微一笑。我一直目送着他远去。

一定是美国人。我猜。

借出差的机会，我总是在大街上截住外国人，与之交谈，既练习英语口语，同时也借此领略一点国际气氛，呼吸呼吸来自异邦的气息。哪怕每次都引起里三层外三层的围观，吓得老外脸涨得通红，不停地擦汗。

而我是不怕的，仍然泰然自若地咿里哇啦。

交谈前我就能大致判断老外的国籍，单凭他的神态气质；比如欧洲人和美国人是很不一样的，而英国人跟法国人又有很大的区别。

只有美国人才有这么自由而天真的神情：一切是那么新奇，哪怕不过是骑个自行车而已，可因为是头一次骑车，况且是穿行在异国的城市中，也是多么有趣的体验啊，说不定他还想象自己是堂·吉诃德，正骑马同大风车作战呢。即使是一闪而过，他脸上的灿烂阳光也把我的眼睛都照花了。

但是，很快，我又陷于更大的忧郁之中。

只有他们才属于自由的族类，能像鸟儿一样自由飞翔，整个大地都是他们的天空。而我，怎么迈一步都那么艰难呢？

关于转干的问题，我也去管理局有关部门问过，接待我的一位女干部带着适度的同情和理解的神情耐心地听了我的叙述，最后告诉我，很抱歉，我的情况比较特殊，属于"可工可干"，问题关键在于我的工作岗位太多，太流动了。

第二年的春天，我来到了山城重庆。喧闹、繁华、躁动的城市。

中学校门口，挂着个指示牌，标着"经济技术合作开发公司"，顺着指示牌，我来到一座老式木结构小独楼前。

前不久，我在报纸上看到过一则激动人心的招聘启事，每天浏览几十种报刊，把我和外部世界连接在一起：一家新创办的实业公司愿为一切有志有才之士提供驰骋江湖的舞台。这是真的吗？真的很令人狂想哟！我给总经理写了封求职信，回函说可以录用，但不能解决户口。

我决定亲自跑一趟。

中国大地已经苏醒，像春天的山野到处都在蠢蠢欲动。重庆人一向是比较火暴的，与散淡悠闲的成都人又大不相同。

站在小楼前，心想，这就是了。深呼吸了好几次，我忍住心跳，慢慢踏上吱嘎作响的木楼梯。木楼梯把我引向二楼的正中央。

进入一个烟雾弥漫的低矮厅堂，只见屋里到处挂着写满商品名称、价格、数量的小黑板（是个批发部吗？），弥漫着刺鼻的劣质烟味，充斥着晒得漆黑、穿得土里土气、浑身散发出乡镇气息却不无自得神气的人们，在不断的电话声中，来客也是川流不息，且形形色色，每一个人似乎都充满一种新的自信，新的活力，说着一些新的词语。我睁大眼睛注视着、感觉着这一切：这是一个让人血液流速加快的地方。

没有一个人注意到我，倒给了我从容打量这屋子的机会。忽然一只小黑板吸引了我的视线，那上面写着：应聘人员须知。

看完须知，我好像才恍然：应该去找总经理面商。其实本来是打算见总经理的，进来却一时迷糊了。

于是又往里走。里面有几个女打字员正忙碌地"咔嗒咔嗒"打字，倒是个个年轻漂亮、打扮时髦。年轻姑娘们的里面，是另一个房间门，门上贴着：招聘办公室。

走过去朝里一看，有个穿深灰衬衫的男人，坐在总经理座位上。

座位上方的墙头贴着"总经理"的字样。这男人五十岁左右，头发大概用电吹风吹的大波浪,鼻子上架副深色眼镜,中等个儿,人显得很干练。他正同三个男人谈事。

我进去时他们只是随便朝我望了望,谈话并没有受到打扰。我静静地靠墙坐在一张折叠椅上,打量起穿灰衬衫的男人来。

这个人显得相当自信,沉稳,同其他三个人说话时,不时伴以手势,一口地道的重庆腔。"你们拟个可行性计划,我看如果切实可行,我可以提供资金。你们可以去一两个人,全国各地走走,了解市场。回来搞个市场报告。"

我耐心地听着,不由得更加仔细地端详起这位满口新名词、自信果决的总经理来。

大约十多分钟后,他送走三人,紧跟着又进来两人。一个是户籍警,一个是这所中学的校长。户籍警是来登记暂住人口的。两人前脚走,电话又响了。在他打电话的当口,一位打扮妖娆的老年妇女姗然而至。

她大约有六十来岁了,显然新近割过双眼皮,有些像旧时的交际花:脸上涂抹得红红绿绿,头戴一顶深紫色宽檐太阳帽,饰有精致的花边,身着黑缎子改良旗袍,浑身珠光宝气,说话表情丰富。她是来找总经理批货的。

总算等到总经理身边空了,我挪挪椅子向他示意。他不太热情地问:"你有什么事?"

我赶紧将笑容堆在脸上,稍有点结巴地说明了来意并做了自我介绍,又提到曾写信并收到复信的事。噢,他说记得有这档子事。又说,公司的主要业务是做生意,何况你的户口不在重庆,连找住宿都成问题,他不甚热心地说。我又问外文翻译怎样?又自我推销一番。是这样,他说,他手上有文凭的大学生一大把,兼职的就是几十个,何况业务并不多,连英语专业的也有。说着他瞟了我一眼,言下之意大概是,而你既无文凭又无职称,是不是?末了,忽然劈头问我:

"你能干什么？你想干什么？"那两道挑剔的目光，犹如两枚钢针，直刺我的神经末梢。

我给问住了。

直到这时，我才觉得自己真像一只无头苍蝇那么可笑，一头撞向玻璃还炫耀勇敢呢。我一时语塞，头不由得低了下去。

显然他不稀罕我这自学成才的。应聘的念头像跑了气的轮胎，我想自己实际上对做生意并不感兴趣，何况他如此不信任我，还有他说的户口问题等等。再说，为什么要替他人做生意？为什么我自己不可以也办个企业？这些念头在一瞬间闪了出来。怎么样，撤退吗？可是不行，我不是来扮演小丑的，这么被人灰溜溜地赶走。我可以失败，可以不被认可，但至少要体体面面地离开。不能这么容易就被打发了。

电话又响了。这给了我一个喘息的机会。这回是一个工程师打来的，要求安置他的女儿，说是愿意出资一万元（我看见章程上规定，只要出资一万，便可安排一个待业青年。）。乖乖！

趁这个当儿，我一边四下打量，一边还在思量。墙上挂着一张盖着大红公章的营业执照，桌子上有一封开了口的信封，上面写着"孙凌勋老师收"。啊，原来他是一个下了海的老师。

灵感突然来了。

等他放下电话，我反过去问他："请问你原来是干什么的？你们公司有多少人？集资不少吧？是自己发起的吗？你是发起人吧？申请了多久才批准的？……"一连串的问题如集束炮弹似的朝他射去，我的脊背又挺得直直的了，而且面带微笑。对话渐渐变成了我对他的采访，我不觉扮演起了类似记者的角色。总经理有些吃惊，傲慢而矜持地回答我的问题，变得警惕而不耐烦。我高兴地发现，局势发生了逆转。

又进来一帮人，看来他确实忙。我笑笑起身，适时主动地结束了这场谈话。

  我不带遗憾地走出总经理的房间，再次对这家公司做最后的打量。

  在这样的时刻，我也没有忘记我最终的使命。再一次，最后一次对这间富有新时代气息的老旧的陋室进行最后的打量。我想尽可能仔细地观察，希望记住一切：环境、气味、声音、气氛、人，希望不漏掉一个重要的细节。总是这样，每当离开一个只要待了一段时间的地方，我不仅要仔细观察，还有点恋恋不舍，好像在那留恋的时间里，我的生命也留在那里了一部分。

  在我驻足的当儿，总经理本人也走了出来，我对他似笑非笑地点点头。他也朝我投来深深的一瞥。我当时想，他一定在寻思：这是个冒冒失失的毛丫头呢，还真是一个人才？不管怎样，肯定有一些新的种子落在我的心田上。不过，那些种子当时还躺在土里冬眠着呢。

  总之，一切的努力似乎全都付诸东流了。红村，成了走不出去的梦魇。

  巴尔扎克的座右铭是：我粉碎所有障碍。而卡夫卡说：一切障碍皆粉碎我。对于我来说，则希望像地平线一样抽象而渺茫。好像所有的路都对我设置了栅栏，那栅栏上都大大地写着：此路不通！

  我能跨过去吗？

再见,摩西奶奶

终于明白自己不是那个神仙一样的人物王冕,
宿舍的外面,
也不是美丽的江南荷塘。

何以解忧?

在红村的最后几年里,周期性的忧郁和那头小困兽或者说是神兽的梦如季风一样几乎总是如期而至。严重的时候,书,也解决不了问题。

有一个深夜,我独自在门外倚栏仰望夜空,寂寞排山倒海般朝我压来。忽心生一念,要是有一架UFO从天外飞来多好,外星人把我带走,带我离开这无趣的地球,让我消失在茫茫的宇宙,多好……

伯父曾送我一本《儒林外史》,好像也是听说我喜欢写作而送我的。父亲只有兄弟俩,伯父和他。父亲是瘦而长,伯父矮而胖。也不算胖,比例关系,稍微横向发展一点,比起我父亲。伯父并不风流倜傥,还一直经济拮据:孩子比我们家多,大妈还没有工作,可奇怪的是,从年轻时起,就一直有不少女人爱他(我只能这么想,因为他既没钱,人也不漂亮),却老是闹出这个女子、那个女子的让大妈生气。我母亲对此虽没大说,但我很清楚她心里的看法。我还跟我妈说大概伯父没有学问。"不,有学问。"母亲说。他有学问我倒没有看出来,不过,我还是挺喜欢伯父的,喜欢他沙哑着嗓子说的那些豪迈大话,关于年轻的时候如何如何,听起来很痛快。尤其在听了母亲姐弟们的过于谨慎多虑的窃窃私语后。母亲舅舅们喜欢避开我们议论时政，国家的走向，这些我们似懂非懂的大问题，总是忧心忡忡的。在我们小的时候，他们越不让我听我越想听。"夹起尾巴做人"，这是我妈爱说的一句话。而伯父一家是不谈国事的，似乎也并不夹起尾巴做人，出身也一样的不好。他们喜欢说笑话，除了大妈，伯父全家都很有幽默感，每次我去都是在笑声中度过的。虽然他们说的都是些在我那时看来很没有文化的属于引车卖浆者流的市井村语之类，奇怪的是我也很喜欢，喜欢的程度至少不比听舅舅们的咬文嚼字差。而且我年龄越大，就越加喜欢伯父一家和他们的南瓜白菜式的幽默。直到改革开放前，他们家一直比我们穷。改革开放以后，他们可就"咸鱼翻身"喽。

关于我想写作，连我的爸爸妈妈都没有对我有任何鼓励的表示。如果说有，那也是摇头，好像打心里不赞同。倒是学英语他们意见比较一致。比如我说想当作家，母亲就是摇摇头，说："不好，当作家不好。"

我冷笑道："能不能当得上还是个问题呢！"

且说我拿起这本《儒林外史》，读到王冕一边放牛，一边学起了画荷花。雨后的荷塘，斜阳返照，晶莹的水珠在荷叶上滚来滚去，真是美得不可方物……我几乎能嗅到雨后荷塘那股沁人肺腑的清气。于是忽发奇想，要是我也拿起画笔呢，说不定比王冕还要出色呢！他不过是个放牛娃子，连字也是这么自己识的，他为什么就能自学成才？不仅无师自通画出荷花远近闻名，还修成了一个大隐士，后来连朱元璋也动驾请他出山辅佐大业，都被他清高而漂亮地拒绝了。

早些时候，曾在杂志上看到一个故事，也是关于画画的：摩西奶奶，美国的一个家喻户晓的人物，因操劳过度而疾病缠身，医生建议她从此不可再劳作，代以学绘画来休养生息。不料这位已经七十八岁高龄的老奶奶通过学画，不但养好了精神，还成为了名噪一时的画家，深得美国人民的喜爱，时称"摩西奶奶"，活了一百零一岁。当年美国著名大亨哈默博士还将她的画带至新生的红色苏联作为友好的使者，结果又在苏联掀起了"摩西奶奶"旋风，赢得了革命的苏联人民的潮水般的喝彩声。

只是我那时还没有绝望，我更希望用文字而不是线条和色彩来表达心中的感受。但也曾想，等我老了，如果一事无成，我也要学摩西奶奶那样拿起画笔。单单这么想想，心里头也是热乎乎的，仿佛一颗飘荡的心总算有了一个最后的栖息地……

无以解忧。高考，考研究生，写作，甚至调走……全都试过了。在红村已经待了八个年头了。

依然一事无成。

我决定现在就拿起画笔。

我的脾气是说干就干，立马去县城买来了纸和笔，还去新华书店挑了几本国画入门、图谱之类。

埋头苦画了一阵子，贴在床头上，问孙玲怎么样。"可以，够不错。"她一边织毛衣，一边客气地说。

终于明白自己不是那个神仙一样人物王冕，宿舍的外面，也不是美丽的江南荷塘。

脑子里开始翻箱倒柜地搜索古今好多投师的故事，无奈我地处偏僻，又到哪里去投师呢？

一日终于灵机一动，何不去县文化馆看看！

县文化馆是一个颇有古意的木结构四合院。院里冷冷清清，穿过湿漉漉、长满青苔的铺砖天井，来到东西厢房，便是美术室了。

文化馆的专职画家老范，眯缝起眼睛打量我这不速之客。我却朝画室投去好奇的一瞥：只一眼便打消了我最初的忐忑。整个画室大虽大，可是破破烂烂，灰尘满屋，一缕斜阳映出一条灰尘的光柱，像无数的小飞虫在追逐阳光，翩翩起舞。

我直截了当说出来意，心里相当自信，想必人家不会拒绝我。

"想学画?"

一看就知道他是画家,不知为什么第一眼看见他我有点儿失望:四十多岁,身穿一件沾满颜料的白汗衫,上面还有几个香烟洞,半长的头发像鸟巢,而且是被大风刮乱了的鸟巢,唯一不像画家的是他的胖(我以为画家都是瘦的)。他嘴里叼着半支烟,坐在一张破藤椅上,侧身,头稍往后退,像在审视一幅习作似的,眼睛微眯地盯着我。

我再次表明来意(怕他没理解我的意思),并及时通报了姓名和单位,尤其讲出单位的名称时声音很响亮。我以为我们单位在县城里是大名鼎鼎的,石油老大哥嘛,肯定如雷贯耳。可是他好像没听见,又咕哝了一句:"你想学画画?"

"嗯。"我说。

心里已经不那么自信了,这会儿才想到,人家愿意教吗?倒不是因为自己是空手而来,那时连想也没想过是不是要提点"束修"来,更不提学费了,只想人家是不是嫌麻烦呢?谁愿意为陌生人耽误自己的宝贵时间呢?尤其有事业心的人。

中年画家的外表虽因发福有那么一点婆婆妈妈的味道,可他那带着挑剔的眼神还是怪吓人的。我被他盯得心里有些发毛,突然有些不自在起来,一时竟忘记了他最初给我的印象。

"你今年多大?"

"二十四。"心里更是七分空虚了。

"以前学过?"

"也、也就是在中学美术课……"信心差不多退去有八九分了。

"唔……"他扭头将胖身子软软陷在藤椅里,椅子发出吱嘎吱嘎的声音,香烟夹在手上,沉甸甸的背冲着我。

这是我事先绝没有料到的情景,还以为我主动找上门人家会拍着巴掌欢迎我呢。我僵僵地站在画家的身后,屋里出奇的静,能听见

"沙沙"的响声，那是另外一个人在往画布上抹颜色。

那个人半笑不笑地瞟了我两眼，握着笔，后退几步端详他的画，可是却时不时地将眼光瞟向我。我狠狠瞪了他一眼。他一定在等着看我的笑话呢。讨厌的家伙！这种状况反而激起了我的斗志，脑子里刚想出几句有力的演说词，正要张嘴，背对我的画家突然"吱嘎"从椅子上转过身来，并将香烟头往地上一扔，用力踩灭了。他再次用我已经有点害怕的眼神凝视了我片刻，终于说出："你来学吧。"

"来啦，今天晚了点。"

范老师大大咧咧地对我点点头，仍旧叼着永不离嘴的半支烟，立在老江的画幅前，眯缝着眼睛，指指点点。

我快步走到我的画架前，立刻对着老师已为我摆好的石膏几何体画了起来。

不一会儿，老师便从画室那头皱着眉头踱了过来，烟味也跟着飘了过来。他凑近我的画架，脑袋几乎蹭着我的头发，我稍稍闪开了一点。

"不对，这里关系不对，注意光……"

终于等他出去了，我才呼吸顺畅一点。

画室那头，立刻响起老江的歌声。唱的是民间小调，真是声情并茂，婉转悠扬，极抒情的。可是不知为什么，我听得要呕，恨不得把耳朵堵上，或者干脆说："行了！"只是不好意思说出口：因为看样子，唱的人还以为自己比张国荣也差不到哪去呢。

事实上，不是他嗓子不好，嗓子相当不错，是那调调我不喜欢，他翻来覆去唱的一首歌，好像是什么港台电影或电视剧的插曲，一首关于歌女舞女的悲惨爱情的幽怨的歌儿，而他本人非但不幽怨，我看他简直忍不住要笑呢。所以本来很凄婉的曲子，我听了却直起鸡皮疙瘩，大概这歌儿若是从一张瘦弱苍白凄凄切切的女性的嘴里唱出来，感觉又会不同吧。

我试着叫过他江老师。

"哎哟，不敢当，不敢当，就叫老江吧。"

于是我也就这么叫他了。老江这人我倒并不讨厌。相反，画室里有他，就充满轻松和快乐的气氛，有他在，我也不那么害怕范老师了。

老江看上去三十七八岁，瘦长，是从农村小学抽调上来搞创作的，三个月假期，工资照发，文化馆还给津贴。我估计他是个回乡知青，大概是觉得太幸福了，所以忍不住要唱歌，我这么猜的。

一次我悄悄问过范老师，老江的画怎么样？他一脸的不屑。

"他画不出来的，匠气。"

老江画的是一幅大的风景，颜色比较鲜艳。我虽看不出有多么好，可也不觉得坏，觉得还可以。老师的评价还是使我有些愕然。

"匠气？"

"不过他能画成这样，也算费了气力了。"

看上去仿佛一切都不入他的眼的范老师，毕业于某师范大学美术系，据说同学中已有出了名的画家。而他却委委屈屈龟缩在家乡县城的文化馆里。我估计他还是有几分才气的，可牢骚之气怕也与才气等量齐观。

我自然不认为自己是生活的宠儿，可也不爱听牢骚话。认为发牢骚是一剂毒药，不仅毒化周围的空气，还让自己腐烂而不是燃烧。我更喜欢拥抱世界，而不是去摧毁世界。

也许正是因为这个，我仅仅把他当作绘画老师。

但学习绘画本身确实让我再愉快不过了，好久好久以来，还有别的什么更让我高兴的吗？没有！

每周星期天早晨，我一踏进霉味灰尘味烟味混杂的空气不良的画室，却像踏入一片美丽的园林一样顿觉神清气爽，心里头如有一股清清溪水缓缓流过。几个小时过得飞快，我凝视着自己的习作：线条，块面，黑白灰三大调，我自己都觉得画纸上的东西像个东西了，而一向拧着眉头的范老师最近两次竟眉开眼笑地表扬起我来。

还有什么比这更快乐呢？

但这单纯的快乐中我还是有一点不满意：我想早点进入色彩，而范老师不同意。

"不行！素描是一切绘画的基础，你必须先过素描关，把基础搞扎实了。"他说。还下意识地瞟了一眼在那边作画的老江。一次他对我说过老江素描基础太差了。

我咕哝道："素描太枯燥了，能不能不走学院派的路子？"

"不行。既然你跑来跟我学，就要老老实实按照正规的路子走。"他说。

我心里想，按正规的路子走，大学他们本科就要学四年，还不算大学以前的基础。关于时间的算术就像强迫症一样怎么也摆脱不掉。我什么时候才能学成呢？时间，我心中永远的焦虑。

虽然我心里想过很多，可我却不能说。不好说。我知道说出来只会使事情变得疙疙瘩瘩；可是我却不能阻止我的思想。

我想到了无师自通的王冕，他可不像先从素描学起的啊，好像一来就对着活生生的荷塘画荷花；七十八岁的摩西奶奶，大约也没有成天凑着石膏几何体找黑白灰三大调。当她成名后，评论家说她连透视也不懂。可这并不妨碍她用一支独特的画笔，表达自己眼中看到的、心灵中感受到的生活和世界；更不妨碍她成为美国人民喜爱的画家，成为大众的偶像。丘吉尔曾在一篇著名的散文《我与绘画的缘分》中写过他第一次拿起画笔的有趣情景：当他站在画布前，面对美丽的海滨景色，忽然觉得，空空如也的画布，竟如同一口巨大的陷阱，简直可怕极了，手上的画笔却像有千斤重。他一时竟茫然不知所措，拿着画笔怎么也下不了手。这时，一位风姿绰约的夫人快步走了过来，她是一位著名画家的妻子。

"画呀！你还犹豫什么？"

她从丘吉尔手中一把夺过画笔，狂暴地在调色板上搅动了几下，然后，甩出几大笔，空空的画布上顿时出现了几大块颜色。

"瞧，就这样！"

魔咒打破了，丘吉尔从此不再害怕画布。

这些就是我心目中的绘画。我心目中的艺术女神想必也穿着民间的草裙子吧？可我怎么可以跟一位美术专业毕业的中年画家谈绘画之道呢？那会像一个毛头士兵同一位老将军大谈军事战略一样荒唐。

不过，不用我为需要花的时间和要走的路子与老师不合而担心，我的学画生涯很快便结束了：总共不到两个月时间，突然地结束了。

这天老师正站在我的画架前，一个女人龙卷风似的卷了过来，一个又高又大的实体不容忽视地矗立在我和范老师之间。她轻蔑地扫了我一眼，就唧唧呱呱对着范老师说开了，说什么我没听明白，因为太吃惊了，也不好意思仔细听，反正态度很不逊，很凶，嗓门很粗，好像在教训人。

我看见范老师的脸渐渐红了。"我晓得。"他不耐烦地咕哝道。

我呆立片刻，才意识到应该离开，便去了老江那里。

老江是早已停止了他的歌唱，对我眨了眨眼睛。

虽然我并不认为那女人跑来对范老师吵吵跟我有什么关系，可毕竟我是一个"闯入者"，一个不速之客，所以多少我还是有点讪讪的，有那么点儿不自在，好像自己做了什么错事。于是假装对老江的画突然产生了浓厚的兴趣，凑近他的画，视而不见地端详着，仿佛考古学家在对着一堆刚出土的文物，研究文物的历史年代。

女人出去前又瞪我一眼，才噌噌走出了画室。

范老师发了一回怔，不久也踅了出去。

他前脚走，乡村教师就对我吐吐舌头，"他的夫人。"然后又唱了起来。

这个小插曲，我完全没有放在心上，转眼就忘记了。也没有人再提起这事。

乡村教师终于完成了他的创作，又回到他的乡间小道上了。画室顿时显得那么空，那么静。他离开后，才发现，我已经习惯了老江的存在，包括他那让人起鸡皮疙瘩的幽怨的歌声。可是，人家必须要回到他自己的地方，我也没有办法。

而我的画在大踏步地前进着。我觉得生活中又有了灿烂的阳光，这让我想起丘吉尔的那篇文章《我与绘画的缘分》，正是绘画使正当壮年的他从海军部百无聊赖的阴郁日子中摆脱出来。我虽然没有丘吉尔那么伟大，可也从绘画中尝到了某种纯粹的快乐。

这一天，匆匆从外面进来的范老师显得从未有过的整洁。头发大约刚洗过，难得梳理得那么顺溜，身上穿了件七成新的黑T恤，乍一见倒吓了我一跳，以为是另外一个什么人突然跑了进来。待看清楚是他，我继续画我的，忽然听到急促的喘息声，还没来得及思索，我的手已被一双肉乎乎、湿漉漉的大手拉住。

"你很有悟性，以后我会好好教你……"同时一股令人不快的热乎乎的气息朝我逼来。

我的心跳得都快要蹦出来了，但我还是轻轻地然而坚决地抽出手。"我出去一下。"我基本上保持着镇定说出这句话来，然后从画室走了出去。

其实我自己知道，那声音都不是自己的了。遇到这种情况，我居然能正确地反应，而没有头皮发开，没有傻子似的呆住，是怎么做到的？

我围着县文化馆宁静的院子转了一大圈，脑子里纷乱而空洞。这种情形是我始料未及的。一个中年人，怎么会？我与范老师之间，连交谈都很少，除了谈画画，有时候就是听他发发牢骚，如此而已。我只是单纯地学画画，别的什么也没有想过，也不可能想。然而……

当我从院子外面再回到画室，画室里只剩下我自己了，仿佛刚才什么事也没有发生过。然而，在我的眼中，这里已经不一样了。我轻轻地、轻轻地摇了摇头，一丝淡淡的忧伤涌向心头。

我开始环顾这间已经那么熟悉的大画室，再次使劲嗅嗅画室里特有的气味，心里在作最后的告别。在外面时我已经决定再也不来了。倒不是怕那位河东狮吼；而是，他，不是能点燃我的人。又一个灰色人物。新华书店的那位业务组长算一个，契诃夫笔下令人怅惘的小人物。

我微微颤抖着从画架上撕下一块白纸，拿起笔，略微沉吟，写下：

下周起我就不再来了，因为要出差一段时间。无论如何，都感谢老师为教我付出的辛劳，多谢了！

我的学画之路刚开始就这样结束了，才刚刚享受到一点乐趣呢。刚刚忘记了孤独，可是又不得不再次回到孤独中去。

我又想起了摩西奶奶。

是啊，她有美利坚自由而辽阔的大地，她有一个已经生活过了的老奶奶对生活的满腔情怀，最最重要的，她有想干什么就干什么的自由。而我，一无所有。

我将挎包斜挎肩上，大步走了出去。

别了，摩西奶奶！

"公主"要幸福

你真的要走了吗?
从此天涯?

红村的岁月并非总是那么漫长。早在我还没有去县文化馆学画画之前，一日，晓彤特意来约我散步。

我半打趣道："怎么，是有好消息要告诉我吗？"

她压低嗓门（仿佛怕群山听见了似的）说："我的调令来了。"

连她也要走了吗？

回成都。

我突然发觉，这是我们上山的第六年了。已经五年过去了吗？红村的最后一道风景，晓彤，这只美丽的热带鸟，黑夜里的烟花，灰白色山冈的最后一抹色彩，连她也要离去了吗？我注视着行将远走的晓彤，如同眼看着渐渐远去的一座小岛。更称心的工作，省城的繁华，爱情、婚姻的美好前景，如一幅色彩鲜艳而写实的画摆在面前。如果我是她，起码也有与她一样的热情笑容。"幸福的族类"，我心里一直这么叫她，而当我心情比较刻薄的时候，我在心里叫她"热带鸟"。

我还想到，不仅她自己走了，她还带走了阿娜的信息。我将再也听不到关于阿娜的任何一点消息了。这是让我更难受的。阿娜，我刚步入人生时心目中的女神。即使现在我还没有忘记她，她仍然高踞于我心中某一个神秘的角落，犹如墙壁中一尊看不见的神龛。她让我心中充满了想象,犹如观看希区柯克的电影,她的未来在我的心目中充满了悬疑和各种可能。我一直认为,阿娜不仅有压抑的雄心,还具有丰富细腻的情感。有一次她跟我提到契诃夫的小说《吻》,说读这篇小说让她难受了很久,很久都难以释怀。为此我还专门找来契诃夫的小说集,读了那个令人忧郁的故事。我能体会阿娜所感受到的悲哀和那种漫无边际的人生空虚感。因为这个我对阿娜的好感更深了。

"你倒好,终于要离开这鬼地方啦。"我说。

"就是,"晓彤今晚显得分外漂亮,一双像极燕妮·马克思的圆眼睛熠熠放光,"没有什么好遗憾的。"她甚至不打算掩饰自己的好心情。

"而我们还将继续流放。"我说。

大家哄笑。

我是头一次踏入男生寝室,整洁得像老姑娘的房间,这倒颇让我感到意外。这是在人事科上班的武卫华的寝室。晓彤邀大家聚一聚,为她送行。这种事也只有她才做得出来——把快乐建筑在我们绝望的废墟上。我猜她大约还指望我们每人送她一枝玫瑰花吧?简直天真得恬不知耻。

"我们唱歌吧!"她提议道。

无人响应。

一个人的离开总是会溅起一点感情的涟漪的,何况在红村。

人人埋头嗑瓜子。

"花儿为什么这样红……"她带头唱了起来。

七八个年轻人挤在只能住四人的房间里,按说应该很喧闹很热烘烘,可是除了晓彤,这些人看上去更适合去参加追悼会。晓彤不管,自顾唱了下去,"红得好像,红得好像燃烧的火,它象征着纯洁的友谊和爱情……"

记得第一次看《冰山上的来客》,是离高考没有几天了,可我们还是忍不住看了这场电影。那天晚上，看完电影后有个男生（他后来考走了）激动得不想睡觉了，找着我和晓彤几个要聊通宵。实际上，我们也一样激动，看完电影，尤其"花儿为什么这样红"的动人旋律，久久地久久地在耳边缭绕，哪里还有睡意呢？连高考的紧箍咒暂时也失去了作用，不记得那天晚上最后我们是什么时候分开的了。

晓彤的声音的确是播音员一般的圆润、悦耳，可是没想到，她唱歌跑调。原来她五音不全。哈，我暗中不怀好意地笑了。上帝是公平的，试想，她若再有一副美妙动人的歌喉将会如何？然而晓彤对此浑然不觉，只管顽强地唱将下去："花儿为什么这样鲜，为什么这样鲜？"

闷头嗑瓜子的人，居然一个个地跟她和了起来。"……鲜的使人不忍离去……"僵僵的气氛渐次松动，青春在每个人脸上苏醒了，蠢动了。歌声，像一条条不成形的小溪，渐渐汇成一条像样的小河啦。

为什么、为什么要歌唱爱情？"爱情"，这是一根芒刺。

"酒！"我嚷嚷道。有人赶紧递了过来，是用茶杯代替的酒杯，倒了满满一茶缸子啤酒，泡沫"嗞嗞"响。

"别喝醉了。"晓彤小声劝我。

孙玲瞟我一眼，一副拿我没办法的带笑不笑的样子，可我就想喝醉。

同样是青春，可是多么不同啊。今晚我格外痛楚地感到，自己在虚度青春。我想起了一些人，想到了袁和、曹南薇、温元凯，这些并不遥远的星辰，可他们离我多么遥远啊，他们生活在另一个星球上吗？曹南薇，只是小学毕业，却一举考上了中科院数学研究所；袁和，不过是一个糊纸盒的街道小厂的女工，同我一样，也是初中毕业，可人家不仅考取了中科院物理研究所的研究生，还被公派美国留学。只是在攻读硕士学位的时候，发现已是癌症晚期，结果她硬是同死神赛跑，赶在死神之前，戴上了硕士帽……她的故事甚至感动了傲慢的美国人。我读过关于她的长篇报告文学，美国的当地报纸都大量报道了她的事迹，称为"关于勇气的一课"。学校所在地的城镇专门为她两天降半旗志哀。袁和生前说过一句话："只要勇于探索和奋斗，一个普通的灵魂能走很远很远……"

可是很远是多远呢？我一刻也没有停止过奋斗和探索，可我，却走不出红村这方圆几里地。我觉得我还没有生活过，那种宏大的、有价值的、创造的生活，像为中国增光的一介书生袁和与大声疾呼的改革家温元凯他们那样，那才叫生活。壮丽的高山才叫山。我真想放声大哭……然而，我只能笑，冷笑。

有人把收录机打开，放上一盘舞曲。小小斗室里，在烟雾酒气男孩子体味的混浊空气中，邓丽君的《何日君再来》软绵绵地拂过我们耳际，像一把毛毛草在我们心头挠啊挠的，在拥挤的房间里飘来荡去。

"跳舞吧！"有人提议。

"小声点儿。"

唯有晓彤是今夜的新娘，像一朵盛开在夜里的红玫瑰——我们的阴郁恰好衬托了她的明媚。笑吧，跳吧，晓彤，趁你脂正红粉正香。

好像为了升华今夜的主题，晓彤忽然来了一句"关键是人应该有目标"，真不愧是学生会干部，我忍不住冷笑了。此刻，小小的寝室里，大伙儿正挤作一团拘谨地跳舞呢。

"目标？"那是黑夜里遥远而陌生的灯光吗？

"当然啰，你不能脱离现实。"

我偏要现实不肯给予我的东西，这算不算有目标？

从野外队调回来的小胡说："你这不是自寻烦恼吗？"

"就是，"我说，"有些人偏要自寻烦恼，比如我。"

"有个性！"李向东端起一大杯酒拨开众人挤了过来。一张原本挺帅气的脸已经变得狰狞，眼睛血红，像要吃人似的，啪！"敬你！"跟我的酒杯重重一碰，两人的酒都洒了。今晚他怪可爱的，同是天涯失恋人！他故意不看晓彤。唯独他没有邀请晓彤跳舞。

晓彤曾对我说，可惜了李向东一副好外表，他大约算是本厂最帅的小伙子，阳刚气十足；工作也不错，在工会搞摄影，成天背着个相机或摄影机到处晃悠。还是厂里消息最灵通人士，因而到处受欢迎；家庭也不坏，父亲是已离休的老副书记！唉，要是他跟某某（那个考上了大学、那晚看《冰山上的来客》后不想睡觉的男孩）的脑子换一换，多好啊！

"哼，想得倒真美，什么好事都让你摊上吗？"我不无讽刺地说，"要是我们现在能在大学校园里就更好了。"

团委文艺干事汪维杰一个劲儿地招呼我们小声点，李向东才不管你这一套，跳起舞来像打铁，地板踩得"咚咚咚"震天响。不跳了，就同我一次又一次碰杯。

来了，我已经感到一个陌生朋友的到来，并非不受欢迎，不不，欢迎你，好像一直绑在身上的重载突然间就卸下了。

我一次又一次从别人手里夺过酒杯，"咕咚"一口大半杯就下去了，我开始兴奋。我忽起忽坐，忽笑忽唱，又同男生们玩起猜字的游戏。"来吧，你们谁是我的对手？"居然回回赢。哈哈，"我学过心理学的。"我得意地大叫。小伙子们全用新的、惊异的、不无欣赏的眼光瞅我，啊哈，今晚我不是我，至少不是他们往日心目中或眼中的我。往日我在他们眼里，是一个有些"怪"的摸不透的骄傲的女孩子。平时我不大同他们多说的，就是被女友强拉着同他们跳跳舞，几曲之后，我是说走就走，一分钟也不肯耽搁的。

唯有刘劲松朝我投来忧愁的目光。他是今晚唯一没有跳过舞的人。中间他离开过一会儿，回来时我发现他脚下已换上光亮的"甩尖子"黑皮鞋。晓彤曾微笑着邀舞，他惶惑地笑笑，瞥我一眼，到底还是拒绝了。

"我、我不会跳。"

看见刘劲松就足以引起我的不快。

我在调度室值班那会儿，与刘劲松的父亲同在一个办公室。

他父亲亦是陆文广的红人。虽是工程师，可是精明强干八面玲珑。个儿不高，走路敏捷，脑子也转得飞快。又是出了名的"贤夫良父"，不仅工作应付得游刃有余，家人也照顾得面面俱到。从不得罪什么人，大家都叫他刘工。"是的，是的。"这是刘工的口头禅，好像他总是在附和别人的话。其实不然。他固然不会因为一些鸡毛蒜皮的小事同别人计较；可是，凡涉及自家的根本利益，他是决不含糊的。而且，他的思想很开通，跟我们年轻人很谈得来。跟他相处，你会觉得很轻松也很愉快。

有一次我对刘工半开玩笑说，他不像一个工程师，倒更像一个商人，一个解放前的商会会长什么的。

他温和地笑了，说："是的，你很有眼光，这是对我的恭维。"他竟没有怪我大不敬。而且告诉我，不仅他家，连他夫人家解放前都是当地的大商户。原来如此！

如果没有后来那一幕，我倒真是喜欢这位温和又善解人意的刘工的。关键是，好像凡是陆头喜欢的人，我都喜欢。并且，刘工本人对我似乎是全盘接受，我说的话也好，我的举止也好，虽跟别人大不同，他非但没把我视为怪兽，反而一律持赞许态度，对我流露出的是父亲一样慈爱的目光。

然而有一天，办公室的另一位人物赫然出现在我的寝室——总工程师的太太。吓了我一跳。原来她是来当说客来了，为刘工的儿子。那事情让我烦恼了好一阵子。

"你们说，什么是幸福？"学生会干部又发动了新一轮讨论，看样子她是决心要把"幸福"进行到底。

我知道"幸福"一向是晓彤最关心的话题，就像"人生的路"一向是我最关心的话题一样。其实，说到底，我和晓彤只不过着眼点或者角度不同罢了。

小胡起身，不慌不忙地摁灭烟头。"这很难说，各人有各人的幸福。"

"幸福是什么我不知道，可我知道什么是不幸福。"我说。

很久以后，我读了一本书，一位爱尔兰基督教著名学者说，幸福有三个要件，一是充满希望，二是有事可做，三是能够爱人。

"什么狗屁幸福！"李向东吼道，"恨不得去抢，去杀人！"又抢来酒杯一口干了。我们这帮年轻人心里都知道，帅气十足的李向东在暗恋晓彤，可人家却没看上他。当然了，小伙子条件不错，喜欢他的女孩子不在少数，可他偏偏只喜欢红村的"凤凰"晓彤，有什么办法呢？

"我就觉得生活很充实。"晓彤依然挂着明媚的笑容，她的笑脸把这间小小的散发着我们这群人的汗酸味儿的斗室都照亮了。

"你当然。"我白了晓彤一眼，冷笑一声。

晓彤，原谅我吧，今夜我恨不得一口吞下你的"幸福"，或者朝你美丽的脸上扔一大团稀泥巴。

"大多数老百姓的日子还不如我们呢，现实点吧。"孟伟和事老般地说道。这是当初带头绝食的那个血气方刚的小伙子吗？我对孙玲讥讽地一笑，她的未来好夫君。

"我们应该感到幸运，是不是？"一晚上，刘劲松是第一次开口。他只望着孟伟，"矿机厂不是天堂，可也不是地狱。至少生活安定，福利待遇好，不如现实点，知足者常乐嘛。"

"哼！"我鼻子里再一次排出冷气，这一位，说出话来就让我生气，你哪怕仅仅是说出点什么桀骜不驯的话来，让我产生一种你还是个年轻人，一个八十年代的年轻人的错觉好不好？你怎么就那么满足呢？刘劲松，你可一点没有乃父之风啊，看来我们是永远也走不到一起了，哪怕世界上只剩下你和我。

我跟李向东今晚是一对儿，今晚我们是兄弟。我们"嘭嘭"地碰个不停。痛快呀，简直要飘飘欲仙了，是一种我听弟弟说过的微醺状态，适度的兴奋。而李向东怕是已经醉了。本来就大的两只眼睛瞪得像两盏灯笼，闪烁着狂野的光芒。

"干！"

"干！"

我，大约在清醒与疯狂之间。哈哈哈！

"没想到你酒量不小，哈哈，干！"

"干！"

让汪维杰紧张去吧。

酒阑人静，唯有飒飒风声。

"敏而，以后见面就难了。"

这会儿，我们，我和晓彤站在各自的门口，进行最后的道别。

"祝你幸福！""幸福"公主对我嫣然一笑。

我的酒意顿时全消了。

你真的要走了吗？从此天涯？清冷的灯光下，晓彤的脸上洗尽铅华，朴素而深情。就那么站着，与我对视。她似乎对我今晚的失常并不以为意。我的心里反而涌起一丝愧疚，对她。

我们静静地，无声而会心地微笑着，仿佛忘记了一切。从来没有这一刻这么靠近过，我和她。这一笑，彼此间一切的明争暗斗，微妙而深刻的不满，青年女子间的嫉妒、隔阂，统统在一笑之中烟消云散了。

那一夜，在那盏橘黄色的路灯下，背衬红村四周黑黝黝的群山，晓彤的微笑是多么动人啊：带着理解、同情、依恋和迷惘，深深地刻在我心灵的纪念册上。

再见，晓彤，祝你幸福！

这是一场决斗

我哭得很伤心,又不能放声痛哭,
好在寝室里只有我一人,也只能低声饮泣,
喉咙哽咽得胀痛难耐。

看来，失败的打击不只降临到我的头上。

我的弟弟，向来眼高于顶的弟弟，那一阵子也退学回到家里了。因为学非所爱，大三的时候，先是向校方提出请求，希望转系也行，哪怕与他的爱好接近一些。学校不同意。经过一番考量，提出退学申请，父母又如何拦得住他？为此，他写了一封《陈情表》，那是一篇喷溅着青春热血的激扬文字，洋溢着理想主义和英雄主义光辉的动人文章（居然只感动了我一人，真是太奇怪了），给校方、给家人、给他同校的恋人（一个灵秀可爱的、把他当作英雄来崇拜的小女生），也写给他自己。

退学以后，他也曾力图再次参加高考，重新选择一次命运，或者说让命运来选择他。经过五个月的冲刺，实际上他以超出四十一分上了线，这还是在他临考前发高烧、已分配至南京某机关的恋人跟他绝交的情形下。可校方对我弟弟太耿耿于怀，在校时他可是一个影响力很大的学生。在档案里塞下的东西令新的学校终于不敢接受我的弟弟。

弟弟落选了。

走向社会的弟弟开始进行新的尝试，包括游说政府，做一些他认为有益的事情，无果。自然，他也尝到了世态炎凉，或者说，世态狠狠地教训了他。上这所大学本也非弟弟所愿。他就读的高中是本市最好的高中,读的是尖子班。因为头发的问题,与校方发生了冲突,实际上他的头发也不过像外国男孩那么长,绝不像留长发的艺术家可以梳小辫子的那种。最后惊动了校长,校长勒令他剪,他甚至同校长本人也有过一番激烈的抗辩。最后的结果是,他屈辱地象征性地剪了大约一寸长。这次头发风波后直接影响他就读大学。最初是一所军事院校负责招生的同志来选他(军事也是弟弟极喜欢的)。

那天,在妈妈苦苦劝说下,弟弟总算没有穿他心爱的"钢管裤"见招生老师。可是穿军便装的招生老师用挑剔的眼光上下打量了我弟弟一番,只说了句你的头发还那么长嘛,就没有了下文。

其实我的弟弟是个率性可爱的人。他刚上大学不久,有次我借出差机会去看他,发现他把棉大衣都卖了去买书,可是却请比他穷的同学下馆子,就责备他不该乱花钱,他头一扬,说:"我视钱财如粪土!"很潇洒的样子。我马上说:"你当然视钱财如粪土啦,又不是你去辛辛苦苦挣钱。"他竟一时哑口无言,好像过去竟没想到这一点,从此以后,他再也不说这话了。

有一次全家人在一起吃饭,那天的菜很好吃,弟弟吃得津津有味的,尤其大吃他最喜欢的菜,爸爸妈妈都把菜往他面前推,我干脆不吃了,看着他大吃特吃。他的吃相如同一个三岁小儿,面对一盘最心爱的食物一样"忘他"。

我笑了。对他说:"能这样吃真幸福啊!"

他笑说:"你不说这话我就更幸福了!"

说起他的退学,母亲给我讲了一段他高中时候的事:有一个弟弟小学的同学,进了同一所高中,不在一个班(他的成绩一直在我弟弟之下),像魔鬼附了体似的,那同学总找弟弟的茬儿,两个人进校后你来我往打过好几次架了,那男孩比弟弟个子高大,两人单打独斗却并没占便宜,于是有一天又找上我弟弟,说要进行最后的决斗,双方可以邀请帮忙的，能叫多少就叫多少，地点是嘉陵江大桥上，时间是晚饭以后。我弟弟说，可以，本人奉陪到底。

下午放学后，弟弟回家该干什么还干什么，甚至还写了作业，因为回家前他已经联络好了社会上的兄弟，都是一帮不要命的烂兄烂弟，他知道至少有几十个会到场。吃饭的时候，对方的父亲突然光临我们家，那时我们还住那个机关大院里，跟那小子也算邻居了。母亲这才知道了这件事。原来那小子终于害怕了，吃饭前便告诉了父亲，父亲吓坏了，赶紧上我们家来。

决斗取消了。

妈妈跟弟弟一起去了嘉陵江大桥，一位邻居是保卫干事，也一道去了。好家伙，大桥上已经聚集了几十上百号"半截子大爷"，留长发或是光脑袋、穿喇叭裤或是"钢管裤"的小年青们像是要参加一个暴动，又像过一个盛大的节日一样，母亲看得心惊肉跳，她说这哪是打群架，这是一场大规模的武斗，她简直不敢去想象后果。

"乖乖！"保卫干事说。

弟弟先是跟他一方的兄弟们通报了情况，感谢他们肯来拔刀，说大家现在可以自便了。然后，才回过头来安抚妈妈的惊魂，说："放心，料定根本打不起来。"

"为什么？"

"你想啊，就这么巴掌大一个地方，所有这些来打架的人彼此都认识，说不定对方还有许多铁哥们呢，打起来的可能性很小。"

"要是万一打起来了呢？"

"真正打起来那我也只能血战到底了。"他说。

妈妈和那邻居叔叔面面相觑。

弟弟的沉着和胆识让母亲对自己的儿子有了新的、让她惊心动魄的认识。

"你想啊，对这样的人，你有啥法子？"母亲对我说，她只能同意弟弟退学,还在小学时,他的班主任就说他"有相当的号召力"。

"我怕以后到公安局去取人,继续留在学校的话。"母亲说。

如果以为我弟弟是个只知道一味好勇斗狠之徒,那就错了。恰恰相反,他是个真正的读书青年。我不过凭感性而读书,跟他比起来,我只算得翻翻几本书而已。他却读得既深又广,既痴迷又冷静,他是点燃着自己的青春热血和脑汁来读书的。就普通读书人而论,说他学贯中西也不算夸张。在大学里,他读《浮士德》读到浑身虚脱,受西方狂飙突进精神的影响,他曾深入西方哲学,后来发现进入思想的死胡同,又转至东方哲学,《四书五经》、《老子》、《庄子》,乃至《大藏经》。

记得有一次探家,弟弟也从大学放假回家了,一个他昔日的高中同学来访。那个同学是个数学尖子,以第一名考入川大数学系,是个戴着有好多圈圈的宽边眼镜、矮胖的白面书生。他跟我弟弟就计算机究竟能否战胜人乃至于最后是否能取代人而发生了激烈的争论。他的论点是,终有一天,人会发现,人类的最大敌人是计算机,而且,人类会被计算机打败。计算机会最终取代人而成为世界的主宰。他似乎憧憬着那一天的到来。

那时,世界上还没有互联网,也还没有出现"电脑"这个词语。

数学尖子的观点似乎很有前瞻性,很令人激动。

我弟弟斩钉截铁地说:"不,计算机不论发展到哪一步,都只是人类的工具,它不可能而且也永远不能从根本上取代人!"

事实上,我弟弟人文式的雄辩与计算机拥趸的逻辑几乎难分胜负,太精彩了!

我饶有兴趣地观看了,不,加入了这场迸射着思想火花、激情喷溅的论战。这是一场人与机器的论战,人文学科与理工科的论战。我自然站在我弟弟其实也是站在人文学科一边。

两个年轻人，不，是三个年轻人为自己的思想，满怀激情地为自己心中的人类未来蓝图而激烈地争论着。

这么多年过去了，我依然记得那个阳光灿烂的午后，记得每个人眼睛里闪烁的光芒。我觉得那才是生活。

多年后，数学尖子成为了"全国劳动模范"、"全国十大杰出青年"、"全国五一劳动奖章"获得者，成为计算机领域的专家。

他还记得当年与母校的同学进行的这番有趣的争论吗？

后来弟弟参加了工作。此前他去了趟原来的大学，"用我自己的方法"把害他不浅的"黑材料"要了出来，烧成了灰。至于用什么方法，他坚决不说。

有一阵子，大约是在一个炎热的夏天，弟弟被单位安排到嘉陵江边看守沙子，头顶嘉陵江边如火的没有遮拦的骄阳，这大约是他人生中的最低点吧。

我能想象到，那样一个倨傲的年轻人，当他孤独地与大河坝的沙子为伴，一边望着江中过往的无声无息的船冒出的烟雾，心中有着怎样的感慨。

正是在那一段日子，他遇到了他的师父，确切地说，是师父找到了他。

师父是修行之人，学佛的。师父与他的大弟子一道，在一个偶然或者说是必然的机缘遇见了我弟弟，并一举收服了这个一向桀骜不驯的年轻人。哈哈，那让我想起如来佛收服孙大圣的情景来。

师父说起来只比弟弟大了几岁，当时只是一个工人，只有初中文化。而他的大弟子却比师父本人大了很多，比我弟弟大二十岁。在与他们一道学佛的过程中，弟弟不仅道业精进，他的人生也渐渐发生着根本性的变化。

那是一段非常温馨的日子。大师兄说过我的一句话至今我都记得，他说我"多情便多愁"。这话表面上是对我的过往的概括性总结

（他们都是有慧眼的，师父和大师兄），实际上还藏有很深的机锋。而弟弟的师父虽文化不高，也比较寡言少语，那年夏天回故乡在我家里见到他时，他穿一身月白绸子中式裤褂，可是很有几分仙风道骨的。他很受弟子们的敬爱。他的弟子，除了我弟弟，大弟子是地区一个专业剧团的民乐演奏台柱子，还有大学教师夫妇，也有普通的工人。后来弟子们日子渐渐好了，只有师父还是一个不死不活的工厂的工人。弟弟说，他是在度他的弟子呢，说他有"我不下地狱谁下地狱"的菩萨精神，他是最后一个出山的。用我们世俗的话来说，他也走向了市场（为他表兄的产品打市场），一出去便不同凡响，征战南北，干得漂亮极了。即使今天，也算得成功人士的他，依然深沉朴素，深得弟子们的敬爱。

记得那一年从武汉回家前，因为心情惶惑如一棵风中的蒿草，不知怎么就狠狠地摔了一大跤，跌到左肋下，可能伤及了脾脏，此后那里总是痛，尤其天阴下雨更是疼痛难忍，那时也想不到去医院看看，就这么忍着。回到家里，弟弟的师父和大师兄来玩，我便告诉他们左肋的事。大师兄笑笑朝师父努努嘴，说你找师父。师父则什么也没说。过了一两天，一天夜里睡梦中我又感到左肋下剧痛，同时发现自己正睡在一张宽大的竹凉床上，而不远处，一个三十来岁的黑衣武师模样的人正盘腿打坐，似正在发功，忽然一阵狂风吹来，把我从床上吹到了地上，抬眼看时，床不见了，武师也不见了，我醒了，疼痛也奇迹般地消失了。并且，疼痛从此再也没有发生过。几天后，师父及师兄又来我家时，我问他们这是怎么回事？大师兄神秘地笑笑，用手指指师父，我追问，可师父依然稳得像一座山，什么也不说。师父不仅在睡梦里行善，也能惩恶。这种事我已经说得够多了，打住。

今天，弟弟在一家大型国企所属房地产公司任行政总监，如今的他西装大衣羊毛围巾，不"愤青"了，主流了（自然），成了一个既受尊敬又受欢迎的人。去年春节前,他所属公司在开发建设中遭遇当地人聚众闹事,聚集了上千人把开发用地围了起来,公司的老总这节骨眼上却离开去了别的地方,弟弟独自面对这局面,眼看开不了工,公司的损失以每天几十万计。他带人去市政府与主管副市长对话,请政府出面干预,在专门听证会上,弟弟巧妙游说政府,说服政府果断地把这一事态控制在摇篮中,否则贻误时机就可能再也无法收拾了。武警出动了,那些人尽管是有组织的、拿了小费的农民们也作鸟兽散。一场让我们全家人都揪紧了心的事圆满平息,弟弟在除夕前夜英雄般回家过节。

可是这会儿我还在红村,弟弟还在社会上流浪,碰了一个又一个钉子,生活上还要母亲供养,住在家里。哥哥结婚了也住在家里。家,顿时显得异常的拥挤,虽然我们已经搬进了楼房,可是三小间卧室外加一个不成形的小厅实在是太小了。那段时间,因此而弄得兄弟失和,一家人过得苦不堪言。

正是在那段时间的某一天,我突发奇想,要"停薪留职"与弟弟一道共同办一份小报,同弟弟共同建立一份事业,这是一个令人激动的设想。真的,光是想想,我就激动不已。我设想,这份小报一定会受到青年人欢迎的。于是我写了封信回去。

不料,收到弟弟的回信,是那样让我失望。我忍不住趴在桌子上哭了:不仅父母,连弟弟也坚决反对我"停薪留职"。弟弟还说,"坚决不容许"我再产生这样的念头,说如果我再这样想,父母就无法生活了。

我哭得很伤心,又不能放声痛哭,好在寝室里只有我一人,也只能低声饮泣,喉咙哽咽得胀痛难耐。我哭还得忍受这一成不变的生活;我哭还得无休止地苦斗下去,没有希望,没有欢乐,没有发展自己才能的机会,没有刺激自己心智感官的途径;还得在这片灰色的沙漠般寂寞的环境中生存。这是怎样的命运呢?我哭我太孤独了,我哭

飞吧，旧时光

我还得屈从于父母弟弟的意志，因为我爱他们，不忍心违忤他们；我哭我没有同志，没有战友，只有我一人；我哭我跳出这个环境的梦又破灭了；我哭我还得在没有希望的黑暗中默默耕耘，我怎能不哭呢？如果文坛的上空哪怕露出一点点曙色……

湖畔幻影

我终于相信，
他是消失了，
消失在那一片如同梦一般虚幻的青山绿水之间。
或者，他从来也没有存在过。

夏天，是一个想象泛滥的季节。我总是遏止不住地要想象大海：包括形状、颜色，甚至气味，更不用说阳光、沙滩，还有在浪花与礁石间戏水的人们。那不仅是对于自由的眺望。辽阔的空间感如高压氧气一般涨满心头。一直想到心痛，想到心脏如被海水腌过一样。

而眼前，却只有这一片生石灰气味的岩石、令人昏昏欲睡的炎热和寂静，那寂静简直比时间还要永恒，我什么时候才能走出这永恒呢？

这一年的夏季尤其漫长。

狄金森的诗句"我没有见过大海"，化作一团灰白色的雾，总是在我脑海里晃来晃去，晃来晃去，晃来晃去……

"快，把游泳衣找出来。"

五月中旬的一个星期天下午，孙玲匆匆从外面进来，已经褪色的苹果脸兴奋得放着光。我从小凳上不紧不慢地抬头，问："去哪？"脸色大约与语气一样的淡。

我照例坐在床前看书。她一脸的神秘，说是有一个好去处，催我快收拾好东西。

游泳？我不信。

"是水库！"她终于忍不住说了出来，还保证我一定会喜欢。

"一个意外的惊喜，敢毛保证。"

"敢毛保证"是敢向毛主席保证，成都的女孩一度的流行语。我其实挺讨厌她时不时冒出的一些她自认为风雅的陈词滥调，倒喜欢她的生动无比的某些成都俚语。到底被她激起了兴趣。

水库？或许值得一去。

我几乎不相信自己的眼睛了：这是哪里？难道我们到了江南不成？连空气都清新到不可思议。还有色调，那样一片仿佛不属于这个地区的青山绿水，难道我们来到了桃花源？山不高却葱茏欲滴，环绕青山的湖水碧波荡漾，远处，群山之中有梦一般如茵的良田，一个字："绿！"何况空气中氤氲着水汽，弥漫着不可名状的清香，眼望着那泓湖水，真恨不得用手指去蘸一下，再抹到纸上，看看那到底是颜料还是湖水。再侧耳倾听，有不知名的鸟儿在啾啾歌唱；嗅一嗅，那清气直入肺腑。

孙玲快笑成一朵大红花了。"如何？没哄你吧？"出发时，见有刘劲松，我脸一沉，差点就不去了，一路上我都闷不做声。

"下水吧？"孟伟弯腰迅速褪下已经汗湿了的背心和长裤。刘劲松则像一段呆木头立着不动。

这种场合，自然少不了一台"三洋"收录机。

邓丽君那柔得不能再柔、甜得不能再甜的《甜蜜蜜》，轻轻地轻轻地回旋在这片梦一般美丽的田园间。

我顾不上看他们，也顾不上欣赏在这里好听了十倍的邓丽君；而是活像刘姥姥初进大观园，鼻子眼睛还有耳朵都忙个不停，长期处于饥饿状态的感官就像一个饿汉见了一大桌香气扑鼻的食物。久居红村，人的视觉似乎永远处于一种冬眠状态，没有什么东西来唤醒你的感官，特别是视觉。季节在红村仿佛也不是视觉上的事，而仅仅是身体上的感觉：冷、热、干、湿，如此而已。可不是吗？红村一带那灰色的群山是如此永恒，肯定比这个角落的所有人都活得长久。

等我收回视线，小伙子们已经如鸭子见了水一般"扑通扑通"跳进了湖里。孙玲、柳平等稍稍迟疑一下，也脱下连衣裙，水中顿时开出深绿和淡紫色的两朵花来。

"下来呀！"她们催了，"好舒服呀！"是在诱惑我呢。我调皮地对她们摆摆手，飞了……我还没享受够这道风景做成的盛宴呢。

登上湖堤，眼前出现一片开阔的空地。绿草在微风中摇曳，星星点点的小蓝花、小白花，还有紫的黄的小野花，点缀其间。

顺着堤坝往前看，大约二十多米处，在一棵比老爷爷还要老的枝叶婆娑的黄桷树下，坐着一个正捧着一本书在看的年轻人。好像我们的到来并没有打扰他。

但是我的脚步声惊动了他。他抬头看看我，随即微微一笑，轻轻地点点头。他的英俊令我有些意外，也有些羞涩。见了英俊的异性，我总这样。我也对他笑了一下，稍稍有点手脚不知如何安置，但也就是那么一瞬间的事。与他相视一笑之后，一种似曾相识之感油然而生。这与苏林那熟悉中的陌生感可不一样。

但我能肯定从未见过他。他身穿一件天蓝色涤棉衬衫，同样看上去二十五六岁年纪，却有一种这个年龄所少有的沉静安详——有内容的笃定。我越打量越是奇怪，这山沟腹地，何来如此清新脱俗之人？

攀谈仿佛是自动进行的，这在我生活中是少有的。开始时我还没觉察到这一点。我喜欢跟陌生人交谈，但不包括异性青年，尤其不包括相貌英俊的。遇上了，避之唯恐不及，虽然心中未必没有若有所失之感。他是如此英俊，属于我见了会躲开的人。可是，我却在他身边坐下，一切是那么自然。

这才看清了他手中的书是《红与黑》。

啊，原来他长得像电影《人生》中的高加林。准确地说，像那个演员。我的想象开始跳舞：这一位，怕也是高加林式的人物，也就是于连·索黑尔式的人物，怀着抑郁的心志，蛰居乡间，只等时机的到来，便一飞冲天。

交谈中得知他是一名乡村教师，果不出我所料：乡村的小知识分子。我问他是否对生活感到失望，是否感到苦闷或痛苦？

"怎么会呢？"他眼睛转过来，右眉高高挑起，是一双清秀的剑眉，探究性地望着我，"一个人若对自己的生活状态安之若素，何来痛苦？"他说话不紧不慢的，但对自己的话很有把握，一种温柔的肯定。

不，我从来没有见过这样的男子。

"安之若素？"

"是啊，安之若素。"

难道他是从月球上来的人？一个像他这样好学深思的青年（我在心里这样断定的），居然也像那些胸无大志的年轻人一样浑浑噩噩？

我以为我听错了。

"那你为什么还要看书？读的还是外国小说？"我以为如饥似渴地读书本身，就是对现实生活不满意。我引用了一句普希金的诗："尚未走出国门，却喜爱异邦。"我说我就是这样。

他笑，说人也可以心骛八极，而神游万仞，秀才不出门，能知天下事。他说他把学校图书馆的书都读遍了。还告诉我学校图书馆是一位老华侨捐赠的。读书嘛，不过是看看别人心灵中的世界以及别人心中的世间万象。

我问："那你快乐吗？"

我想是的。

他沉吟片刻，又说："快乐也好，痛苦也好，不都因心而起吗？"

我觉得他的话有点像谜语，他这人更像谜语。

千百只蝴蝶在我脑海中飞舞，想象开始翩翩飞翔……而他的目光越加深邃，一时间我产生了某种幻觉，觉得他像个百岁老人，像他身边的那棵虬枝嫩叶的老树。我嘴里却在反驳他："不对，我觉得一切都是因为环境而起的。"我尤其痛切地想到了红村。

他笑了，环境是什么？不过幻象罢了。

我指指湖水，湖水旖旎，碧波荡漾；又指指树林，树林郁郁葱葱。一切都难以置信地梦幻般完美。

"那么这些呢，难道也是幻象？"

"是真实的，也是虚幻的。"他说。

这一天注定让我难以忘怀。一切都是那么美好，天空，景色，声音。阳光如动画片一样明艳。

生平第二次，单独跟一个异性青年在一起。可这一次多么不同，一切都像梦幻般的美丽。我的思绪飘向了不知何处的远方，或者沉入一种混沌的催眠状态。

而我的身体开始变小，小到四五岁那么大，头上扎着小辫儿，跟房东的孩子一起跑出了城。小花裙子在五彩缤纷的田野上掀起，像一只花蝴蝶；而真有一只大大的蝴蝶同我的小胖手玩着追逐游戏。一棵大树底下，我还捡了颗树上掉下来的种子，放在嘴里涩涩的。那是我第一次同大自然亲密接触。第一次从父母身边逃开，第一次逃离灰蒙蒙的故乡小城，也可以说是第一次的试飞。也是第一次梦幻般的经历。还有什么比小孩子的快乐更为纯粹？虽然回家后生平第一次也是唯一一次被母亲罚跪⋯⋯

我望着他，带着调皮的神气，又用手指指他的脸，难道这也是虚幻的？

他怔了一下，突然仰脸哈哈大笑，笑得那么突如其来，就像被一根爆竹点燃了似的，笑得像一个顽童那么让人莫名其妙，那么具有爆发力。

他的笑声在我耳边嗡嗡作响，好像有无数只蜜蜂在花丛中飞舞。我也跟着他哈哈大笑。笑过了，他正色道："对，这也是虚幻的。"

忽然，他也露出调皮的神气，"说不定，你看到的人，不过是一棵百年老树,像这个——"他指指身边的树。

我们还谈到什么?好像谈到了诗。普希金。他随口吟咏道:"为了遥远的祖国的海岸/你离去了这异邦的土地……"他也喜欢普希金。

远处,什么地方钟声响了,当、当、当……不知钟声为何而鸣?清越的钟声在这片美丽的山水间久久回荡着,如一股轻烟在山间飘来荡去,久久不肯散去。

微风吹过,又送来丝绸般柔软的凉幽幽、湿润润、甜丝丝的细细香风。湖水荡漾着,不远处同伴间或发出血气旺盛的嬉叫,伴以"哗哗、哗哗"的水声以及时断时续的邓丽君甜美的歌声,给我一份现实感。

他的音色很美,有着金属般的质地。有点像我们食堂门口的那块钢板,声音既有穿透力,又有余音绕梁之感。弟弟也曾给我朗诵过这首诗。正是那次他给我朗诵了那首"为了遥远的祖国的海岸",仿佛才发现他竟有如此深沉动人的声音和情感。可是,眼前这位青年,同我那狂暴的弟弟显然是不一样的。我静静地望着他,像是在注视一片新发现的土地。他的眼睛微微眯缝着,似乎正神游于遥远异邦的蔚蓝色海岸。

不过,他的目光中分明透着一种疏离感,让人迷惑,仿佛他终究是超然于生活之外的。他,微黑而光洁的额头上,分明带着一种平静的感情(而他背诵得几乎与我弟弟一样好,只是个别字带着土音)。他居然也使用普通话。

但你不能说他冷淡。淡淡的喜悦正从他深色的眸子里悄无声息地流淌出来。我开始在脑海中搜索读过的所有中外名著中的主人公,他像谁呢?

我那时渴望交流更甚于企盼爱情。人生、理想、现实、社会,这些词语伴随着思绪纷纷涌入脑际,我的大脑比身体更加兴奋。有多久没有同人交流了,自从阿娜走后。

无奈同伴们在那头开始喊我了:"走啰,走啰!"尤其孙玲,活像个幼儿园的老师,呼唤乱跑的小朋友似的,"敏而,该回去啰,时间不早啰!"

"来了!"

只好匆匆同他道别。

分别时,他也站起身来,我又深深地看了他一眼。站起来的他,其英俊更令人印象深刻:不是咄咄逼人,而是文雅,散发着自然宁静的光辉。我想在匆忙中记住他的脸。

而他依然在微笑,目光清澈,神情安详。

"再见!"我说。

"再见。"

伙伴们正在湿淋淋地穿衣服呢。

那是哪个?

谁?

还有哪个?都朝那边努嘴,扬下巴,小伙子们起哄了。"嘿,帅哟!"孟伟故作神秘地压低嗓门,刘劲松目光一闪,那是忧伤的眼神,他一句话没说,是对我无声的控诉。

"小伙子不错嘛。"孙玲假装漫不经心,一边收拾东西,其实她好奇得要命。

"啥时候认识的?他是干什么的?"只有柳平老实巴交地问,恨不得从我嘴里立马掏出一个首尾齐全的浪漫故事来。

大家全在笑,小小的兴奋在弥漫开来,犹如一颗小石子投入水中,除了刘劲松。

看样子保持沉默成了一件不人道的事。我只好再说:"啥时候?刚才。"我故意满不在乎地说,同时下意识地回头望去……

"在哪里?在哪里见过你?你的笑容是这样熟悉……"邓丽君的

歌声从来没有这么动人心弦过啊。那里，刚才我曾拥有过一个美妙片刻的地方，只剩下一片青草和一棵大树。大树仍亭亭如盖，此外，还有微风在低吟。再远一点，是一片青青的柳林。柳枝在风中摇摆，一副饱经世故的神态。一切仿佛跟刚才一样，只是他不见了。难道那青年真是一个幻影？耳边，伴随他诵诗时响过的钟声仍然在回荡着，还有含着水汽、无名野花芬芳的微风，在轻轻地轻轻地吹。"我一时想不起，啊，在梦里，是你，是你，梦见的就是你……"

一只羽毛绚丽的啄木鸟从树林深处飞了过来，随后落在那棵大黄桷树上，歪着脑袋在那棵树上耕耘。卜，卜，卜，一种钝音传了过来。那鸟儿似摆出一副权威的姿态，审视着它眼前的一切，沉思片刻，最终以一种轻蔑的态度拍翅而去……

我举目四望。

是的，一切犹在，而他不见了。

我们还没有通报彼此的姓名、单位和地址呢。

"在哪里，在哪里见过你……"

后来，我再也没有见到他。确切地说，是没有找到他。

下一个礼拜天，我比他们还积极，张罗着去"青年湖"，他们告诉我那里叫"青年湖"，是一个人工水库。孙玲并不点破我的心思，只是别有意味地那么瞟我一眼，抿嘴笑笑，我才不去不打自招——我什么也不说，去就是了。孙玲替我风风火火联络大家，只是不再邀刘劲松。下水之前，我借口先凉快凉快，独自朝那个方向走去，什么也没有，只有那棵古树，还有清风、柳林。

我一无所获。

后来我又独自去了三次，还是一无所获。

第四个星期天，我去了县城。因为我想到，他不是爱读书吗？

新华书店！

书店里冷冷清清，也就四五个顾客，散立于柜台外，探着身子朝书架巡视。营业组长转脸发现了我，凄然一笑："好久不见了。"

我含含糊糊点点头，应景似的转了一圈，这才想到自己的想法有多么荒唐。对营业组长说了声再见，转身走人。

这是让我怦然心动的第二个男子，他如此英俊，年轻，又如此梦幻般美好。那天，在湖边，在蓝天下，在散发着淡淡清香的微风中与他倾心交谈的时候，我的心中充满一种从未有过的喜悦，我甚至忘记了酋长。我思念他，那个偶然邂逅的无名青年。我多么想再同他见一面啊，哪怕就一次。我还想同他讨论一些问题，一些一直都困扰着我的问题。哪怕只要同他再见一面，再见一次。当时我并非没想到通报彼此的姓名单位，还是那该死的羞涩、该死的矜持、该死的骄傲，同时，在心底里我总以为还能再见面的。当时，他显得多么闲散啊，就像坐在自家院子里那棵老树下。我总觉得下次再来，他还会在那里看书的，就像在那里等着我。我遏止不住地在心中继续着我们之间刚刚打开闸门的思想交流，这对我来说，是最重要的，最令人怀念的。在心里，我一遍又一遍地吟诵我也喜欢的普希金的诗，对着想象中的他……

我忘记陆文广了，好像把他忘了个一干二净。在厂里碰见了他，他会一本正经地拦住我，问长问短的，像什么事也没有一样，并且一副可敬可亲的长辈模样。而这一本正经的背后，他在捕捉我的视线和视线后面的东西。而我游移的视线大约什么也不可能告诉他。当他的声音从远处传来，我居然能保持平静，犹如听见风掠过树梢。我倒希望自己能像一个滑头的、善于卖弄风情的女子，对任何人都能显出热情而无心的样子来。这我却做不到。有时我也问自己，难道我也是一个水性杨花的女子？一场持续了三年之久的内心风暴就这样无疾而终了，只剩下几片情感的废墟，几片残垣断壁？

生活又一次抛弃了我，而我抛弃了陆文广。在那个美丽的、不可思议的湖畔，我曾邂逅过一位无名青年：英俊，睿智，神秘，恬淡。

有如昙花之一现，我再也找不到他了。就好像一个人独自走在山阴古道上，转弯处，竟一脚踏在长满奇花异草的阆苑仙境。还没来得及欢喜，仙境却不见了。仍然只有寂寂古道和自己的空空脚步声，道旁不过几茎荒草、几朵野花而已。

　　我终于相信，他是消失了，消失在那一片如同梦一般虚幻的青山绿水之间。或者，他从来也没有存在过，如他本人所说，是一个幻影。我终于相信，他，是再也不会出现在我的视野中了。我绝望了。我又陷于童年时那种似梦非梦的状态，或许，这又是我做过的一个似真的梦。

　　这个形象，这次湖边的邂逅，来的真是时候啊。出现在我真正步入生活之前，是大有深意的。与其说是一个象征，莫若说是一个启示。若干年后，当我真正生活过了，在生活的大悲大喜中沉浮，尤其当我深陷生活的苦海，在其中苦苦挣扎的时候，我将再次生动地回忆起这个形象，一次又一次。

"虾米"之死

死原来那么容易,
那么寻常,那么近,
好像下雨天的泥泞,
随时都可以把你摔一大跟头。

"虾米"之死

在遇见湖畔青年以后不久,我们厂里出了一件大事:"虾米"死了,死得毫无征兆。喝了耗子药,跟玩笑似的,简直令人难以置信。

出事前,同寝室的人其实在桌子的醒目位置上,曾看见耗子药来着。因为太显眼了,反而不以为意,还当他又玩什么闹剧呢。

"虾米"总是给人这样的印象,谁也不会拿他当真。虽然几天前有人还听他说过,哪天他说不定会自杀。人家笑,你他妈会自杀,那红村的树上不知已经有多少吊死鬼了!谁知,他这回是说到做到了。真是干净利落!这是他卑微的、老是招人嘲笑的一生最漂亮的一笔,绝笔。

是孙玲第一个告诉我的。她现在跟他一个办公室,不不,应该说同生前的他在一个办公室,设计一室。他是描图员。我惊愕得半天吐不出一个字。

"死了?"好久,我才能发出这两个字音来。

"送医院已经晚了,医生说,哪怕早半个小时,哪怕早十分钟,也还……"

仿佛有一股寒气飕飕地自后背袭来,我第一次感觉到死神离得那么近,那么长着一副常人的样子,她仿佛就站在我们身边……我打了一个寒噤。

"为什么？为什么他要这样？"我愤怒地问孙玲。孙玲无法回答。

刚出事的那天，公安局的车开到红村的山脚下，来了几个人了解情况，热闹了一阵子。一转眼，人们就把他给遗忘了，连同他对阿娜的爱。远远比不上人们议论厂内绯闻，几乎没有人再提起他，提起这件事。我感到太奇怪了，这种冷漠，这种对死人的遗忘，比对活人的忽视更令人心惊，仿佛他从来没有存在过。这太可怕了。生命究竟有什么意义呢？难道生命真的就是一场幻梦？由此我更加想念那个仅见过一面的湖畔青年，我想当面问问他，我想抓住他，请他告诉我人生究竟是怎么一回事。然而，他像气泡一样，不知消失在哪个角落了。我只能独自面对这突如其来的、简直像开玩笑般的死亡。

不知道为什么，"虾米"之死让我久久不能释怀。远比当初玉容的死给我带来更大的心灵震荡。虽然过去我连看也很少正眼看他。他的死亡，就像一个什么胶状物紧紧胶住我的某个地方似的，怎么也撕不下来。我怎么也赶不走一个固执的念头：他为什么要自杀呢？他为什么要自杀？为什么？为了什么？就好像被"虾米"的阴魂攫住了一般，怎么也摆脱不开这个念头，脑子里反反复复就是这几句话，这个念头。

死亡到底是怎么回事？像"虾米"那样，死好像很容易，很喜剧，这到底是怎么回事呢？死？

斯宾诺莎说："自由的人最少想到死，所以他的智慧不是关于死的默念而是关于生的沉思。"可我算不算个"自由的人"呢？

事情发生在邂逅了湖畔青年之后，我特别想见到他，比当初更想。我想同他讨论或者说请教（不知为什么，我觉得他也许能给我一个答案）。我回忆起他的眼神，清澈而有穿透力，仿佛正透过滚滚红尘，直抵某个我们尚未到过甚至也无从了解的地方。我想跟他讨论关于生命的本质。难道人生真的是一场幻梦吗？那我们苦苦奋斗还有什么意义？可是我无法找到他。他像梦一样地消失了。

听说也没有什么大不了的事，"虾米"无非不受领导重视（别说领导，红村又有谁重视他呢），甚至也没有人迫害他。可是他又为什么要做出这样极端的、带有根本性的选择？他为什么要这么做？要是换了别人，也还说得过去，可这太不像他那个人了。他一向在大家心目中是个喜剧人物，一个逗人发笑的小人物。我想不通，怎么也想不通。

可是我忍不住要想，不住地想。想啊想，倒把自己的痛苦给忘了。

死原来那么容易，那么寻常，那么近，好像下雨天的泥泞，随时都可以把你摔一大跟头。

而我不想死。我不仅不想死，我还想活一百岁，不仅想活一百岁，我还要活得精彩，活得轰轰烈烈的，像我希望的那样活着。我能吗？能吗？

那一段时间，我老梦见他——"虾米"。梦见他睁着一双出奇大而无神的眼睛，死死地望着我。一张惨白的悲剧性面孔。跟他活着时紫红的疙疙瘩瘩的脸膛大大不同，但我知道是他。隔不几天又会梦见他，我不是害怕，可还是苦恼不堪。有次我对孙玲说了，乱七八糟的事她懂不少。她说，唉，梦见死人不好，以后再梦见他，你就对他吐口水——鬼最怕口水。我说好。可说来也怪，从此以后，竟再也没有梦见过他一次。

在一间无人的办公室门口，我迎面碰见了陆文广。

久违了。不说话是不可能的，可是说话似乎有点难了。我还是硬着头皮同他打招呼问好。

他没有寒暄，劈头就问："你为什么总想飞？"

因为那段时间我在积极争取往海洋油田调，借出差机会跑到局里去打听，陆文广的"耳朵"多着呢，肯定有人报告给他了。

这好像是我和他之间永恒的话题,即使在现在这种状况下。

我反问他:"大雁为什么总要飞?为什么它们年年要由南方飞到北方,又由北方飞到南方?"

"那是它们的习性,你又不是鸟儿。再说了,红村那么多工程技术人员都装得下,怎么就装不下一个你?"

我又一次哑口无言,呆住了。

这在我是很少见的,我一向伶牙俐齿,唇枪舌剑,很少有人能说得过我。

是呀,为什么呢?

为什么别人能得其所哉,我就不能呢?为什么我就那么痛苦呢?我不愁吃不愁穿,也丝毫不以生活的艰苦不便为意,可我就是痛苦。虽然,我可以说自己在红村没干出什么名堂来,其实,连这也只是一个表面上的理由,是我给自己找的一个看起来比较堂皇、能够说服自己的理由。因为,我若是在红村干得很好,事情可能依然如此,我依然还是想飞。

我说出口的话是:对了,习性,这就是原因。而且,这原因是本质性的。

然而,那是鸟儿的习性,你又不是鸟儿,你到底是什么?如果他继续这么说呢?我又该如何回答?

可是他没有这么说,而是带着狡黠的笑意瞟我一眼。"原因嘛,我还是知道一点的,你是一个自由主义者加浪漫主义者。"说着他意味深长地又瞟我一眼,这一眼有太多的含义——总之这一眼刺伤了我,"还有一点爱情……"

这太过分了。

我不要你说出来,不要!我狠狠地瞪着他,几乎是喊道:"你错了!你完全错了!别给我贴标签!如果要贴,我就是一个英雄主义者加理想主义者,仅此而已!"我像扔出一把石头子一样,把虚无抛进一口枯井里，决绝地。

他那标志性的微笑还没有消失，但已经僵在了脸上。我看得出，他的尴尬大大超过了我的恼意。一个酋长在他的子民面前遭遇的尴尬，他自以为得意地看出来了，却遭到毅然决然的否认。我感觉到某些东西正在死亡，比那次"误入歧途"尤有过之，这种变化毕竟令我悲哀。我还记得我曾经那么爱他，虽然我没有吐露过一个"爱"字。此刻，我与他有一个短暂的对峙，对视着，像两个仇人。我感到，在红村从此树了个敌人，何况是这样的敌人！

在红村，我还没有过敌人呢，哪怕一向被视为"另类"，一个怪兽。

几年来，我一直在寻找理由，寻找不爱他的理由，让我可以蔑视他，让自己觉得他不值得爱。特别是刚刚意识到自己是爱上他的时候，我想用理智为自己越轨的情感设道坚固的栅栏……可是，即使在那次他说了"误入歧途"这样的话之后，理智告诉我，他并不是"爱"我，而只是"喜欢"我；或者说，他并不需要这份过于强烈的感情，这份蓄于中而又不能发于外，因而更带有危险性的热情，可能会给他的家庭和事业带来毁灭性的后果，他需要的只是某种轻松的调味品，就像他有次对我说的那样，跟我交谈"是一种享受"，可我不应该为此欢欣鼓舞：因为，在红村，可以享受的事物并不多。何况，他对我的感情，更多的是一种自恋，一种对自己青年时代的回望。他的潜意识希望找回更有希望的自我，青年时代的自我；而不是寻求一团可能将一切烧为灰烬的烈火。即使我想明白了这一点，即使我能够在独自面对群山时发出一声轻蔑的冷笑，可是一听见他的声音从远处传来时我仍然不能保持平静。我控制不住要爱他，即使我想恨他，或蔑视他（对于他的某些弱点），可我抑制不住要想他，怎么也不能有效地将他彻底从我的心中驱逐出去。奈何？即使当我苦苦爱他的时候，也从没想过要他为我如何如何，从没有那么想过。甚至也不需要他说什么甜言蜜语,像普通的恋人那样。也许,只需要他眼睛里充满热情的光芒。我一直在寻找并聚集最后的力量。先是考研究生,后又有别的一些事,一点点地,他渐渐成了一个远去的背影。然而,他始终没有彻底走出我的视线。

终于找到了。

他正同厂里某人闲聊,我一听便知道是在谈"虾米"。

"就这样死了,比个耗子还不如!"是他恶狠狠的声音。

是第一次瞧见他如此不堪的表情,那种怨毒,那种冷漠,那种蔑视。我装作什么也没听见,低头走开了。可是心里头犹如一壶冰水浇来,从心凉到了外。难道,难道"虾米"的死,你就没有一点点内疚之情?这么一个虽然卑微但却年轻的生命就这么毫无价值地消失了,你们难道就没有一点点惋惜和悲哀?这回,他帮助我完成了在我心中扼杀他自己的任务——"突然死亡"。

孙玲的新家其实并不远,位置稍低一点,由单身宿舍稍加改进后好歹能做饭的简易房,离我三十几级台阶而已。厂里的新楼又要落成了,据说这次孙玲他们会有份儿的。楼一座又一座在红村山上矗立,真像陆文广曾经许诺过的那样,幸福的毛毛雨总会洒向他们,而且,这红村简直像千秋万代的基业般,大概铁了心要永远存在下去。对我来说,肯定有人也跟我一样想,楼起得越多,就越加绝望,如漏慢气的自行车轮胎,离开的希望就更加瘪了一分。她还是经常来看我,有时带只卤好的蹄髈,有时是鸭翅膀,全是香喷喷的;她总想把小家庭的温馨分我"几瓣"——如同过去剥橘子时常做的那样。有时只是给几句老生常谈的劝导:"该考虑了啊。"

"考虑什么呀?"

"还有什么?"

"不考虑,"我说,"这辈子都不考虑。"

"嗨,不要等了。人一辈子不就那么回事!"

"哪么回事？"我故意气她。

"你呀，就爱钻牛角尖，我说你听，两个人总比一个人好。"我圆睁双眼，一副如获至宝的样子："至理呀！孙玲。"

"那还用说！"孙玲得意了。

"可是这种至理等于没说。"我拍拍孙玲的肩。

现在陆文广不再是厂长了，他是厂党委书记。取代他的位置的，是一位学历比他更高、也更年轻、更加专业的工程师出身的技术干部。实际上他已经沦为"二把手"。这个变化我是看见的，如同我看见红村的四时变化，那是一种岁月的堆积。

世界正在发生令人鼓舞的变化。机敏的知识分子，心眼儿活的农民，似乎正在找到新的生活样式：唯有工人阶级的先进作用尚值得怀疑。而红村，除了一栋又一栋新的楼房不断落成，人们的奖金越拿越多，穿的越来越高级，生活的脚步似乎依然不疾不缓的。

我就像那个等待戈多的人，而戈多就是不来。他到底会不会来，那个戈多？

等待"戈多"

它的目光充满了魅惑,
它开口对我说:别怕,别怕。
我大声叫道:我不怕你。

此刻,我坐在石桥的裁缝铺门前,呆呆地朝下面空空荡荡的公路张望。

那段时间,星期天的上午坐在小裁缝的门前,成了我新的消遣方式。也许还被人们当作一景也说不定——两个年轻女子坐在路口要道上,面对空空的公路。

心里抱着某种不可能的希望:一辆奇异的车,从未见过的车(我脑海中浮现的是外国电影中类似于老式福特汽车),"吱"地突然停下,芝麻开门,走出一个人来,他不偏不倚,径直踏上石桥的土坡,直朝我走来。一个白马王子,不,不,不一定非英俊得像一个王子(太英俊了我反而会躲),但他必须是一个真正的陌路英雄,浪漫而豪迈。他朝我伸出双手,热切而又深情:我找了你好久,总算找到了……他像谁?湖畔青年?还有苏联小说《红帆》中的那个来自远方的浪漫王子格莱?

没有人知道这女子叫什么,大家都管她叫"小裁缝"。那就是她的身份,她的名字。她眨眨她那狐媚的水汪汪的大眼睛,无所谓地对这三个字笑笑,仿佛在说,没关系。可什么才有关系呢?钱。她大概会在心里这么说。

其实,"小裁缝"这大号还算客气的,还有更损的名号呢。不知哪个精灵鬼还给她起了个外号"根号二",因为她长的矮,大约只有一米四几;但毕竟没人当面这样叫她,当面都叫她"小裁缝"。别看她矮,嫉妒她的还大有人在呢,嫉妒这个从川北大山里逃婚出来的女子。真好笑。有个别女人给她起的诨名还更不堪呢。

小裁缝的"蝴蝶牌"缝纫机像只大黄狗卧在门前,也面朝公路,又像一个等待归人的妇人。深咖啡色的台面被她擦得锃光瓦亮,与她一头黑油油长发倒很匹配,在她破破烂烂的小木门前发出幽暗的近乎华丽的光泽。她曾不无自豪地对我说过,她老江湖了。这是她跑的第三个码头,说起来她比我还小一岁呢。我有时也朝她投去一瞥,难道她也在张望她的未来?因为她也时不时地抬一下头,朝下面公路望一望。

有一段时间了,我已习惯踏上石桥的土坡,到她的门前坐一坐。她埋头干她的活,我则空坐。与她的关系,有点像同那个书店的营业组长,但比跟他更为亲近自然一些,因为我们是同性。我才不在乎有人说她"风骚",说她"狐狸精",说她"眼睛上长了钩子"。因为在我眼里她不是。或者是,那也不是本质上的。

她是有一双多汁的漂亮大眼睛,这双眼睛仿佛生下来就泡在清澈的山泉中,而触目所及,无非山间洁净的野花青草。虽然一路风尘,饱经世事,那双眼睛变得有几分狡黠,几分火辣辣的。每当她那双眼睛朝你瞟来,仿佛就在告诉你,她的心是热的,头脑可是冷的。正因为如此,你才觉得她不简单。这不简单,完全写在一颦一笑之间,无须多言。所以她才对我有着某种吸引力,一种简单中的不简单。尽管我们很少交谈,就她那点事,早就一点点地、石缝中的水滴似的全透露给我了。有时候,我忍不住促狭地想,她这双狐媚的诱人的大眼睛,老盯着缝纫机真是太可惜了。可是,我也派不出什么更合适的东西给她盯着,那双媚眼。

婚后的孙玲,仍然抽空来我寝室坐一坐,仿佛重温过去的时光,对我的关切也并没有削减。我忘了说，不知从何时起，我同孙玲的关系发生了有趣的变化：早先是她处处依赖我，后来，她成了我的姐姐兼唠唠叨叨的小母亲。她终于发现我有点外强中干，又那么笨拙。只是我不爱听她对我暗示，要我少去"小裁缝"那里。"都有闲话了。"她说。

碰巧那天我心情不坏。我说谁闲得无事可干，尽可以说去，我不反对。不过，看在好朋友如此郑重其事的份儿上，不让她把话说完似乎有失厚道。我笑笑，要她说来听听，都有些什么花样？"真的，你莫笑，"孙玲仍然一脸严肃，继续说，"有人统计过，男青工没有一个人没光顾过她的小裁缝铺。"我又忍不住要笑了，"好嘛，"我说，"门庭若市，对她来说是好事情。"只是我不忍心问谁这么兢兢业业做这番调查，特工人员吗？"真的，话难听着哪。"看样子，她是下了决心非把我从那臭茅坑里拉出来不可，说小裁缝就像一颗臭鸡蛋（当然这话不是她说的，她没有那么刻薄），专招苍蝇。你好端端的一个大姑娘，何必去惹那一身腥气，为她招来闲话，不值得。

这天我出奇的好性子，我还在笑。"好了，你老人家就莫操这份心，我晓得该咋个做。至于她们爱说什么咸话淡话还是甜话甚至麻辣话尽管让她们说去，反正那些人精力过剩。"

一番话把孙玲也逗笑了。

倒也是，尤其在傍晚，小裁缝的门口就热闹了，脚步声怕是从没有断过，说是这一带的唯一热点也不算夸张。我也亲眼见过小伙子们吊儿郎当的，肩上搭条破裤子，嬉皮笑脸地去找她。她一概不分亲疏，如果打了这个小伙子的手背，必对另一个小伙子笑得格外火辣。有些家不在厂里的老男人也觍着脸去找她，她也照样把那些人哄得美滋滋的，也许更让他们觉得心里热乎乎的，因此其掏钱之爽快绝不逊于小年轻，或许更爽快些。更好笑的是，有些"二杆子"男人，一家子都在红村，好像突然心疼起老婆了，也跑到她那里凑热闹，缝这儿补那儿的。"杀人哪！"他们笑骂。可抗议归抗议，好像没人被她美丽的屠刀吓退，还总是想方设法去她那里送钱。恨她的当然是女人了。我都听人议论道："只怕她比我们挣得多多了。死女子，要像阿庆嫂一样开个茶馆，保管生意兴隆得不得了！""开啥茶馆，我看开个……"这是说话最没遮拦、嘴最臭的女人说的。女人去她那里的也有，但我看做衣服是假，探头探脑，窥探罢了。她呢，照样微笑招呼迎客，一双水汪汪的大眼睛平平静静地望着你，不卑不亢的。

"那才叫山啊！"

小裁缝有次对我讲起家乡的大山，说这里叫什么山，尽是白石头，树也不成样子。

由此我的想象力再次得以延伸。这也是我喜欢来坐的又一个理由。

出门就要爬坡，或者下沟。去赶场（集）要走二十多里山路，背着背篼，手里拄着"拐扒子"——累了可以拄着歇气，将背篼戛在上面，人就可以停得稳稳当当，也可以用来防身。不然，脚下一软，背篼一歪，可能连人带背蒬滚下万丈深渊。我甚至能听见大土坷垃"扑通扑通……"往下滚，好久好久，才听得"咚——"的一声闷响。经常邀不到同路人，就一个人在大山里赶路，很久都碰不到一个人。四周静悄悄的，唯一的声音，是脚底下发出的沙沙声，再就是老鸹叫，"哇唔——哇唔——"实在是太寂寞了，便拖长声音吼一嗓子，"哦嗬——"那声音在山间久久回荡，最后才慢慢碎了，消散了。有时候，吆喝声会引来另一个"哦嗬"声，很欢快的，粗犷一点的。又隔好久，都见不到那人的身影……

我想象着大山那亘古不变的寂寞，当我思索着我的人生是否算荒凉的时候，我会想，我那小小的寂寞几乎要算热闹的人生了。

可不是吗？想象着一个女孩子（况且是那么水灵灵的，那么娇小，虽说出身农家，因为假设要是换了我，天，不敢想下去），独自一个人背着背篼，蜗牛似的在茫茫山道上爬行。于是乎觉得她的一切行为我都能理解，于是我忘记了自己，并且在心里为她祝福，祝她如愿以偿，早日在我们厂里钓个如意郎君。

　　真有个小伙儿，成都小伙儿，独子，比别人都来得勤，去小裁缝那里。他叫郎峰。他姐姐来看过他，还受到过我的热情接待呢，早年的事了。可他本人，我不记得同他说过只言片语。他似乎并不爱答理我们，好像谁他都不爱答理。所以他有个外号"独狼"。听起来很酷，实际上他只是比较孤僻而已。他只是个修车工。人倒长得高高大大，白皮肤，五官端正，就是总一身油污，而且，仿佛打定主意一辈子免开尊口：非到万不得已，别想听到他的金口玉言。他总是独来独往。奇怪，他却爱往"小裁缝"那里跑，当然，他总是独自去。我还发现，"独狼"变得干净了，只是，见了人仍然少语。

　　因为"独狼"，仿佛得了铁证似的，有人更加言之凿凿地说"小裁缝"不是"狐狸精"还是什么？

　　我平生最怕两样东西：疯子和疯狗。而我跟小裁缝的缘分，恰始于一条疯狗。是她把我从一条狗嘴里解救出来的。

　　那天，我到石桥寄信，正走在坡道上，一不留神裤腿被突然一拽，回头一看，顿时被吓得魂飞魄散：一条熊一般大小的黑狗正死咬住我的裤子不放呢（还好，还没觉得疼），我忍不住失声尖叫，心里倒没有幻想会有人前来救我，因为身边没有一个人。这只黑狗像是直接从地狱里跑出来似的，我无法不发出绝望而凄厉的尖叫。

　　此刻，还有一丝尚存的理智提醒我要设法摆脱狗嘴，无奈我转圈，狗也跟着我转，我不知道该怎么对付它，又怕激烈的样子反而引得它更加疯狂，而它仍然一味地咬紧我不放。还好只是咬着裤腿，幸好那天我穿的是厚厚的牛仔裤，里面穿着秋裤。不仅如此，大黑狗还拼命把我往后拖，简直像魔鬼附体了似的，是想把我拖到后山无人处，好当晚餐吗？我差不多都要哭了。平日里一切的勇气、理智，经不住一条疯子似的狗这么死命地拖。疯狗、狂犬病……这些可怕的字眼在我脑海里飞快闪过，我觉得世界末日到了。

正在这不可开交之时，耳边响起一声大吼，一个女子箭步冲了上来，只见她手提一把长剑（看清后方是一把量衣尺），威风凛凛挥舞着手中武器，大约她的气势，还有声音，总算喝跑了大黑狗。那狗夹着尾巴悻悻地落荒而走，怪的是它从头到尾始终没发出一点声音。

当我发现自己坐在"小裁缝"铺门前的小凳子上时，心脏才回到原来的位置。女子很快从黑洞洞的屋里端出一杯冒着热气的开水来，搁在门前的缝纫机上，并亲切地对我笑了一笑："来，喝点热水压压惊。"

那一刻，世界上还有什么比她的笑容和声音更美丽呢？

见了我，"小裁缝"从机关枪似的"嗒嗒嗒"的机器声中抬起头来，满脸疲惫地微微一笑。然后起身，进屋，端出一只瘢痕累累的小木凳，双手送到我面前，还使劲吹一下。每次都这样。虽然我认为这没有必要，但从心里还是觉得这套仪式让我很舒服，尽管我也没去细想为什么喜欢这样。我将凳子放在离她一两米远处，面朝公路……

现在才早上八点半，星期天，我很少这个时候坐在这里。可是今天仿佛有什么东西非把我引来这里不可似的。小裁缝并不看我，自顾"嗒嗒嗒"踩个不停，活像个端着冲锋枪的士兵，只顾了冲锋陷阵。看样子她自己也一肚子心事……

昨夜又做梦了，是那种清晰的、历历如真的梦。我梦见油菜花田，好大的一片啊，无边无际，灿灿生光，凡高笔下令人眩晕的金黄。

好久以来，白天心如止水，夜里却不停地做梦，离奇、绚丽，甚至浪漫，而且清晰。仿佛要取代白天死水般的生活似的。天空上美丽的蜃景，逼真得伸手可触的碧蓝的大海，各式各样的路……有一次，梦见海边上一群白色鸟，美得不可方物，在湛蓝湛蓝的浅海里跳舞；另一次，梦见两个黑衣修女对一位神甫行屈膝礼，神甫庄严地说："我以基督的名义……"但最经常出现在梦里的则是路，各式各样的路，茫茫荒野上的犹如俄罗斯风景画一般的大路，黑漆漆夜里的小巷，陌生的街道，等等，我总是独自走啊、走啊，仿佛总也走不到尽头，也不知道究竟要走向何方，但我知道一定要走，非走不可；甚至，有时身陷漆黑的曲里拐弯的迷阵似的窄巷子里，后面却有一条大黑狗或者几条狗在追赶……还有一个梦也很逼真：仿佛置身于一座闷罐似的高楼，没有窗户，没有出口，我好像在这座迷宫中寻找出路。奇怪的是我并不惊慌。而空气越来越稀薄，我开始感到窒息的恐怖；但仍然不停地疾走，寻找楼梯，寻找门径。终于找到一个，下了一层，又无路可走了，再找。到处是紧闭的门，忽然看见一个空荡荡、门敞开着的房间，里面站着一个男子，身穿西服、神色冷峻的中年男子，脸上是谜一样的表情。他是谁？我又离开。找到另一个出口，惊见弟弟也在，也在找路。两人相约，谁也不要管谁，各找各的路。路上又碰见一个面目模糊的男子……不知在没有窗户的楼里徘徊了多久，最后终于找到出口了，瞥见一线光亮……在地面上碰见了弟弟，我们相视而笑……

而昨夜，我梦见了油菜花，一片纯粹的油菜花地，仿佛还闻到了一股幽香，我伸出双手，满心欢喜地将手掠过这一片凉丝丝的花海。

这时出现了一只猴子，硕大无比，远远地瞅着我。这猴子通体金红，置身油菜花中间，差不多像只大猩猩，尖脸，用人的眼神盯着我。天空下面，就我和它。它的目光充满了魅惑，它开口对我说：别怕，别怕。我大声叫道：我不怕你。

从梦里醒来，发现枕头上汗湿了一大片……

"外星人"驾到

302号房间,
他将等我三天,
星期一,星期二,星期三。

整个红村还在伸懒腰呢。又是一个异样的早晨，如何异样我却不知道。只是心里有种异样之感，模糊而又实在：心里头仿佛生出了一团毛茸茸的细草，轻轻地，轻轻地，在我心头挠啊挠的。鸡们到处"咯咯嗒"叫个不停，此起彼伏，仿佛向人们展示它们的毋庸置疑的存在。我想起那个梦：油菜花，硕大的说人话的猴子。而饥肠辘辘，随即去食堂用稀饭馒头打发掉肚里的不速之客，跟同室打了个招呼，独自下山去。

新的室友，是一位新分来的大学生，现在我已经忘记了她的名字。然而她的面容，她的身影，她留给我的印象，却还在那儿。不过，她留给我的记忆，完全是感觉上的，而不是感情上的，如一幅剪贴画。

她个儿很矮，脸蛋却很标致，像个袖珍人。奇怪的是她给人的感觉跟"小裁缝"完全不一样，虽然都矮小且美丽，并且她的脸比"小裁缝"更标致，皮肤更白嫩，简直像刚从一个绿莹莹的白玉磨具中倒出来的，脸儿又新又光滑，瓷人似的，永远挂着不变的淡淡微笑。至少我在期间，不见有谁试图去追求她。我跟她总是各做各的，但相安无事。不会有相挽着去转山的情形，可绝不会吵架。

她的生活道路也如她的脸一样端正而无味，一路读到大学毕业。

她说她从不做梦。这话既是写实的也是象征的。我听了却非常吃惊，无法想象一个年轻女孩居然可以拥有无梦的平静睡眠！可我知道她没有骗我。她头一沾枕头，不出一分钟，便发出令人嫉妒的细细的均匀鼾声。她说她的家庭也这样，一家人和和气气，从不吵架。爸妈对他们儿女也很放手，也很平淡。和睦却缺少感情的激荡，这是一个家庭吗？我自己的家，常常火药味四溅，却温暖，令人依恋，互相牵挂。

她还告诉我，她没有交男朋友的愿望，我也相信是真的。她二十三岁，比我小一岁，可是思想上远比同龄人成熟得多。我一直在静静观察她。发现她不仅自得其乐，还越来越自负，对任何问题都要做一番智力上的思考（开始我很佩服她这一点），下一番结论而自鸣得意；却又看不出她对生活表现出稍微强烈一点的喜恶。她似乎是依赖大脑而非身体、心灵而活着。她说她很知足，从来不去想那些得不到的东西。

"从来不想？"我问。

"从来不想。"她强调，说想也无用，所以不想。

多么理智的人呀。我忍不住要反驳她。

那是她刚来时，我很高兴，终于又有人可以交流了。我说你怎么知道什么东西是得不到的呢，在你还没试过以前？我强烈地表示我的这个观点，我就是不知足的人，常常为得不到的东西而痛苦。

她淡淡地笑笑，说她很少有痛苦的感觉。"真的，好像没有过，顶多自尊心受到一点伤害，也是一会儿就过去了。"只提到"自尊心"，却没提到"感情"二字。我说有时我还感到莫名忧郁，有时莫名恐惧。

"我从来不。"她说。

这就是我的新室友，她总是那么平静。然而她的平静，只是冬季小河的静静流淌，与阿娜那冰山一角的沉静有着本质性的不同。对她，我只是迷惑，并未生出探索的冲动。而且，我们走不到一块儿。

我穿了件火红的连衣裙下了山。

当我第一次穿着这条红裙子在红村招摇时,还是引起了一番非议。有人见了摇头,倒是微笑着,用的是一种温和的责备语气:"唔,不太合适。"

"怎么不合适?"

"太艳了。"

"我觉得合适呀,就是喜欢这鲜艳。"我愉快地说。

"与你的气质不太符合,本来你是很文雅的。"

这也很文雅呀,我低头再次打量了一番:半长的袖子,长及小腿的裙摆,柔软的优质真丝。我对他露出一丝讥诮的神色。刚批评我的,还是一位工程师,平日并不是爱说三道四的那种人。当然,摇头的不止他一人。

这会儿,我就穿着这件备受争议的红裙子,从红村飞向石桥。

时间是初夏,五月,令人心潮激荡想入非非的月份。我觉得今天非穿它不可,就想穿得像一团火,就想燃烧……

其实,我从不因被人们关注而自傲,反而常觉得自己就像显微镜下的细菌那么不自在,如果细菌也有知觉的话。一种隐私被放大的感觉,绝不令人愉快,这反而引起我病态似的反抗。有时我只是为了挑衅,而故意同红村的标准和趣味作对。在他们眼里,"唔,个性有点怪",也可能是"很怪",大约是对我最基本的评价。

今天,我不想在路上碰见任何人,不想跟人做淡而无味、千篇一律的寒暄。还好,一路走下来,只遇到一只浅绿带黑色斑点的花蝴蝶。它倒是在我周围飞来飞去,与我的红裙子调情呢。

一个男人。

从小馆子里走了出来。

时间是上午十点钟。

小饭馆开始有人进出了,多半是进城或串亲戚的农民,背包拿伞的，进馆子"打尖"。这小馆子的"兔儿面"据说远近闻名。我们也曾多次吃过。用一种粗釉蓝花大碗盛着，热气腾腾地端上来，还没走来，就香气扑鼻，看上去又红又亮，面上颇有几粒让人垂涎欲滴的一厘米见方的兔子肉，几颗鲜绿的葱花，面条还很筋道，吃进嘴里麻辣浓香，又解馋又能饱肚，一块钱一碗。虽说别处的面条才三毛五毛，最多八毛。第一次吃，简直以为神仙美馔，长期吃食堂，吃什么也觉得香得不得了。可多去几次，就觉得那"兔儿面"也不过如此。

这个人，在小饭馆进出的人中，像混进羊群的骆驼一样显眼。他站在门前，环顾四周，好像在踌躇，在思量去哪里为好。然而又不像个犹豫不决的人。因为此人目光锐利，神态果决，正像老鹰一样在寻找目标。

我的视线一落到他身上，就像被电击了似的，微微一震。

那人也朝我投来匆匆的一瞥，这一瞥有如尖刀一般锋利。这是个红脸膛、高个子男人，我看不出他的年龄，大约有四十岁吧。但一眼便能看出，他不是本地人。

稍顷，那人竟大步流星地径直朝小裁缝铺走来。

我感觉，那人正朝我大踏步走来。我仿佛听到了《命运交响曲》那著名的旋律，"当、当、当、当"，命运在向我逼近。

我迎着他的目光，并阅读着，也许，他也正做着同样的事情。这个陌生人。

如此逼人的目光，我还从未在他人脸上领略过，差一点我就要退缩了。他两眼微眯着，仿佛打算将其锋芒隐藏起来，可是两道精光仍从微陷的眼眶里射了出来，眼睛的上方，不远，横卧着两道浓黑的粗眉，像两把亮闪闪的刀。而判断他的职业，超出了我的经验范围：衣着是普通的，白衬衫，深色裤子，漆黑的头发略长，似乎沾上了风尘，散发着外部世界的神秘气息。这人忽然锁紧了眉头，额上堆起几道雕刻般的皱纹，嘴唇似因下定了某种决心而紧紧抿着。

我调动起全部意志力，才好不容易抑制住突然而起的心慌和想逃走的冲动。

他一步比一步更加有劲，推土机似的直朝我开来，"咚，咚，咚"，一步一步朝我逼近。

"命运"在轰响。

他是谁？他要干什么？

连"小裁缝"也吃惊地望望他，又望望我，似笑非笑地张张嘴，到底什么也没说，半带嘲讽地斜眼笑笑，又低头踩她的缝纫机了，嗒嗒嗒嗒……

离我几步之遥，他站定，微眯缝着眼睛，极郑重地注视着我。

我看见一片猩红从这男子的脸上蔓延开来，使本来就红的脸红上加红。

这颜色大约也传染给了我，不然怎么我的脸也感到火辣辣的呢？我的脑海里突然闪出昨夜的梦境：油菜花地，硕大的、会说人话的赤毛猴。

"请问，×××厂怎么走？"他清了一下嗓子，用沉着浑厚的嗓音问，口音怪怪的，一种南腔北调的普通话。

那天，我同他一道走下土坡，两人稍稍拉开一点距离，他并不落在我身后，也控制着自己步履的节奏，几乎与我并肩。他问的正是我们单位，我给他指了指我们单位的方向，他说知道了，并说谢谢，他此刻不去。但他并没有马上离开。

我鼓起最大的勇气，问他是来出差吗？

"也可以这么说，"他极力想显得矜持，声音压得很低沉地说，"不过不是公差。"

我惊讶地看了他一眼，不是公差，是什么意思？但这个问号只是打在我的眼睛里。

"我是所谓的私营企业者。"他也看了我一眼，仿佛是小心翼翼地说道。

我的心头顿时涌现无穷联想。

私营企业者？这是一种新人类，正在中国大地上或者说中国的社会生活舞台上，突然地、大量地冒了出来，如同新星一般闪亮登场。虽然我身居红村这样的山野之地，山外世界激越的鼓点，也在我的心头激起了阵阵回响——私营企业者。

我的头开始晕了，做梦一样的感觉。

但我没有回应他的话，仿佛在拒绝他靠近，却又像在等待着什么事情发生，我也不知道该怎么做，既想赶快走开，又仿佛不甘心就这么结束了似的。

有好一阵他什么也没说，那沉默，没有重量，却从四面八方把我包围住，头更晕了。我入定似的看着他从上衣口袋里掏出一支钢笔，一张纸片，看着他嚓嚓嚓写下"县委招待所302号房间焦龙"，几个龙飞凤舞的大字，然后递给我。说完他要说的话以后，即刻掉头大踏步离去，甚至没有回头望一眼，把我愣愣地扔在那里。可是我却忍不住要回头望他，望着那个天外来客一般的异乡人，我心头充满了迷惘。

同那人分手后，我一口气登上红村的最高处，朝县城方向眺望：山，除了山还是山。而山脚下的道路，头一遭显得不可思议，像一个在群山间炫耀腰肢的女妖。

骤然间，生活向我展现了一种从未有过的可能性，宽广的生活，激动人心的变化，突然出现在我的眼前。这不正是我一直企盼的吗？然而，焉知这不是一个可怕的陷阱呢？谁能告诉我？当他直朝我走过来的时候，一切是那么猝不及防，出人意料，如一场突如其来的阵雨，一颗从天而降的陨石。那位陌生人，异乡客，要我去县委招待所找他，做一次深谈。"这关系到你和我的未来。"他说。

未来？多么富于诱惑性的字眼啊，久违了。

未来？是那个光辉灿烂的未来？真的来到了我的身边？302号房间，他将等我三天，星期一，星期二，星期三。三天上午他都将在房间里恭候，本来他明天就要走的。他说是命运让我们相遇。

命运？是的，命运又来到我的身边，这次是以什么样的面孔出现的？

此时正是傍晚时分，刚吃过晚饭不久，我本来正坐在床边看书，或者说做出看书的样子——书上那些字就像熟悉的陌生人一样，我只是熟悉它们的面孔而已，心里头却不知在哪片天空上漫游，因为，今天星期二了，最后的时刻。外面，不时传来姑娘们的笑声。

"小裁缝！"我差点要这么叫出来。看见她突然出现在我的寝室门口，我着实大大吃了一惊。她居然跑到我的宿舍找了来，爬了百多级石阶，虽然气不喘（我没忘记她是从比红村更大更高的山上走出来的），脸却是红红的，神情很不平常。

她说是来同我告别的。

我就更惊奇了。

大学生同室本来正在收拾衣箱，见状笑笑，连忙将衣箱盖上，随即轻轻把门一带，出去了。她的教养无懈可击，走路一律轻轻地，也绝不用多余的好奇心来打扰我，开关门从不发出响声；不像我的老朋友孙玲，关门总是"嘭嘭"的，让我可怜的神经受尽了折磨。

我拉"小裁缝"坐在我的床边慢慢说，她不干，只愿意坐小凳子。

她告诉我她要嫁人了。

我瞪大了眼睛，心里扑通一下。

谁？

"还是个农民，命中注定。"她说。

我静等她继续说下去。她说这次是川西平原上的，家境算比较富裕吧，有三间大瓦房，养了七八头猪，一大群鸡鸭，田地也不少，还做点小生意，人，也体面老实。

"关键是，他对我很中意……"

不知道为什么，她刚说要嫁人的时候，我脑子里一下子想到那个陌生人了。同样，听说她要嫁的是一个川西平原的农民，我没头没脑地松了一口气。

到底"独狼"并不是一只狼，而是一只"羊"。几天前，听说他从成都探亲回来，带回一张调令。还不止调令，人们讲得有鼻子有眼的，说是他母亲问他，要"小裁缝"还是要妈？他说都要。"那你就等着回来开我的追悼会吧！"他妈说。

这是一个令人尴尬的时刻。我压根儿没想到"小裁缝"会来向我道别，一时竟找不到合适的话语。比吴明跑上山来找我更加意外，并且多了一份尴尬。对这个我不能（在心里并没有）真正当作朋友的朋友，惜别的话仿佛拒绝从口里吐出来。而人家却专门为我而来。屈指一算，快两年了。

她说，在这里，我是她唯一想告别的人。这话我当然听出了其中的酸楚意味。虽然我常去她那里坐，心里也真愿意她与"独狼"能成好事，我也知道她过去来过红村，像小媳妇似的厚着脸皮为"独狼"洗过被子。那时，我还暗暗钦佩这两人的勇气呢。可是要我说什么，却好像一句话也说不出来。

她说了。

"我会想你的。"一双水汪汪的眼睛望着我。这话像一枚子弹击中了我，不过子弹里装的不是火药。

霎时，一些镜头在我的眼前闪回：狗熊样的大黑狗，门前不倦地嗒嗒作响的"蝴蝶牌"缝纫机，两人无言而会心的某些时刻。不由得记起，有一次禁不住好奇，掀开帘子进了她那遮得严严实实的小屋，只见被褥叠得整整齐齐的，泥土地板也一尘不染，满屋挂着做好的衣服，此外别无长物；而床上一本打开的书映入眼帘：《野火春风斗古城》。我稍感惊异，她也爱看书？金环和银环，一对美丽的姐妹花，革命时代的爱情，就这个话题我们聊了几句。她叹了口气，忽然提出跟我借书，这令我猝不及防。可我的拒绝比思想更快，"我的书从不借人。""哦，那就算了。"她又一脸关切地问我国庆回家吗？不回家去哪儿过？好像我去她那里，就是专门讨论我的假期计划的，书的事不再被提起。

我一跃而从床边起身，来到靠墙而立的竹子书架旁，这是阿娜走时送给晓彤的，晓彤走时又送了我。手指游移着来回溜了一圈，最后果断地抽出一本。

她接过书时，像被烫了一下似的，眼波朝我闪了一闪，问："是、是送我的？"

"留个纪念吧。"

她一把抓过书，看一眼，嘴里喃喃念道："《简爱》。"然后，抬头看着我，轻轻地说，"我会珍藏一辈子的。"

我告诉她，这是我最心爱的书之一，希望她喜欢。她点点头，什么也没说，只是将书像抱十代单传的婴儿似的紧紧抱在胸前，眼中有泪花在闪烁。我仍对她微笑着，希望借着这本书她走得不那么凄凉。

忽然，我又想起一个问题，相识这么久，还不知道她的名字。我的名字，她是知道的。在我眼里，她就叫"小裁缝"。我们彼此从不直呼其名。

我问她名字的时候，她的脸上竟然浮现出一抹羞红。我蓦然想到，她背着背篼，在家乡的山道上，不期遇上一个赶路人，一个年轻的山里小伙子，她大概也是这么笑的。

"唐家英。"她说。

"唐家英。"我重复了一遍。

我知道，这个名字将会伴随着一些画面留在我的记忆中：川西坝子如画的田园，整齐得像井田时代的沃野；在那儿，竹叶婆娑，桃李芬芳。干干净净，给人以富足感的农家小院里，她，围着花围腰，手抓一把黄澄澄的稻谷，身边一大群鸡鸭围着她欢叫，说不定还有几个胖乎乎的小娃儿……倒也不怎么令人沮丧。只是我从她的眼眸深处，分明还看见另外一个人的影子……

去，还是不去？这是一个值得考虑的问题。

那天，送走"小裁缝"后，我信步来到山脚下的小花园里，独自围着小花园徘徊。暮色愈加浓重，一股清气向我袭来。已经是星期二的傍晚，最后的时刻！而"小裁缝"的突然造访，更搅得我心乱如麻：连她也走了！我该怎么办？

只是在这会儿，才发现过去并没有真正拿她当朋友的"小裁缝"是一个勇敢的人，比我勇敢。我开始审视自己走过的路。一直自以为是个勇敢的人，崇拜的是拿破仑、鲁迅、贝多芬、邓肯这样的英雄，眼睛也似乎永远望着前方的道路，好像摔得头破血流也总能爬起来再走。可我算不算鲁迅先生说的"真的猛士"呢？高考，考研究生，与湖畔青年的邂逅，包括对酋长的爱，每次到了关键时刻，或是最后关头，我发现，恰恰在最后关头，我采取的是退却，而不是再进一步。过去，还从来没有发现这一点。如果高考我再继续考下去呢？跟湖畔青年分别时我脑子里实际上是想到了问问姓名地址的，可是我却终于还是放弃了。为什么会这样？所有的一切，为什么会这样？我对着黄昏苦笑，不，我算不得"真的猛士"，甚至还比不上一个从大山里走出来的姑娘。这个发现令我忧伤。

几株过去没怎么注意的花草，忽然吸引住我的视线。我叫不上那种花草的名字，极普通的薄薄的卵形叶子，细细的茎秆，缀着金黄的花蕾。仔细看去大约有几十株。花苞略有些像郁金香，不过远不如郁金香华贵雍容，花蕾更细长些，像鸟儿的尖尖嘴。

突然，一件奇事发生了：一朵花苞就在眼前梦似的绽开了，我惊讶地站定，凝眸注视着，稍顷，变魔术一般，一朵又一朵金黄的花儿相继开放，简直像电影中的特写镜头一样，几十株、成百朵鲜花同时绽放，霎时间，一股扑鼻的甜香涌入我的肺腑，真香啊！几乎以为听见了花朵绽开时发出的噼里啪啦的响声。我惊呆了。不敢相信自己的眼睛，这场大自然的华丽表演，观众只是我一人。难道这一切是真的吗？我没有做梦吗？从未看见过鲜花绽开的过程，从来只看见结果，一直以为那属于大自然的秘密。

今天我看见了，这是上帝安排的吗？就像一个人由童年一下子进入青年，一切在瞬间完成。这太壮观了！太好了！我激动地探下身去，真想去拥抱这一片花儿呀。我抚摸着，贪婪地嗅着，喃喃自语着："太好了，太美了，你们好啊，无名的花儿！"生命原来是这个样子的。我想大喊，可身边只有愈来愈浓的暮色；我想笑，有这些刚刚绽放的花朵陪伴在我身边。为什么不？也许明天早晨它们就将凋谢，可毕竟它们生活过了，如此恣意、如此壮丽、如此轰轰烈烈地绽放过，难道这不是生命的意义所在？

仿佛经过了一场洗礼，又如跑过一段长长的路，浑身既疲乏，又是那样的通体透明般的舒坦。又如经过长长的怀胎，"哇——"的一声，一个清新的婴儿降生了。

山上，从单身宿舍传来谁的收录机里张国荣的歌声，而夜幕也降临了。

县委招待所，灰色的三层小楼，安静得像一座墓园。走过一楼小门厅，我几乎想抽身而退。是不是太荒唐了？正迟疑间，耳边响起一个声音："你找哪个？"循声望去，是从登记室传来的，随着懒洋洋的问讯，即见一个精瘦的中年妇女，探头审视着我，目光透出一丝狐疑。

抽身是来不及了。我挺了挺身子，报出房间号和房客的名字，是调动了意志力尽量把这几个字说得顺口些平常些，好像我每天都就着这几个字下饭似的。心里却闪过一念：但愿他不在。

她继续用冰冷的眼珠审讯并警告我，四周一片寂静，过了半个世纪之久，才朝楼梯努努嘴。

"在。"

受辱的自尊反倒给我的腿增加了能量，我拔腿"咚咚咚"踏在楼梯上，把那讨厌的盯视扔在脑后。

302号房间。

门，开着，宛若鳄鱼的大嘴巴。

我止住脚步，想平息一下狂乱的心跳。

荒唐感再度攫住了我。

我再一次想到，抽身吗？还来得及。

可是脚步却如同自动机器般继续朝前迈，并且，我看见了，那异乡客，正背对着门，好像在伏案写作呢。好像，他的后脑勺也长着一双眼睛，因为，他似乎痉挛了一下，背，是挺得更直了，而且，更加勤奋地写着什么。

我走了过去，微微颤抖着，有节奏地敲响敞开的门——"笃，笃，笃"。

他搁下笔，合上笔记本，转身。

脸上堆起类似笑的表情，"你来了？"声音柔和得像耳语，与我密谋似的，跟他当时请我给他指路时完全不一样：那时他坚定，果决，好像给他指路是我义不容辞的责任，是我莫大的光荣。他当时告诉我，他来此地是为了考察某种矿产资源，他是私营企业者。这个名称当时就让我脉搏加快了。

而此时他的神情却让我对他的身份再度充满了猜测和想象。

因为，他竟然也很慌乱，尽管他似乎力图变得昂然些，背又挺直了，活像一个矮个儿小伙子，猛然站在一位漂亮模特儿面前。可他的眼神和手背叛了他——他的一双大手也有点没地儿安放。鹰和狐狸兼而有之的眼神哪儿去了？

我现在反而有了看戏的心情了。

送他一个几乎可算得妩媚的微笑，然后说了一句"我来了"。

他要我坐。说随便坐，这房间他包了。声音还是不太自然。

我在他对面的床铺上坐下，依然面带微笑。我这么镇定，连自己都吃惊。好像我自小就不停地会见陌生人似的，都有点儿阿娜的风度了，我不禁这么幽默地想到。

他一边倒开水，一边对我说，出差，他总是包一个房间，不拘是几人间，这样方便。他给我一个印象：这人是有气派的。看得出他在努力使谈话的气氛变得自然一些，他在创造某种机会，适宜说他想说的话的机会。他说这两年他已经跑了大半个中国，说话时，只见他越来越露出机警的神色，看样子，他已经控制住了自己。说话间，他将冒着热气的白瓷茶杯"嗒"地搁在桌上靠近我的一边，然后把门轻轻但坚决地关上了。

一种听不见声音的微弱感觉突然而至，这才发觉县城在远处的噪声被关在了门外。随着关门声"嗒"的一响，我的心也跟着往下沉了一沉。本想叫他别关，话到嘴边，硬是给咽了回去。

这个时候，我的每一根神经末梢全被唤醒了，根根神经都圆睁着眼睛，我感到某种威胁，仿佛是一头闻到了危险气味的小兽。大约我没能控制住脸上的惊慌，因为一丝不易察觉的得意之色在他的眼睛中一闪而过。

"你到底来了，我等了你三天。"他又一次清了清嗓子，口音还是很怪，他大约自以为说的是普通话，"我很高兴。"

我心里说，来了。

"我也很高兴。"我不无讥讽地笑了一下。可是我发现很难把微笑自自然然地保持下去，因为心里又涌起猫抓似的感觉。我觉得自己做了一件天大的荒唐事：一个姑娘家，竟自投罗网，单独跑来见一个素昧平生的异乡人。所谓孤男寡女，同置一室，我想到了妈妈，她会怎么说我呢？我甚至想到了自己洁白无瑕的处女之躯。一向很忽略自己的身体的，那以前是很少意识到自己的身体的存在的，哪怕在热爱着陆文广的时候，仿佛自己不过是寄居在这个躯壳中而已；也很少想到自己的性别，很少想到自己是个女孩子，而是太关注自己作为一个人的存在。

我觉得自己已经铸下大错，一个滔天大错，有生以来。我能从这里全身而退吗？

现在我面前站着的，是一个鹰与狐狸兼而有之的家伙，越看他越像电影中老奸巨猾、心狠手辣的坏蛋。我甚至下意识地握紧了茶杯。同时，尽量做出凛然之态，让双眼射出不可侵犯的寒光。但我那双细长的、孙玲说总像在做梦似的眼睛，到底有没有那么厉害，我就不得而知了。

他，在我这无声的、利刃般的寒光笼罩下，竟然又一次显得有些贼眉鼠眼，他僵僵地在我对面坐下。偌大个子，竟至于有些手足无措，用一种近乎乞求的眼神望着我。我觉得一掌就能将他推倒，犹如推倒一座巨大的多米诺骨牌。笼罩在他头上的魔力消失了，他竟然如此不堪一击，而我，几乎连手都没有抬起。

我又笑了。

"讲讲你的生活吧，我喜欢听他人的故事。"我说，轻松得只差没哼小曲儿。与此同时，我轻轻盈盈地起身，开玩笑一般，也去轻轻然而不容置疑地把门打开了。不过没让门大敞着，而是留了条十多厘米宽的小缝。

声音，又飘了进来，让我感觉到安全的熟悉的世界，仿佛伸手就能触摸到。

我转过身，仍然保持着微笑，"讲吧。"然后回到原来的位置坐下。

可是我笑得太快了些。

因为，风暴来临了。

乌云在他脸上迅疾地聚集，挟着雷霆，他那双比黑夜还黑的浓眉几乎要拧出墨汁了，额头上堆着吓人的皱纹。我半张着嘴，像是要用嘴来辨认这张骤然变化的面孔似的。他多老啊，至少有四十多了吧，我仿佛是第一眼瞧见他似的。这张雕刻般的面孔散发出来的劲道与其说像钢铁，倒不如说像踩不烂的牛皮。我再次意识到，判断他超过我的经验范围。我太孟浪，太轻率，也太愚蠢了。

再一次，暗自从读过的小说里搜寻与他相似的面孔。我发现，我不得不从书本里搜寻范本，搜寻与他相似的面孔，就像植物学爱好者，凭借标本来采集植物。他像谁？希茨克厉夫？马丁？伊登？于连？高加林？甚至牛虻？真希望他至少是个正面人物。蓦地又想到那个湖畔青年，他当然不像他，完全是两种截然不同的类型，犹如狼与羊之不同一样。这会儿，竟至于可怜巴巴地希望他至少不会像恶狼一般朝我扑来吧，而他那双像猪鬃一样的眉毛在微微抖动，透出铁一般的意志，令我不寒而栗。那双微陷的小眼珠，看上去多么狡猾、多么锐利啊。真是笑话，我居然还以为他像只惊慌的兔子。瞧，他甚至抱起双臂，戳在那儿，用他的目光朝我开火呢。

这是场无声的交战。我不得不在心里承认，自己不是这人的对手。我，一个没有生活过的、身居深山的姑娘，怎么可能是他的对手呢？可是我当然也不愿认输，更不愿意把恐慌的心情流露出来。

于是，我再次调整心力，聚集力量，将目光对准他，眼睛眨都不眨地，并且，紧紧咬住嘴唇。

他不看我了，开始在屋里来回走。他的脚步像打雷，咚，咚，咚，咚，震得我心头直颤。我端起已经不冒气的水杯，小口小口喝着，一边用余光瞟着他。只见他踱到门口，停了下来。以为他又要关门，我的心又提到嗓子眼上。不料他突然一回头，将脑袋一拧，"要听我的故事吗？好！"声音低沉得像从地狱中发出来的，"告诉你，我的故事是一部传奇！"低沉而掷地有声。

我怔住了。

仿佛为了巩固他的胜利，他又补充了一句："以后你慢慢读吧。"

我不得不再次在心里承认，我不是他的对手。不过我依然没有说话，只是沉默地望着他。

"关于你本人，不用你讲，我可能比你自己了解得还要深刻。"他回转身，双手仍然在裤兜里，稳稳地站在那儿。

"不信？"

魔力重新罩住了我，如一团大雾之逼近。一时间，站在那儿的他，竟显得相当伟岸。

"也许？"我喃喃道。

"既然命运让我们相遇，"他又朝我投来迅疾的一瞥，然后，一字一顿地说，"我要你，做我的同志，加爱人，让我们一起携手奋斗吧！"

我的脸红了，如一团山火，不可遏止。

我,独角兽?

是的,
她们认为我必将走向深渊。

私营企业家把球踢给了我。我去同他会面的第二天,他就按计划返回了。

如同那天在"小裁缝"门前外星人一般出现那样,他迅即离去。把悬念也好,猜测也好,希望和怀疑统统扔给了我。干得可真够漂亮!

然后,对我来说,是一段空前纠结的日子,时间大约持续了几个月吧。

自然我心灵中的震荡和困惑,也是空前的。

我疯了吗?

我相信,这么认为的人大有人在。因为这里是红村,一个如同一口千年古井的红村。红村不会疯狂,只能认为,疯狂的是我。

因为我决定:要赴那"外星人"之约,离开红村,北上武汉。

这时已经是八月份了,认识他的时候是五月份。

于是,红村,这个历来风平浪静的地方开始流传着一个故事,一个关于我的故事。人们讲起来真是津津有味、绘声绘影的,想象力之丰富,简直让人咋舌。总之,红村陷入了一种少有的兴奋状态之中。

"卓敏而要跟一个外面的人跑了。"在他们心目中,"外面的人"可不就是一个"外星人"吗?

哇，相当的耸人听闻啊！

关于这个"外面的人"，从"百万富翁"到"江湖骗子"，这要视讲故事的人对我的好恶程度，以及她（他）本人的想象力而定。孙玲突然变得重要了。她成了权威发言人、解释者。她问我该怎么办？

"我怎么说啊？"

"随便。"

"嗨，我不好做人啊。"

我告诉她，不说你做不到，那就如实告知。就说是极其普通的人，跟大家一样，有鼻子有眼，且四肢健全。她还在叹气，我不耐烦了，让她看着办吧。她试探问我，就说是一个私营企业家，还说这样好跟我统一口径。我说不存在统一不统一，在我这里一个字也问不出来。

保密。

说得好听点，是出于对我的自尊的尊重，至少，多年的朝夕相处，人们对我的个性或脾气还是了解的：我可以拿最低的奖金，涨工资也可以排最后，分肉什么的我可以等别人全都拿了我最后取，也从不在人前说三道四，只是激动的时候忍不住大发一通宏论或是谬论，不过是对一般性事物的看法而已，包括对时政的大胆抨击等等。但我不针对个人，尤其不谈论本单位的人。不过，谁伤了我的自尊或骄傲，那我不会客气的，我会迎头痛击，也许只是一两句话。谁也不愿自讨这份没趣，我不是"怪"吗？在这顶"怪"的帽子下，我倒获得了某种自由，我行我素的自由。这段时间，大家见了我，变得更加亲热了，只是眼神有些暧昧，期期艾艾的，充满太多的含意。我佯装不觉。她们只好在孙玲面前发出啧啧感叹，或者对我的未来做出各式各样的预言。当然喽，凶险的占大半。我曾经的师傅专门跑去孙玲家，异常诚恳地要她阻止我这一疯狂的举动。孙玲何尝不想劝我？讲究实际的她也认为这事太不靠谱，这人你都不了解，冒的险太大了！

是的，她们认为我必将走向深渊。

上午十点，我在做工间操。

一位副厂长夫人也伸胳膊伸腿，搭讪着朝我凑了过来。平时见了我很亲热，也比较客气，同样，我对她也是彬彬有礼的。可是今天，她怎么显得那么讨厌啊！

"听说你'网'了一个朋友，外地的？"

一时不知道如何回答她。我一向对词语敏感，那个"网"字非常刺耳，但我只是含糊地应了一声，又伸臂踢腿地走了开去。然而她并没那么好摆脱。看样子，她是非要从我这里掏出点真东西不可，从她的神色里我看出这一点。

"他是不是江南的？你'网'的真宽啊！"她又说。

"江北的！"我白了她一眼，生气了，"我哪儿都可以网，哪儿都可以不网，我独来独往！"

她没有听清，"独身？你要独身？我不信！"

我说："我在哪里宣布过我要独身？只不过存在这种可能性。"说完我坚决地走开了。

在所有朝我投来的异样目光中，有一天，我捕捉到陆文广闪烁的目光。是在上班时间，我去机关办公室办点小事，路上迎面碰见了他。

"他们说的是真的吗？"他似笑非笑地问我。

"是真的。"我干脆地答道，这样，省得再做多余的解释，对谁我都不想解释，哪怕他是红村的首长。

其实，那时候，我还是没有下定最后的决心，我的意志像钟摆一样，一直在两极之间剧烈摇摆，有时候极其坚定，有时候对自己的决定又做全盘否定。怎么说呢？实际上周围人的激烈反应还是影响了我的判断和决心。但，单位里疯传的，就是我很快就要走了，就要跟一个"百万富翁"或"江湖骗子"远走高飞了。

这会儿，陆文广背着手走在我前面，似乎若有所思。突然他回头望着我说：

"有时候我觉得你像一只独角兽。"

"我，独角兽？"

我冷笑一声。

"我有这么怪吗？独角兽？"对这种说法我嗤之以鼻，就像当初他对我讲牛顿是怎样发现万有引力定律的，我以为他又在忽发奇想，并且在拿我开心。亏他想的出来！

"独角兽可不是怪，"他说，"而是稀有，而且珍贵。"

"你就打趣我、贬低我吧，如果你以此为乐的话，我不反对。"

"咦——"他急了，一急，又变成那个久违了的诚挚的大男孩，他的这个样子让我心中一动。因为，我与他之间，自从"误入歧途"以后，尤其是在我邂逅了"湖畔青年"以后，他在我心中的地位已经不同往日。路上碰见了，也很少有过去那种外冷内热、含蓄而激情的交谈了。

他停住了脚步，凝视着我，"难道你不知道独角兽的传说？亏你还博览群书呢。独角兽可是传说中的一种神兽！"并向我描绘各种关于独角兽在传说中的样子。

"神兽？"

我开始恍惚了。

某种久远的记忆仿佛在这一刻慢慢复苏了，那个有时候会在不同的梦中显现的奇异形象，如同在宇宙中漫游的哈雷彗星重返地球般又回到了我久已遗忘的记忆银河中，记忆的碎片在一点一点聚拢。啊，那匹梦中长着一只角的美丽白马，就是传说中的独角兽？

这天晚上，我又做梦了。我又梦见了那匹神奇的白马。这一次，特别清晰，头上长着一只美丽的螺旋角，深红色，微微弯曲着指向天空。神奇的白马从天而降，轻轻地，轻轻地，如一片羽毛般降落到我的身旁。它对我笑了，然后，开始说着我听不懂的话。我知道它没有恶意，非但没有恶意，它还把角伸向我，我知道这是向我表示友好和善意，我轻轻抚摸它的角。突然它展开了翅膀，仿佛要把我带走，带着我一起飞翔。我想飞，可是又觉得还不能飞，好像还有些事情要办，我犹豫了，它飞了起来，飞得那么飘逸，那么自由，那么……这无与伦比的美丽飞翔让我深深地陶醉了，这仿佛一个启示。"不，"我在梦里喊道，"带我走吧，我也要飞……"

八月中旬的一天，我终于收到盼望已久的弟弟的信。

我曾专门就这件事征求过他的意见，他一直没有回我的信。我知道，他的笔提起来也一定很沉很沉，沉到他难以举笔的程度，但我一直坚信他终究会给我来信的，会给我一个明确的态度，我一直坚信这一点。

果然，他第一次明确地对我的选择表示支持，激励我勇敢地去生活去奋斗去攫取幸福。"只要你的直觉和判断没有错。"他说他与爸爸妈妈的看法不同，在他们的叹息声中（刚开始他们激烈反对，尤其是母亲，因为我固执己见，他们才无可奈何地接受了我的选择，但他们对我的未来更加忧心忡忡），他却觉得我的命运不仅悲壮，而且充满了英雄主义的精神："长期的孤寂生活，虽然给你带来了痛苦，但充实了你的内心，丰富了你的人生体验，赋予你勇敢的品质。不是吗，姐姐？我为你在灰色的生活中出现这样的转机而高兴！何况这转机还是你自己勇敢地伸出手，自己抓住的……我认为，焦龙是可取的，你的未来是不会令你失望的，你不觉得吗？当你走出红村，你会发现，人生道路一下子会变得异常宽广。去吧，姐姐！"

读信的过程中我的心狂跳不已，读完，我幸福得真想立即跑到桉树林去，对着峡谷号啕大哭一场。只是天已经黑透了，太晚了，我才没有跑出去。

弟弟的来信，使我黯淡的人生在这一刻得到了伟大的升华。

亲爱的弟弟，谢谢你！

八月下旬，一封电报。问何时出发，翘首以盼，并祝一路平安。电报是通过厂总机室接收的，交到我手中，已无异于公开的情书，全厂反正是无人不晓了。而他，好像格外钟情于这种快捷的形式：电报。发了好几封了，都是长长的，赤裸的，以为是天书外人读不懂呢。每次当着众人面拿到电报都弄得我面红耳赤的。

也许，是他的激情在一定程度上引爆了我。

虽然只见了一两次面，却有几个月不间断的通信往来，我发现了，他的说话方式带着戏剧性的夸张，喜欢用华丽的辞藻，因而略显生硬，不是很自然。但对我这没有生活经验的人来说，从某种意义上，这反而倒迎合了我对浪漫的需要，或者说渴求。我周围的生活是那样平淡乏味，如一潭千年的死水。

私营企业家的骤然出现和离去，犹如一幅色彩强烈画面新奇的画卷突然闪现在我的眼前，我怎么能不被吸引住呢？

他信上说，如果我真了解他了，一定会爱上他的，而他已经"深深地"爱上了我，却不需要进一步了解了。因为他了解我，如同已经认识我多年，因为他一眼便认出了我。

那天，当我满怀期待地在那个山坡小店门口守望时，那么纯真那么大胆的眼神，那像火焰一样的红裙子，他就像挨了一棒似的。他一眼便认出了我，因为我就是那个多年来他梦寐以求的人，是他心中的偶像，甚至比他梦想的更好。我让他想起了屠格涅夫《贵族之家》中的少女。（他读过屠格涅夫？什么时候？我像她？）

我不能期待比这番话说得更漂亮的了。

在我年轻的生命中，这是第三次，因为男人而心潮激荡，而夜不能寐，虽然我还没有爱上他。可是我已经爱上了他身后那片模糊而神秘的背景。我仿佛看到了一部悬念丛生的传奇的开头，看见自己正在走进那部没有结尾的传奇当中，成为传奇中的女主人公……

实际上，我眼下还没有想从他那里寻找爱情，我知道是什么东西阻止了我。还不是因为对他的不了解，而是他外观上的粗粝，不是丑，使我的情感处于常温状态。甚至于有些排斥他，一种生理上的反应。类似于一个小动物遇见一个毛茸茸的庞然大物的本能反应。

内心深处，埋在很深很深的地方，我实际上向往的，是奥立佛·劳伦斯的哈姆雷特，是巴尔扎克在《苏城舞会》中塑造的龙格维尔那样既风度翩翩又意志坚定的青年，或者，像英国电影《简爱》中罗切斯特先生那样的人，虽然不漂亮，却是十足的贵族，尤其罗切斯特，感觉上最亲近（因为他不漂亮，历经沧桑却保持着某种纯真高贵的品质）；甚至，像那个湖畔青年，那并不咄咄逼人的英俊，那种清澈安详宁静中显出高贵（我好像把酋长给忘了）。况且某些东西在我身上还处于沉睡状态呢。

可是，我看见了一种叫做可能性的东西，如同我弟弟也看见的一样。这个出于偶然或者必然，在乡间小店门口邂逅的异乡人确实让我的心灵激荡，处于从未有过的沸腾状态。

因为，生活总算出现了一线转机，何况他为我描绘的景象是十分诱人的。我看到自由的花枝在远方颤动，在向我招手，这是最诱人的。他给了我一个理由，或者，是从背后推了我一掌，朝着通向自由的路上，这是关键性的一掌。

他说给我一年或稍多一点时间的自由，这期间我完全是自由的，我有充分的时间决定是否要他，他不会打扰我的心灵，却愿为我提供足以生活和学习的物质条件，他为我联系好自费上大学的有关一切，等等。如果我决定与他结为终生伴侣，当我学成以后（我甚至可以读研究生，只要愿意），我去接替他经营企业，他再进大学深造，以圆他本人的大学梦。

自由！多么美好的字眼啊。"这期间，你完全是自由的。"这是真的吗？给我享有如此的待遇却又完全是自由的，不附加任何条件？

这是真的吗？

他说是的。我可以退步抽身，而他，从他第一眼看见我，他就把自由"献给了"我，无条件地。

还有什么比"自由"这个词对我有更大的诱惑力呢？

我首先得获得自由，行动的自由，也就是选择的自由，以及心灵的和身体的自由，生活才会将全部的美妙为我展现出来。一旦我获得了自由，多年来被压抑的官能，某些潜在的能力都将如花般绽放。实际上，一直以来，我既想当一名观众，又想当一名演员，这两种渴望几乎同样强烈，而且同样受到压抑！生活既没有给我提供一个可让我舒展长袖的舞台，也没有让我观看令人激动的人生戏剧。我渴望成为一名作家，我以为需要在不断变换的生活场景以及形形色色的人群中获得灵感和写作素材；同时，作为一个人，一个还没有生活过的、心怀壮志的年轻人，我更需要一个广阔的舞台。"我给你提供的，虽然不敢说是千载难逢的机遇，也恐怕是你能碰上的最好的机遇了，请好好想想。还有你的文学梦想，我就能给你提供最生动最真实最感人的丰富素材……"

我还需要什么吗？在他那铁一般的逻辑、公鸡一样的自信，还有落水狗一般的谦卑的轰炸下！

在那天晚上再次梦见独角兽以后，我到处设法，终于查到了这种形如白马的神兽的各种传说，在任何一种传说里，它都代表高贵、高傲和纯洁，在中国的传说中，还代表着富有某种使命。独角兽头上有角，很难被驯服。

而在我的脑海中，则深深地记得那一夜梦中的独角兽，竖起角展开翅膀的模样。

那不正是我一直追求的飞翔的姿态吗？

去武汉的事终于确定下来了。

经过几个月的心灵交锋，函来信往，我终于下定了最后的决心。

也就是说，未来，如同一盘做好的菜，香喷喷、热气腾腾地摆在那儿了。

离开红村之前，我又去了一趟成都，单位派我出差，正好去购置一些衣物和书籍。

在成都街头，不想竟与晓彤不期而遇。

两人就站在街边，离管理局大院不远，成都一号桥附近。就在那儿聊了起来。我最关心的，莫过于她的"幸福"。

"艳遇"无数，果然。

而最辉煌的一幕：是她刚刚拒绝了一位司令员的儿子。司令员的儿子气惨了，主要因为分手竟是由她而不是由他提出来的。此外，有研究生，也有她电大的同学。我笑她大约眼花缭乱了。"可能。"她好脾气地笑一笑。我说没关系，还有更出色更合适的追求者在后面排着队呢。"谁知道呢。"她言不由衷地说，脸上分明挂着掩饰不住的憧憬和信心。"那个研究生啊，"她说，"长得极像阿尔巴尼亚人。""那多好啊，多么英俊啊！"我笑说。"哪里，是丑的那种，丑得吓人，其丑无比。"她接着在咯咯的笑声中，以漂亮姑娘特有的可爱的刻薄，给我来了番滑稽而生动的形容。她的笑声向来是有引爆力的，我跟她一块，笑得前仰后合，笑得弯下了腰，完全笑疯了，完全没有控制，两个看起来斯斯文文的姑娘，好一场大笑啊。什么时候有过如此开怀的大笑？除了当年在红村之巅与谭小季在一起。那时我对未知的生活怀着怎样的遐想啊！

我们的笑声引来路人频频投来责备的目光。可谁理他们呢！

成绩不俗啊，晓彤。她把一个又一个追求者赶开，文雅而礼貌地，当然了。我想，即使在省城，那些俗脂艳粉又如何能与她匹敌？若是在旧时代，她定会成为名媛一类，不会是交际花。

阿娜不同，她不会成为名媛。阿娜就不该生在中国。她应该成为撒切尔夫人，成为英·甘地，但比她们更优雅，更美丽，也更神秘。

我小心地提到阿娜。

"噢,她很好,她现在很幸福,有了爱人。"

"真的?"

"是个瘦瘦高高的、戴眼镜的技术员,又幽默,又体贴。她还向你问好呢。"

听到这个消息,我的心往下沉了一沉。

"是吗?"我说。

我心里感到的不是高兴,而是悲哀。这么快就结束了吗?这么快就走下凡尘了?而我宁愿你高踞云端啊,阿娜!尽管她的骄傲曾深深刺痛过我,我还是宁愿看到一个(哪怕远远地看)在云端漫步的孤独而伟大的阿娜。她不该找一个什么又幽默又体贴的技术员。她应该去读哈佛,读剑桥,应该学国际政治,孤独的。有朝一日,成为一名风姿绰约的女政治家,跻身国际舞台。

据说司令员的儿子甚至把晓彤带去了家中。司令员本人及其夫人,还有那青年的姐姐妹妹慢慢从各自的房中踱出,跟她礼节性地拉拉手,又各自回房,这情景给了向来喜欢热闹的晓彤很深的感触。她觉得做司令员的儿媳大概不会快乐。

那个研究生是怎么回事?我比较关心这一位。哦,母亲青年守寡,就这么个独子。她的眼神不对。她不需要任何女人来分享她的儿子,所以晓彤知难而退。

难怪,我说晓彤不像那种在意对方外貌的女孩子,只有我辈相貌平平的女子,才会对异性的相貌敏感,才在内心最深处向往一个英俊的男子。她不是因为对方那"像阿尔巴尼亚人"的丑。

我想对她说,要抓紧啊,趁我们还年轻,不知下次见面时,我们彼此还能不能相认?可是说出来的却是,太高兴了,没想到能碰见你。

"是啊,是啊,太巧了!"

那些街头娟秀、擦着白粉、描着细眉红唇、玲玲珑珑的成都姑娘，飞鸽似的骑车从我们身边擦过。我们大笑，大说。我过去从来没有这么喜欢过晓彤。当一个人自己尚处于不那么令人鼓舞的状态下，又如何能由衷地欣赏一个幸运儿的美？

她真漂亮啊，美得像成都街头初开的芙蓉，身穿一件蔷薇色连衣裙，乌黑的长发闪着波光，两条辫子垂在胸前，眼睛像黑夜里最亮的星星；青春在她身上翩翩起舞呢！

她说刚从朋友那儿来，张蓝，外文书店工作的，曾经讲过她的故事。

还记得吗？

记得，记得，长得像刀美兰，人见人爱的女孩，晓彤的高中同学，住省委"六人大院"，高干子弟。她的爱情故事简直就是一篇都市传奇：一个曾经是省委书记女儿"青梅竹马"的电讯工程学院的小伙子，把张蓝误作平民女儿来追求了。好一段美丽的罗曼蒂克。

这才是生活啊，晓彤。

是啊，这才是生活！

那是一个多么美好的时刻啊。今天想起来，晓彤，在那一刻，犹如站在一扇雄伟的大门前，那双明亮的眼睛看见的，无非是芬芳的花园，以及壮美的山川，是人生满天的朝霞和无限的可能性；即将自由飞翔的我，又何尝不作如是观呢？

好久好久好久，那惊动路人的笑声，对方眼中闪烁的光辉，那青春的感觉，好久好久都保存在我的脑海中，像一幅色彩鲜明的画一样清晰。自那次街边畅谈后，我们再次相遇，是十多年之后了。地点在深圳某大厦的写字楼里。

再次见到晓彤，颇费了一番周折，因为我们一直没再联系过。再次相见，彼此相视良久，变化是如此令人震惊，我们久久说不出什么像样的话来。如果说她过去像一道阳光的话，那是夏日上午耀眼的太阳，而当下，则有如秋日午后的阳光了，温柔，娴静，我比过去更加喜欢她。而且我们殊途同归，都信奉了佛教，我皈依了某名刹的方丈，她的家里则挂着一位高僧大德送她的字画。不过，奇怪的是，孑然一身的我，初来乍到，在深圳短短十多天的停留（出于某种原因，我终究还是决定离开），居然顺水推舟一般地，替她，一个在深圳多年的大龄姑娘，昔日骄傲的公主，撮合成了婚姻！一段最最普通、青菜萝卜式的婚姻。结局竟如此的平常。生活可不就是一出喜剧？叫人哭也不是，笑也不是！谁能料得到呢？当年打死我也不会料到。

晓彤的夫君，是一个对谁都很大方，脾气随和，爱好并擅长艺术摄影的（我在深圳逗留期间，他为我们拍了好多生平最漂亮的照片），稍稍有点牛皮哄哄并不算有钱的离过婚的好好男人。

当年，我和晓彤站在成都街头，以横扫天下佳丽的气概，哈哈大笑时，是万万想不到这个结局的。否则，我们还能那么笑吗？

的确，若干年后，当我真正置身于生活的苦海，置身于一片污泥浊水之中时，不免会想起红村的时日，竟觉得有种隔世之感；在红村，一切都笼罩在淡淡的薄雾之中，而且你生活在自己人中间，你是受保护的，你衣食无忧，甚至你还可以发发小姐脾气；那时，你至少可以憧憬，有梦想的权利。而当你真正生活在谎言中，置身于如高尔基的《在人间》那样的真正的苦难中时，犹如一个人赤条条地面对熊熊大火，生活本身就是一记铁拳，能把一切虚无缥缈的美丽童话击得粉碎。

可这会儿，立于夕阳西下的成都大街上，我们还如此年轻。我告诉晓彤，我要出发了，去追求属于我自己的真正生活，也许还有爱情。

好啊，好啊，祝你幸福！幸福，仍然是她的主题。

彼此彼此，我笑道。

那笑容一定灿烂无比。

我怎能忘记

今夜我的心变得多么柔软啊，
而夜色是那么美丽，
我还从来没有发现红村的夜色竟有着
如水的光华。

才九月初,在红村,已经使人感到一丝秋意。尤其在夜晚,风吹在身上是凉飕飕的,草,也无不染上点点秋意。这将是我在红村的最后一夜。我慢慢朝后山走去。

那儿有一片开阔地,有时候,我会独自去那儿凝视月亮。

而今晚没有月光。黄澄澄的大星星,像婴儿的眼珠,天空,一片靛蓝,深不见底。红村的秋夜,纯洁得无与伦比。我禁不住又猜想起大海的颜色来。

"别了。"我默默地对着周围的景色说。灰白色的岩石,黑黢黢的峡谷,群山,公路,红房子,厂房,山上的城堡,散发着热带气息的阔叶桉,一切的一切,别了!

今夜,将有一些东西死去,我有些感伤起来,有些恋恋不舍。红村的一草一木,每一寸土壤,无不浸透着我的青春之汁。有多少思绪被埋葬在树下!而岁月……

一个模糊的人影慢慢朝我这边移动。我一惊,回头看去,心怦然而跳。

"卓敏而?"

"是我。"

"我猜你会在这儿。"陆文广从树影中走了过来,"手续办妥了？"

"嗯。"

"明天真的要走了？"

"是。"

"再也不回来了？"

"难说。"

其实我办的是停薪留职，虽然是全厂第一人，目前也是唯一的一个，毕竟是留了后路的。幸好有那边的入学通知书，不然上面无论如何也不会批准的。焦龙（我仍然叫不惯他的名字，总让我联想到旧社会的黑帮）替我联系了武汉某大学的成人教育学院，因为我已有五门自学考试的单科合格证，可免试插班。

"是肯定。这一走，真的就是嫁出去的女儿，泼出去的水喽！你到底还是飞走了。"那个"飞"字，他特别加重了语气。

这让我骤然想起我与他之间那场关于"为什么要飞"的辩论。

关于这个，我一直思考了很久，也一直没能正面回答他，这个问题成了我与他之间悬而未解的一个问题，因为我一直没有想清楚。

后来有一天，我突然记起上初中的时候读过的一本小说，叫《军队的女儿》，书中的女主人公，也是像我一样充满浪漫幻想充满激情的女孩子，她参了军，第一没想到进了军垦农场，当她接受了跟土地打交道这个现实，又满心希望能当个拖拉机手，而连这个希望也破灭的时候，她陷入了迷惘。一次，一位她崇敬的老首长问她："你为什么非要开拖拉机呢？"她说这是她的理想，她认为开拖拉机人生才有意义，才能为国家作出更大的贡献。老首长反问她："要是每个人都这么想，都认为只有开拖拉机才有意义，都想开，怎么办？"她被问住了，就像我被酋长问住了一样。"为什么你总想飞？"

现在，我终于想通了，就像"军队的女儿"终于想通了老首长的问题一样。

她的回答是:"首长,你骗人,不会每个人都想开拖拉机,不会那样的!"

我的回答也是:"是的,我终于要飞了,因为我想飞。"此刻,不知道为什么,梦中的独角兽,那伸展双翼在空中飞翔的神兽的形象,又浮现在我脑海中。"我就是想飞。"我激动地补了一句。

陆文广深深地点点头,凝视着我。从他的目光中,我感到他已经完全理解了我。因为,毕竟,他也曾年轻过啊。

过了一会儿,他说:"时间真是如同白驹过隙呀!你进厂都有八年啦。"

"好像是。"

"八年,抗战也胜利喽。"陆文广背着手,眼睛微眯着,仿佛正透过时间之雾,回望八年前那个扎着两只小鬏鬏、穿深红格子花衣、涨红着脸自告奋勇要求上台发言的小毛丫头。他说那情景还在眼前晃动呢。

"好像没过多久一样。"我说。

他的出现,我既感到意外,又好像在意料之中。他让我又锥心刺骨地忆起,八年,一个人生命中最好的一段时光,我是如何在红村度过的?如何在一种永恒的恐慌中,一种对时间流逝的刻骨恐惧中,一年又一年,活像一个守财奴眼睁睁看着他的金币从自己手中一个又一个落入滔滔大海——我无时不在恐惧中,唯恐还没有生活过,什么事都还没有做,青春就白白流逝了!无时不在想,生活,壮丽而缤纷的生活,是在别处呢。一次又一次的失败、挫折,这会儿统统涌上心头。

终于,终于可以走了!

"我到底、到底还是飞了,真的能飞了!"

这句话竟脱口而出。

"飞喽。"陆文广看看我,好一会儿没有再说什么。

我将目光投向夜幕下的红村和山外，天空下，景色是如此美丽，神秘，宁静。

陆文广忽然将头掉向一边，低声说："有些事请你原谅。"

这是有史以来第一次。第一次，他用这样的口气跟我说话。我想起曾经在心里给他起的绰号"酋长"，一个酋长在请他的子民"原谅"呢。

我有些激动，抬头望了他一眼，虽然影影绰绰的，我仍然能看见，他正用诚挚的目光凝视着我。

我不敢再看他，头一低，踢开一粒小石头，"扑咚——"我说不存在，不存在这样的事。转干，考研究生，流浪汉似的从一个岗位转到另一个岗位……一切的一切，全都过去了。忽然，我一下子想到，离开这里以后，我会怀念这里的一切的。这种想法是突然而至的，如突然刮来的一阵山风……还以为我会心硬似铁呢。

他忽然发出一声叹息。"我老了。"从未在他身上发现的疲态，仿佛透过衣衫显现出来，甚至好像能闻到他身上散发出的衰老气息。我的心思回到他的身上，想说点什么，却不知说什么好。四周影影绰绰的，两人一前一后默默地走着，沿着面向峡谷的小径，脚步声沙沙沙沙，不时有个土坷垃滚下峡谷，发出簌簌的响声。"而你，正当青春，多好的年龄啊！"

我说："谁都会老的，何况你并不老。"

他说："不，我老了，你倒是会老得很慢的。"

"真的？"

今夜我的心变得多么柔软啊，而夜色是那么美丽，我还从来没有发现红村的夜色竟有着如水的光华，虫声在四周唧唧着，跟我们的对话此起彼落。

"我几乎能想象你今后的人生。"他说，并笑了一笑，笑得诡异而神秘。

我的心又一动。

他的眼睛在星空下闪着光，我想到他年轻时酷爱文学，他是很有想象力的。"那么，不妨披露一二。"我的调皮劲儿又上来了，同时也有些恍惚，仿佛又回到当年。那时，我像简爱仰望罗切斯特先生一样仰望着他。何况，关于我的将来，也想预先知道点儿。

"天机不可泄露。"他说，仿佛也回到了从前：顽皮地、大男孩般坏笑着。过了一会儿，他突然又显得异常的严肃，一种遥远而熟悉的神情，语气也随之一变，"知道吗？在我心目中，你还是像古丽雅……"

仿佛一首旧时熟悉的歌又流回到心田中，那歌声还是那么激越，那么嘹亮，还是那么动人心弦啊！

我的激动无异于当年。

"真的？"

"真的。"

我的心开始剧烈地跳动起来。虽然我依然不知道古丽雅是谁，但我依然认定她是苏联女英雄，并且绝不愿意让他看出我不知道古丽雅。原以为早把他忘得一干二净了，才发现这是不可能的。犹如人怎能忘记自己的一条胳膊、一颗眼珠一样忘记我的一段青春岁月？

"你该回去了，太晚了。"他的声音有些喑哑，今夜，他也有些感伤，一种无力之感。

透过朦胧的夜色，我望着他，没有说话。

"回去吧。"他摆摆手。

我仍站着没动。我想在这里站到天亮。

"你先走，我看着你走。"他又催了。

这是一个令人动容的时刻。我张张嘴，还是一句话也没说出；但终于转身了，我到底还是怕控制不住自己。走了几步，又回头，只见他朝我挥了挥手。泪珠从我眼中夺眶而出，幸好有夜色遮住。又紧跑几步,又回头。

　　他仍然站在阴影里,还在挥手。

　　我在心里说,再见,我的酋长,My hero!

　　突然,我又激动地朝他跑了回去……

飞翔吧，青春

昨夜下了雨，
山泉浑黄，湍急，
像一队队士兵正衔枚疾走。
淡淡的烟岚从尖尖的峰岭上袅袅升起，
慢慢扩散……

第二天，我上路了。

下午六点四十分乘交通车去火车站，孙玲、柳平等一干朋友送我上交通车。我执意不让她们去火车站。

——一路平安，路上多加小心啊！

孙玲眼圈红了，柳平直接抹起了眼泪。

我，深红柔姿衬衫，皮带扎在外面，下穿土黄色紧身牛仔裤，英姿飒爽的我，将短发一甩，挥手作别：

——再见！

汽车开动了。

红村渐行渐远。

再见红村，再见了啊……

终于，我再度出发。

这将是我人生道路上一次具有里程碑意义的飞行。一次路途遥远的飞行。

我将只身一人，进行一场历险。是的，一场历险。此去意味着什么？我不敢太放纵自己的想象力，微微有些害怕，更多的是怀抱着希望。这毕竟是我人生的拐点，一个决定性的转折。这是我自己的选择。犹如幼鹰选择遥远的高空，而放弃老鹰有力的羽翼一般，欢快地拍打着不那么强健的翅膀，一头扑向未知的命运。

终于走出红村啦，走出这一片太熟悉的灰白色山冈。我张开双臂迎接这一变化，撒开脚丫子奔向未来，犹如一个刚学会骑马的驭手，紧紧握住缰绳，握住命运之缰，眼望未来，心儿有力地跳荡着……

很久以前，我的母亲，那时刚初中毕业，刚从解放了的成都回到乡里。与族中几个年岁稍长的姑姑一道，几个斯文尊贵的妙龄千金小姐，在一个"人迹板桥霜"的早晨，相携着从乡下出走（也可以说是出逃），用自己娇嫩的双脚，晓行夜宿，两天一夜的工夫，终于走到了专区首府所在地（即我的出生地，我的故乡），完成了对于她们的人生来说是决定性的一步，我称之为一次"胜利大逃亡"！

那是在土改前夜，一个即将翻天覆地的时刻。

母亲的一位姑姑年龄最长，在成都读大学预科，解放军的炮声把她们全都震回了老家。她的男友（也许是准男友）大学毕业即将分在新中国的法院工作，那是个很有本事的骑士，他愿帮助她们，也有能力安置她们进学校。作为实习，他得先去土改工作队。那也是九月初的某一天。他写信来：要土改了，马上走，否则就再也出不来了。一天也不要耽搁！要快！十万火急！必须在某日前到达N城，否则他就下乡了，再也见不到了。一封鸡毛信。

得到消息，像鬼子进了村，几个小姐如热锅上的蚂蚁。那位姑姑首先把鸡毛信给我的外婆看，因为她跟她最亲近，在家族关系上属于同一房的，虽然她们都是从别的房中抱过来的，都属于"鱼池沟"这一支。外婆当即决定让我母亲随她姑姑走。母亲的姑姑决定无论如何要带走她的虽属于"小湾子"却是亲妹妹。然而小姐就是小姐，家里人也是百般的不舍。另一位母亲族中的姑姑（属于"小湾子"）也要一起走，说好了第二天一早走，不然就赶不上了。

可第二天清早，长工从"小湾子"过来报信说，小姐的东西还没收拾好，今天走不了了。我姑婆急坏了，当即决定马上走，不能等到明天。那一位姑婆的母亲才慌了，才匆匆收拾好东西，让女儿上路。

而另外一位族中的姑姑，也与我母亲同岁，她的母亲不同意女儿走，说，你如何缠得过那几个？意思是她女儿比较老实，不如另外几个伶俐厉害，怕她跟她们一块吃亏。做女儿的也舍不下母亲。一念之差，她的命运与那几个出去的就差得太远了：她一辈子都在老家乡下，不仅受了一辈子穷，而且晚景极其凄凉，一生极其悲惨。

那时还没有土改，家里还有长工，带了两个长工给小姐们背行李（倒是怪阔气的出逃），走了一天，天已经黑了，几个小姐脚打起血泡了，再也走不动了。平日里走几步路如去十几二十里外的庄园，是要坐轿子的。原本计划当天晚上歇县城亲戚家的，没走拢，天已经黑透了。

正愁着，只见路边不远处有灯光，几人壮着胆上门求宿，没想到那户人竟是家族的旧交，那晚现命人给她们烧火做饭烧洗脚水铺床不提，次日继续赶路。终于在那位颇有本事的骑士出发之前赶到了！

随后，几个人在这座新中国的城市里考学，读书，然后参加革命工作。如今，其中两位是在北京定居。当年最有主意的那位，我的姑婆，她的一生也足以写一部长篇了，一位极有个性的可敬又可爱的老太太，在北京已经工作生活了几十年：她青年时期又转至北京，是她人生中的第二次"胜利大逃亡"（我也有我的第二次胜利大逃亡，这是后话的后话了，当然），从专区妇联跑开。（姑婆戏说她那时不仅表现积极，人能写会说，还会拍马屁。"不那样行吗？一个出身剥削阶级家庭的人？"）她说那里人际关系太过复杂，她又是那样一个像新铸的剑那么锃光闪亮的人，一个漂亮人，她不成众矢之的才怪呢。讨厌！跑出来她太高兴了。我们成了忘年朋友。还有另一位姑婆后来读了医科大学，我有时也去看她。实际上，所有这些往事都是从她们口里说出来的，母亲从不讲这些，是我写这书的时候或早些时候听她们讲的。跟姑婆见面时，最热烈的话题，便是她们当年的旧事，家族的昔日荣光和令人叹惋的衰败。我总是听不够那些陈年往事。那些事他们自己的孩子是不爱问的，都忙得像转得飞快的陀螺，两个姑婆的女儿都在国外定居，谁有工夫听那些八百辈子以前的事儿！

我真的自由了吗？

清早起床后，我的腿想往哪里迈就往哪里迈了吗？多么不可思议啊！

身在火车站，一个人等车的当儿，有好一阵我都有点不知身在何处似梦非梦之感，因而浮想联翩。

又看看，用眼睛数数我的三个旅行包，甚至忍不住伸手摸摸那鼓鼓囊囊的实体，现实感才又回到我身上。

在火车站一直等到夜里九点半。

瞧啊，火车叮叮哐哐开过来了，像一头从黑夜里冲出来的怪兽，我的心顿时又激烈地狂跳起来。

遂提着行李拼命地往前挤，人真多啊，人忽地一下子不知从哪里冒了出来。汗酸味、肮脏、热烘烘的臭气扑面而来。好不容易挤进了13号车厢，竟发现了一个空位。突然间我变得多么泼辣了啊。我拨开众人，眼疾手快夺得了那个宝贵的座位，好像长年累月奔跑在铁路线上似的。占好位子，安置了行李，长长歇了口气。然后，叫了个面善的农村妇女坐我的位子，又无比英勇地朝中间车厢挤去——要登记卧铺票呀。

真是一场"生死搏斗"。人，人，到处是人。挤到两个车厢连接处，再也过不去了。一农妇蹲着，我试图从她身边挤过去，连动都没法动一动了，她甚至没法子站起身来，于是叫我从她背上踩过去。我不忍，她笑着说，有啥子办法？你要过嘛。结果，是从她背上像狗一样爬过去的。

大约半夜十一点来钟，终于拿到了珍贵的卧铺票，我对着办理卧铺票的列车员笑了。

生平第一次走进卧铺车厢，爬上了最顶层的上铺。

天气闷热。空间那么狭小，人像在罐头里一样。不过总算摆脱了拥挤之苦，比那些人又幸运了很多，心里还是蛮高兴的。只是火车不断地发出哐当哐当的响声，一次又一次剧烈震动，使我一晚上都没有睡好，老是一惊一乍的，生怕火车突然翻车。

第二天，天渐阴，后来又下了一阵雨，顿觉凉爽宜人。火车过了渠县，进入大巴山脉，山势开始高峻而青葱。

相邻的车厢上了两位美国青年，我打开水时看见他们。哈啰！我同他们打招呼并交谈起来。只要有机会，我总是主动与老外交谈，我的口语就是这么练成的。其中一位态度矜持、说话慢声细语、不像率真性急的美国人，倒颇有几分像中国人。另一位则活泼多了。原来，那位矜持的美国人娶的是一位中国妻子，难怪！两人都能说一口标准的中国普通话，至少，听起来比我的普通话要标准多了。我跟他们谈到他们的美丽女同胞邓肯，"噢，邓肯！"夸张的飞扬神采。他们还夸我英语讲得好，我笑笑。

离开的时候，我变得闷闷不乐了。即使那位染上中国气质的美国人，也依然有一种中国人不具有的超脱态度。他们的超脱刺痛了我。他们才是飞鸟，可以在大地上自由飞翔。我想到我自己，我苦苦追求，刚刚才获得的"自由"，以我的青春、以我的未来为代价，那是真正的自由吗？

回到我的铺位厢，将随身带的《邓肯自传》扔到床上。然后一屁股坐在靠窗的座位上，将视线茫然地投向窗外。

那位我称他"厂长"的麻脸中年男子对我微笑，问："小朋友，回来了？"他的笑脸是如此亲切，堪比一碗冒着气的热粥，我只好也对他笑了笑。

"厂长"在我对面的下铺，总叫我"小丫头"、"小姑娘"或者"小朋友"，引得另一个也是出差的三十出头的小伙子也跟着"小朋友小朋友"地叫。我不知道他们把我看成几岁？萍水相逢，也懒得去纠正：内心深处，我还巴不得人家把我看成小孩儿呢。并且"厂长"是那么亲切温和，这绰号还是我给起的，因为从他的言谈中我猜他大约是什么乡镇企业或县办企业厂长一类。于是别人也跟着这么叫，他也默认了。对他生出好感和信任是那么容易，倒也把初次出远门的紧张给忘了。

忽然发现，我跟他们居然说起普通话来，才惊觉自己真是在出远门了。

看来"厂长"经常出差，很适应旅途生活，总是尽量把用具什么的安排得妥妥帖帖。他又拖地，又是擦小台子，旅行用具也很齐全、干净，不似我的乱七八糟塞一堆。他有只泡沫文具盒，内装筷子、牙具、指甲刀、水果刀等，排得整整齐齐，像小学生的队伍。他还给我讲筷子的妙用：吃饭时是筷子，中间拴一根细绳，就成了现成的衣架，令我大为佩服。这位温和的厂长，虽然南腔北调的湖北口音很难听，人却很温和，因走南闯北而善解人意，令我渐渐放松下来。

大约注意到我脸色的变化，厂长眯着不很漂亮的小眼睛，试着问我，关切的样子很像一个慈祥的父亲。

"刚才有点不开心啦？我看你从那边过来，同老外交谈以后？"

看来这双没睡醒的眯眯眼，实际上很有穿透力，我不禁微红了脸，忙说："没有，没有不开心。"

"真的？"

"真的！"我又对他笑了笑，赶紧起身去拿起《邓肯自传》，又坐在窗前读了起来。读到邓肯从小就那样充满勇气和信心，那么英勇无畏地同人生作斗争，总是那么生气勃勃，热情洋溢，无论面临高峰还是低谷。我又受到极大的鼓舞和启示，精神也为之一振。

途经一个不知名的火车站，火车停三分钟。无意间将头转向窗外：我看见了一个人，一个曾苦苦寻找并已经不指望再见到的人。

他坐在另一列火车上，靠窗的座位，沉思着。

那不是湖畔青年吗？

我激动地大喊，拼命招手。

仿佛心有灵犀，他恰好这个时候将脸转向了窗外。看见我的一刹那，他眼睛亮了，并且抬起了手，嘴唇动了几下。

我读出，他说的是"青—年—湖"，笑容在他英俊的脸庞上如花瓣一样绽放。

我也一字一顿地做口形："普—希—金。"

他懂了，也复述"普—希—金"。

我拉下窗玻璃，又大喊："你去哪里？"

他也试图打开窗户，却没有成功。

我的火车开动了，眼看着他在朝后退去，那张英俊的脸庞离我越来越远，越来越远……他对我挥手，微笑。我下意识地抬腿，要下火车，要上他的火车。然而，我的火车已经风驰电掣般把车站、把他乘坐的那列火车、把所有的一切统统抛在了地球以外……

我重重地坐回座位上，全身的力气就像被吸空了一样，人，几乎要瘫了。

"小姑娘，刚才遇见熟人啦？""厂长"再次很亲切、很体贴地问道。

我半天才答道："算是吧。"此刻我不想跟任何人说话，就脱了鞋，爬到我的上铺上。

他从哪里来，要到哪里去？我趴在床头，脸朝窗外，在脑子里反刍刚才那一幕的每一个细节。

有什么东西不对头。

我终于想起来了，是他的打扮，头发和衣服。想起来了，想起来了，他的头发极短，刚遮住头皮，脑袋圆圆的；衣服是灰布衫，无领的。

天哪，是和尚的打扮啊！他这是去出家当和尚吗？是刚去，还是已经当了？再一次，我又坠入一种如在梦里的恍惚中……

我想起曾经的那番苦找。

青年湖周围的三所学校我都去了，两所小学一所中学。人家用好奇的眼光打量我，我都硬着头皮忍受住了。

"海外华侨捐赠的图书馆？哪有这等好事？"

心肠好一点的，给我出主意，叫去县城附近打听打听。不，他不像从远处来的，闲庭信步似的就拿一本书坐在湖边。我没有往更远的方向再去找他。

他为什么要出家？为什么？出于信仰还是因为个人经历？他有怎样的身世和人生？如果当初我没有跟他失去联系，会不会是另一番局面，包括我，和他？那么，我还会去赴武汉之约吗？

我把头深深埋在枕头里，忘记了那枕头乌黑，有汗酸味。心里头翻江倒海……

火车飞驰，不断地出入隧道，黑暗与光明交替出现，滚滚浓烟卷了进来，呛得人有时喘不过气。听说这条线共有一百七十二个隧洞。我忽然想到，人生不也是这样吗？黑暗总是暂时的，光明终究会到来。我既然选择了自由，就不怕为自由付出代价。湖畔青年选择了出世，也许有他的理由。我，我太热爱红尘，不，我要生活！这么一想，我的心又轻轻地飞扬了……

窗外，巍峨群山飞掠而过，壮丽的风光令我惊叹不已。身在红村时，我一直渴望的不正是这样的生活吗？进入大巴山脉后，再也不是丘陵地带令人厌倦的浑圆山丘，而是一座接一座高耸入云的、三棱刀似的高峻险峰。蓝灰色的天空下，黛绿的群山被匍地的深深浅浅的绿色灌木丛所覆盖，不时还见悬泉飞瀑。昨夜下了雨，山泉浑黄，湍急，像一队队士兵正衔枚疾走。淡淡的烟岚从尖尖的峰岭上袅袅升起，慢慢扩散……

第三天上午九时许，正点到达武昌火车站。

跟"厂长"道别时，虽说萍水相逢，我的心头也微微涌上一层淡淡的涟漪和些微的惆怅，他的微微有些麻点的脸，亲切得像一张旧照片一样。

"再见，厂长！"

"再见，小姑娘，保重哦！"

随着人流下了火车，我的心不由自主地"咯噔"一下又提了上去。与他约好：出口见。

我下意识地放慢了脚步。

一个问题再度沉渣泛起：这个决定，是对的吗？忽然觉得，马上要见的那个人，是多么陌生啊。脑海中蓦然闪现出昨夜在车窗玻璃上映现的自己的面影。那是一张苍白、娇弱的小脸。那一刻，我仿佛头一次发现自己是如此脆弱，如此不堪一击；第二次，想到自己的处女之躯（第一次是在县委招待所），想到妈妈养我一场。一种飘零无依之感油然而生。而从前，总以为自己是强壮的、坚忍的，是不可战胜的，因为从来没有被真正击垮过。可那时候，我毕竟是生活在自己的故乡啊，生活在自家人中间。而我就要去见的那个人，天边的云也比他离我近些，熟悉些。

荒唐感。巨大的荒唐感再次攫住了我。实际上，从去县城招待所见他那会儿起，荒唐感就从未离开过我。只是有时，那感觉沉到或者被有意压了下去，被压到不被注意的底部罢了。又一次，我感到自己很荒唐，而且这次是本质性的。

怎么办？

此刻，我站在一片陌生的土地上，身在异乡，车站嘈杂，人流熙熙攘攘，声音，面孔，一切是那么的陌生。我蓦地想起意大利画家籍列柯的一幅画：陌生的城市，街巷，黑暗中神秘的阴影，而船只就要离港，做梦一样。我是怎么来到这里的？我在干什么？关于他，虽然见过两面，通过两三个月信，此刻发现我其实对他一无所知。私营企业者、退休工人的儿子、离异没孩子、三十三岁、函授大专、爱好音乐和文学、历经沧桑……只有沧桑是分明写在脸上的，其余每项全都是大大的问号，他是谁？又焉知他不是一个劳改释放犯？我真的要将自己的一生交给他？

然而他已经在那里了，雕像一般具体而真实。一个穿西服的红脸男子，猪鬃似的头发偏分着，被风撩得有点纷乱，标志性的黑眉像是直接从头发上拔下来，粘在眼睛上方的，还居然蓄着一部荷西式的略带棕色的络腮胡子（我曾告诉他我热爱三毛，喜欢荷西）！

他正东张西望，神色焦急，甚至有一点慌张：看样子，大概以为我没上火车吧。

蓦地，梦境中出现的油菜花地、硕大的说人话的赤毛猴子，又在我脑海中闪现。解梦书说：梦见猴子，主你的对手狡猾、变幻莫测。

但是，一切已成定局。我自己选择的，我还选择退却吗？

不。

我深深吸了一口气，朝着我的命运星，我的不可知的未来，朝着可能的欢乐或苦难，大步奔了过去。

图书在版编目(CIP)数据

飞吧，旧时光 / 采采著. – 北京：北京燕山出版社，2012.12
ISBN 978-7-5402-2183-6

Ⅰ. ①飞… Ⅱ. ①采… Ⅲ. ①长篇小说—中国—当代 Ⅳ. ①I247.5

中国版本图书馆CIP数据核字(2012)第296262号

飞吧，旧时光

作　　者	采　采
责任编辑	王　然　胡　芳
责任校对	石　英
营销编辑	王　迪　常思薇
数字编辑	张　皓　王秋颖
封面设计	80噩·小贾
内文排版	北京楚泰文化传播有限公司
出版发行	北京燕山出版社
地　　址	北京市西城区陶然亭路53号　　邮编 100054
联系电话	010-65240236
经　　销	新华书店
印　　刷	中煤涿州制图印刷厂北京分厂
开　　本	880×1230mm　1/32
印　　张	19.5
字　　数	240千字
版次印次	2013年1月第1版　2013年1月第1次印刷
定　　价	29.80元

版权所有　　盗版必究

无添加·青春原创精品馆
纯粹而无法复写 体验最新鲜的滋味

用最真挚的情感，捧出最炫动的文字。
最好看的故事，和最有趣的悄悄话。
最感伤的也是最深刻的，最决绝的也是最真实的。
青春的故事不会复写，没有杂质，充满欢笑和泪水。
通通收入我们最美好的记忆。

"无添加·青年原创精品馆"
作品选自"青年原创推新工程"

北京市新闻出版局在北京市委宣传部的领导下，自2008年4月起实施"出版原创推新工程"，推出并启动了"青年写作爱好者作品征集出版"活动。全国各地青年写作者的作品纷至沓来。经专家委员会和出版单位反复审读，遴选出最优秀的国内原创作品。

无添加·青春原创精品馆

飞吧，旧时光

作者：采采
定价：29.80元

- 飞是一种信仰，是魔力。
- 没有助跑、等待，渴望一跃腾空
- 国内首部高考恢复后青春叛逆系小说。
- 北大教授曹文轩、导演贾樟柯感心共鸣推荐。

探宝记

作者：祁又一
定价：29.80元

- 时间能疗伤或许都是扯淡。
- 唯有杀死爱情，才能窥见生命之"宝"。
- 80后最具影响力乐评人、新晋导演、作家7年绝杀奉献。
- 高晓松、左小祖咒、徐静蕾、解玺璋、邱华栋联袂推荐。

无添加·青春原创精品馆

入围作品

烟花夜不见不散
作者：项国托

- 日本女作家吉本芭娜娜说，生命是一个疗伤的过程。而我认为，青春是生命中最需要疗伤的一程 我希望多年以后，看着这些文字，仍然心存温暖。
  ——影像派实力作家 萌芽之星 项国托
- 如烟花般璀璨的爱，因为有了我们的约定就不会稍纵即逝。
- 末日后，最温暖的正能量文字。

我们结婚吧
作者：陈凌

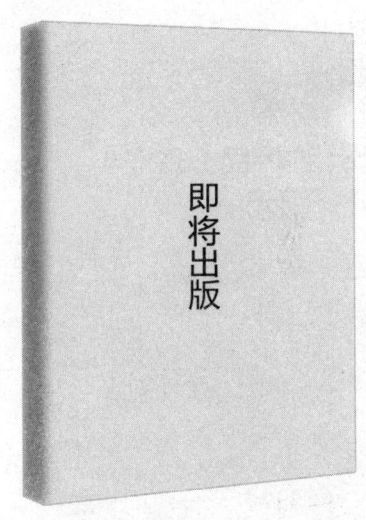

即将出版

- 他们说，爱就是要能包容对方的一切。
- 世界上有这么一个人，你觉得他是狗屎他就是狗屎，你觉得他是上帝他就是上帝，这个人对你而言是唯一。
- 以爱之名，我们结婚吧！

享阅读·精品文学馆

尽享阅读美意，品尝沉淀之味

雪狼湖

作者：钟伟民（香港）
定价：22元

- 张学友主演轰动华人世界音乐剧《雪狼湖》——原著小说首度问世大陆。
- 余光中、张小娴、董桥、彭浩翔、金庸、蔡澜联袂推荐。
- 香港最富诗意作家钟伟民先生作品首次大陆出版。
- 《雪狼湖》：这是一个传说，是一个只要你相信，便会看见的爱情传说。

花渡

作者：钟伟民（香港）
定价：29.80元

- "Fado"是葡国民谣，音译就是"花渡"。十八世纪，航海业兴盛，水手上了船，多半不知道目的地。他们漂泊无定，归家无期，唯有靠"Fado"舒解愁怀，寄托乡思。"'Fado'拉丁文原意，就是'命运'（Fate）。唱这歌的人，都在找岸⋯⋯"赵小澜想这样告诉尾生，但眼泪，竟涔涔而下